成果依托项目：江西省高校人文社会科学研究项目"隐含作者研究"（编号：ZGW17205），江西省社科规划项目"音乐与文学的互文性叙事研究"（编号：17WX10），南昌航空大学博士科研启动项目"隐含作者研究"（编号：EA201314082）。

文学隐含作者论

车文丽◎著

中国戏剧出版社
CHINA THEATRE PRESS

图书在版编目（CIP）数据

文学隐含作者论 / 车文丽著. -- 北京：中国戏剧出版社，2024.5
ISBN 978-7-104-05495-5

Ⅰ.①文… Ⅱ.①车… Ⅲ.①中国文学—文学研究 Ⅳ.①I206

中国国家版本馆CIP数据核字（2024）第097003号

文学隐含作者论

责任编辑：肖　楠
项目统筹：康祎宁
责任印制：冯志强

出版发行：中国戏剧出版社
出 版 人：樊国宾
社　　址：北京市西城区天宁寺前街2号国家音乐产业基地L座
邮　　编：100055
网　　址：www.theatrebook.cn
电　　话：010-63385980（总编室）　　010-63381560（发行部）
传　　真：010-63381560

读者服务：010-63381560
邮购地址：北京市西城区天宁寺前街2号国家音乐产业基地L座

印　　刷：天津和萱印刷有限公司
开　　本：787mm×1092mm　1/16
印　　张：12
字　　数：218千字
版　　次：2024年5月　北京第1版第1次印刷
书　　号：ISBN 978-7-104-05495-5
定　　价：72.00元

版权专有，违者必究；如有质量问题，请与出版社联系调换。

序

车文丽的专著《文学隐含作者论》即将出版。我非常高兴，应约撰写小文，以示祝贺！

车文丽是2008年我招收的第二届文艺学专业博士生。她本科就读于安庆师范学院汉语言文学专业，学士论文是《孔子美学思想初探》，指导老师是方锡球教授。硕士毕业于安徽大学文学院文艺学专业，是顾祖钊教授的高足，其学位论文作的是中国古代美学研究。

我指导博士生的基本做法是，因材施教，根据每一位同学的知识结构和兴趣特长，再依据学科的基本要求，为每位博士生同学量身定制一份具体的培养方案。我在给车文丽同学制订的培养方案中，博士学位论文的选题方向是"中国古代文学叙事理论研究"。我的基本想法是，中国古代叙事理论尽管有比较丰富的资源，诸如叙事诗、史传叙事、小说叙事、戏曲叙事和民间曲艺叙事等不同的文体叙事形态，其中一定蕴含着叙事理论的零金散玉，但却缺少全面系统的梳理和研究。而且，与西方叙事学相比，中国古代叙事理论有着自己的精彩内容和特色，如果将其发掘出来，那必将是一笔异常珍贵的思想财富，必定具有重要学术价值。这是我当年寄厚望车文丽同学之所在。

但是，文丽同学敢于挑战自己，她毅然放弃了从本科到硕士以来所形成的中国古代文论与美学的知识结构，选择了西方叙事学研究方向，将学位论文题目选定为《隐含作者研究》。"隐含作者"是美国当代批评家W.C.布斯于1961年在《小说修辞学》中提出的一个概念。1987年，随着该书中译本的出版，这个概念也就引入了中国。起初，中国学者对于这个概念的研究兴趣并不大，截至1999年发表的期刊论文只有8篇，年均还不到1篇。之后通过申丹、赵毅衡和申洁玲等人的大力推介，关注和研究的人才逐渐多了起来。当年车文丽撰写这篇学位论文时，学界发表的期刊论文有47篇，硕士学位论文有5篇，没有博士论文，也没有专著。而且这些论文大多是结合文学作品分析来谈"隐含作者"的，真正属于理论研究的论文是很少的。就是说，当时国内学界可提供的学术参考文献是很有限的，这无疑增加了该课题研究的难度。

然而，出乎我预期的是，车文丽的学术论文完成度较高。我看了她的初稿后，曾给予她的批语是：

"论文初阅，印象很好。你对于'隐含作者'的概念以及几个关系问题，作了细致的梳理和辨析，资料丰富，观点明确，思路清晰，逻辑严密。这是我看到的你表现最好的论文。你下了功夫，也表现出了水平，应该予以肯定。"

该文作了多次修改和完善，形成了提交答辩的文本。我对于其答辩本的批语是：

"该文从主体与符号关系的角度切入，比较系统地论述了隐含作者与作者、隐含作者与读者、隐含作者与话语内主体等关系，进一步丰富和发展了隐含作者的观念。尤其在隐含作者的内涵、声音辨识方法和'作者死亡论'等问题上提出了自己新的见解，拓展了隐含作者研究的理论视野。该论文选题新颖，论旨集中，思路清晰，论证充分，结构合理，语言流畅，达到了博士学位论文的学术水平，同意提交答辩和申请博士学位。"

在过去的12年时间中，国内学界对于"隐含作者"的研究有了长足的发展，发表了期刊论文113篇，研究生学位论文12篇，其中博士学位论文2篇，还有一些论著中也有所涉及。值得肯定的是，车文丽的专著《文学隐含作者论》一书，是在其博士学位论文《隐含作者研究》的基础上形成的。在该书中，她广泛吸纳了学界发表和出版的新成果，对于自己的观点也作了进一步的补充和完善，在学术质量上有了新的提升。因此，该书是国内对于"隐含作者"研究的一部比较全面系统的专题论著，其学术价值是显而易见的。

2023年6月18日于扬州湖东阁

前　言

"隐含作者"是一个西方当代文学批评的重要概念。从理论上看，它吸引了众多理论家的研究热情，几十年来围绕它的学术研究持续不断；从实践上看，"隐含作者"一词频繁地出现于文学批评中，成为文学批评实践中不可或缺的基本术语之一。但同时，"隐含作者"本身也是个问题繁多的文学概念，在"隐含作者"存在的必要性，"隐含作者"的性质、地位和功能等关键问题上，学界仍然没有达成一致的认识。这显然与"隐含作者"在理论上和实践上的重要性不相称。本书把"隐含作者"置于20世纪人文思想发展的大背景中，去考察"隐含作者"理论形成的必然性，并结合语言学等相关理论来阐释"隐含作者"的性质。全书共五章，在全面考察前人关于"隐含作者"的研究的基础上，从主体与符号的关系角度入手，阐发文学中"隐含作者"主体存在的必要性和性质。其后分别从"隐含作者"与作者的关系、"隐含作者"与读者、"隐含作者"与话语内主体等三个方面，进一步详细阐发"隐含作者"理论。

第一章，主要考察了前人关于"隐含作者"的研究，重点研究自布斯以来"隐含作者"思想的发展变化，深入跟踪"隐含作者"概念所产生的争论，分析争论的焦点和问题的症结。首先，梳理了布斯提出"隐含作者"的理论背景及他对"隐含作者"概念的内涵的界定。其次，考察了"隐含作者"的反对者与支持者之间的争论。最后，论述了前人在"隐含作者"的性质、功能等理解上的一些分歧，如"隐含作者"与作者的关系、"隐含作者"在叙事交流中的地位、"隐含作者"的人格化性质及"隐含作者"与读者的关系等。前人对于"隐含作者"的探讨取得了很多成果，但依然存在不少问题，需要更深入的研究。

第二章，主要概括讨论文学中的主体问题。本章从语言与人的主体性关系角度切入，讨论文学交流过程中的主体问题。本维尼斯特对话语与主体关系的论述，为理解文学主体与文学文本关系提供了很好的理论工具，尤其为对"隐含作者"主体的界定提供重要的启发。"隐含作者"就是文学话语中的"言语主体"，是文学话语中不可缺少的交流主体之一，发挥着重要的文学交流功能。

第三章，着重考察了"隐含作者"与"真实作者"之间的关系。"隐含作者"思想是20世纪哲学中对人的主体性问题思考的表现之一。从尼采提出"上帝死了"到福柯的"人死了"宣告了"主体的危机"。思想家开始重新思考和阐释人的主体性质，这些思考遍布在胡塞尔、索绪尔、海德格尔、巴赫金、福柯、德里达、阿尔都塞、罗兰·巴特、本维尼斯特等学者的著作中。同样，对作者在文学中的功能和地位的反思也一直弥漫在20世纪前期的文学研究中，并最终以"作者死亡"论集中表达出来，这与哲学中对人的主体性的反思是密切相关的。主体危机在文学上的表现之一是"作者危机"，即福柯所说的"作者死亡"。作者的死亡并非要完全抹去作者，而是重新思考作者的复杂性。"作者死亡"与"隐含作者"的诞生有内在的复杂联系。虽然"隐含作者"作为一个专有名词直到1961年才出现，但有关"隐含作者"的思想却早已经在酝酿积聚之中了。通常所使用的"作者"概念，实际上包含了两种文学主体，即"真实作者"和"隐含作者"。它们之间既有联系，又有区别，对此需要有明确的认识。笔者认为，"隐含作者"思想是20世纪哲学人文科学关于人的主体性质新思考的产物，只有把它放在这一大的思想史背景中才能真正解释清楚，而不能仅仅在叙事学话语圈内纠结反复。

第四章，主要讨论"隐含作者"在读者的文学解释行为中的作用。作品的意义是什么？如何获得正确的意义？读者如何能有效地解读作品？这些问题一直是文学中的难题。对此，有学者分别求助于三种意图来保证解释的有效性，即：作者意图、读者意图和文本意图。在综合考察这三种观点的基础上，笔者认为"隐含作者"主体可以作为解释有效性的保证。因为"隐含作者"在文学交流中起到了三个重要作用：一是保证文学文本具有内在统一性，从而可以被有效解释；二是保证读者能够进入作品之中，从而能够理解文学作品；三是保证不同读者的理解之间的一致性。

第五章，讨论"隐含作者"与文学作品内部主体之间的关系。"隐含作者"通常在作品中是沉默的，但"隐含作者"并非没有声音。作为作品的统一性力量，"隐含作者"的声音不仅存在，而且是最重要的声音。"隐含作者"的声音可以通过次文本信息、公开的评论、不同主体之间的间隙，通过"叙述者"或人物的话语等途径表达出来。"隐含作者"的声音构成了作品的基调。作品内的主体，不管是叙述者还是人物的声音都要通过"隐含作者"的调节才能到达读者那里。此外，本章还重点考察了"隐含作者"与叙述者的关系问题，即在叙事学界引起激烈争论的不可靠叙述问题。笔者认为，在不可靠性的理解上，认知方法与修辞方法并不存在根本的对立，它们的结合可以更好地认识叙事中的不可靠现象。

  本书以学界关于"隐含作者"的研究与争论为导向展开深入的探讨，在一些方面提出了新的见解。例如：开拓了"隐含作者"研究的理论视野，从符号交流角度对"隐含作者"作了新的界定，深化了对"作者死亡"论的认识，阐发了"隐含作者"与文学解释的有机关联，提出了"隐含作者"声音辨识的一些方法。

车文丽

2023 年 3 月 20 日

目 录

前 言 ……………………………………………………………………… 1

绪 论 ……………………………………………………………………… 1
  第一节　中外学界关于"隐含作者"的研究现状 ………………… 1
  第二节　本书的研究角度与思路 ………………………………… 17

第一章　"隐含作者"概念的提出与讨论 ……………………………… 21
  第一节　布斯"隐含作者"概念提出的背景与内涵 …………… 21
  第二节　隐含作者是否必要？ …………………………………… 28
  第三节　对"隐含作者"理解的分歧 …………………………… 33

第二章　文学交流中的主体 …………………………………………… 42
  第一节　主体与语言符号 ………………………………………… 42
  第二节　话语交流中的主体 ……………………………………… 52
  第三节　文学话语中的主体 ……………………………………… 60

第三章　隐含作者与作者 ……………………………………………… 65
  第一节　作者之死 ………………………………………………… 65
  第二节　作者死亡，谁的诞生？ ………………………………… 72
  第三节　作者与隐含作者的关系 ………………………………… 81

第四章 隐含作者与解释的有效性···93
　　第一节 诉诸三种意图的有效性保证···93
　　第二节 隐含作者作为解释有效性的保证······································117

第五章 隐含作者与话语内主体···133
　　第一节 聆听隐含作者的声音··133
　　第二节 隐含作者与话语内主体的关系···154
　　第三节 不可靠叙述··163

结　　语··173

参考文献··178

绪 论

第一节 中外学界关于"隐含作者"的研究现状

一、"隐含作者"概念的提出及论争

韦恩·布斯（Wayne Booth）1961年在他的著作《小说修辞学》中首次提出了"隐含作者"概念，对隐含作者思想进行了详细的阐发，并将之运用到文学批评实践中，对一些经典文学著作进行分析。作为新亚里士多德学派第二代的中坚人物，布斯在《小说修辞学》中将作者、叙述者、人物与读者的关系作为自己的研究对象。作为修辞伦理批评的倡导者，布斯在《小说修辞学》中提出的隐含作者即作者的"第二自我"。通过对小说中作者声音的探讨，布斯指出，所谓隐含作者：

……在他写作时，他不是创造一个理想的、非个性的"一般人"，而是一个"他自己"的隐含的替身，不同于我们在其他人的作品中遇到的那些隐含的作者。对于某些小说家来说，的确，他们写作时似乎是发现或创造他们自己。正如杰西明·韦斯特说，有的时候，"通过写作故事，小说家可以发现——不是他的故事——而是他的作者，也可以说，是适合这一叙述的正式的书记员"。不管我们把这个隐含的作者称为"正式的书记员"，还是采用最近由凯瑟琳·蒂洛森所复活的术语——作者的第二自我——但很清楚，读者在这个人物身上取得的画像是作者最重要的效果之一。不管他如何试图非人格化，他的读者必然将构成以这种方式写作的正式书记员的画像——正式书记员当然绝不可能对所有价值都报中立态度。我们对他的各种秘密的或公开的信奉的反应，将有助于决定我们对作品的反应。①

---

① ［美］韦恩·布斯：《小说修辞学》，华明、胡晓苏、周宪译，北京大学出版社1987年版，第80页。

在这段文字中,布斯首次提出隐含作者的概念,但是从前文对隐含作者的阐释来看,布斯提出的隐含作者的概念在两个层面并没有作出确切的回答。一是隐含作者的认知属性:隐含作者是现实生活中"真实作者"的人格投射还是由文本建构的虚拟主体?布斯既主张不能把隐含作者等同于真实作者,但又认为隐含作者是真实作者的"第二自我",反映真实作者的性格和理想。布斯模棱两可的态度给后续研究留下了隐患,导致后来学术界出现极大的分歧,关于这一问题的讨论延续至今。二是隐含作者的修辞属性:隐含作者是否为一个具备独立人格属性的叙事修辞主体?对于这一问题的论述,布斯一方面肯定隐含作者是"真人的一个理想的、文学的、创造出来的替身"①,但他并没有切断"隐含作者"与真实作者的联系;另一方面又肯定"隐含作者"是"有意无意地选择了我们阅读的东西""是他自己选择的东西的总和"②。随着《小说修辞学》影响的日益扩大,隐含作者的概念也逐渐在叙事学界传播开。几十年来隐含作者的旅行足迹已经跨越国界、语种的界限,成为叙事学乃至整个文学领域内最重要的概念之一。

自隐含作者在布斯的笔下诞生以来,学术界对它的研究热情就一直持续不减。诸多知名叙事学研究者都参与到隐含作者的讨论中,如荷兰学者米克·巴尔,美国学者詹姆斯·费伦、苏珊·兰瑟、西蒙·查特曼杰拉德·普林斯,英国学者米歇尔·图兰,法国学者热奈特,德国学者安斯加·纽宁、沃尔夫·施密特、汤姆·肯特、汉斯·哈罗德·缪勒,以色列学者里蒙·凯南,等等。

近30年来,隐含作者由一个概念逐渐发展形成一套系统的理论,成为叙事学乃至文学理论中的基本范畴之一。但是,学术界在究竟是否需要隐含作者上尚存争议。即使承认了隐含作者的存在,在隐含作者在叙事交流中的地位、隐含作者的"话语性"是否存在及如何识别隐含作者的声音等问题上,仍然存在较大的分歧。纵观国外这些学者的论述不难发现,几十年来国外关于隐含作者的研究呈现出一个基本特点:争议性。争议主要表现在以下三个方面。

---

① [美] 韦恩·布斯:《小说修辞学》,华明、胡晓苏、周宪译,北京大学出版社1987年版,第84页。
② 同上。

1. 隐含作者是否有引入的必要

布斯提出隐含作者概念后得到不少学者的支持，但也有学者认为没有必要在叙事学中引入这个概念。叙事学的奠基人之一热奈特就反对布斯的隐含作者的概念，他在《叙事话语　新叙事话语》中认为，隐含作者是个多余的文学主体，文学中只需要真实作者和叙述者就足够了。安斯加·纽宁在一定程度上与热奈特的态度相同，他也反对引入隐含作者的概念。他从认知方法的角度解构了布斯的隐含作者的概念，而主张用"文本特征总体"来代替隐含作者。

塔玛·雅克比也是认知叙事学派的重要人物，但他没有废弃隐含作者，而是主张修正布斯的理论，他强调隐含作者依赖于读者的阅读建构。詹姆斯·费伦是布斯的学生，也是布斯的坚定拥护者。他对隐含作者的相关理论进行了扩展。他把隐含作者与真实作者、文本及读者联系起来综合考虑，这样既继承了布斯的修辞论立场，又有包容其他不同理解的空间，使隐含作者的叙述生命力得到了拓展。尤其是在不可靠叙述的问题上，费伦提出了"三轴六型"的不可靠叙述分类模式，大大深化了人们对这一问题的认识。

2. 隐含作者的认知属性：隐含作者是现实生活中真实作者的人格投射还是由文本建构的虚拟主体

普林斯在《叙述学词典》中基本上沿用了布斯的观点，把隐含作者解释为作者的第二自我，认为隐含作者是站在文本的背后对文本的整体和价值观念负责的主体。詹姆斯·费伦认为隐含作者与真实作者密切相关，他们的关联是小说修辞性的重要来源。与他们的观点相反，米克·巴尔在《叙述学：叙事理论导论》中认为隐含作者是从文本中推断出来的结果，而不是真实作者的人格投射，只有文本被解释之后，才会有隐含作者的出现。塔玛·雅克比认为，隐含作者是读者的阅读文本建构的产物，而非真实作者的有意设计。

3. 隐含作者的修辞属性：隐含作者是不是一个具备独立人格属性的叙事修辞主体

里蒙·凯南虽然主张隐含作者的重要性，但她更强调隐含作者的"隐含"的一面。她在《叙事虚构作品》一书中认为，隐含作者是文本中"隐含"的作者形象，而非真实作者在作品中的"映像"。她认为，隐含作者是读者阅读所推断出来的结果，隐含作者不具备独立的人格属性。凯南否定布斯的修辞立场，认为隐含作者不能作为文学修辞的能动主体。图兰在《叙事：批判语言学导论》一书中与凯南的观点相似，他认为隐含作者是读者"解码"的结果，而不是作者"编码"的计划。詹姆斯·费伦则把隐含作者与真实作者、叙述者、故事人物及读者并列，认为隐含作者是叙事发挥修辞功能的不可缺少的主体。

汤姆·肯特和汉斯·哈罗德·缪勒的著作《隐含作者》在考察了过去诸多学者的理论后认为，隐含作者一词不够精确，容易使人产生主体化的联想，他们主张用"假定的作者"来代替"隐含作者"。他们认为，隐含作者可以得到有效的解释，即应该用"假设的"（Hypothetical）或"假定的"（Postulated）作者去替代"隐含作者"。这样，易引起误解的隐含作者这一术语连带附着于这一概念之上的诸多模糊内容都可以被放置一边。① 沃尔夫·施密特在《在线叙事学词典》隐含作者词条中，概述了隐含作者的发展和研究历史，最后提出了一些描述性的、"无偏袒"的隐含作者定义。例如：隐含作者是文本内所有指示性符号相互作用所指向的文本作者，这些指示性符号标识出一个独特的世界观和审美立场；隐含作者不是具体作者有意的创造；隐含作者与叙述者绝对不同；隐含作者仅仅是作品内的虚拟存在，只能通过读者对文本线索的追踪来形成；隐含作者与真实作者不是简单的"复制"关系；不同作品的隐含作者可能有相似性；等等。② 虽然施密特希望这些理解是无偏袒的，但实际上这里面有些观点仍然存在较大的争议。与他们相反，查特曼在《故事与话语：小说及电影的叙事结构》《论叙事术语：小说与电影中的叙事修辞》等著作中也认为隐含作者是"隐含"的，并且承认隐含作者是读者阅读建构的产物。但与凯南不同，他认为隐含作者具有重要的叙事交流功能，是文学交流中不可或缺的主体。

几十年来，这种以争论为主要方式的研究带来了一些有益的成果，如激发了对隐含作者性质的深入研究，深化了人们对隐含作者内涵的认识，扩大了隐含作者的理论影响力。但也导致了一些问题，具体内容如下。

---

① Tom Kindt, Hans Harald Muller. *The Implied Author : Concept and Controversy*. Berlin: Walter de Gruyter, 2006, p. 13.
② Wolf Schmid. "Implied Author". in The Living Handbook of Narratology. 08 Mar. 2010 <http://hup.sub.uni-hamburg.de/lhn/index.php/Implied_Author>.

第一，认识的混乱。由于在隐含作者基本性质的界定上，学者各持己见、互相否定，造成理论上的混乱与矛盾，使目前人们对隐含作者的认识较为混乱。

第二，妨碍了隐含作者理论的系统化发展。正是由于对隐含作者的基本性质没有达成共识，导致隐含作者理论的系统化发展缺乏稳固的基础，延缓了隐含作者思想向更广的方向发展延伸。

争议性的形成有两个方面的原因：一是研究者的立场和方法的差异，即修辞方法和认知方法的对立，认同修辞立场（如布斯、查特曼、费伦）等学者往往强调隐含作者的人格化及其在叙事交流中的修辞功能，认同认知立场（如纽宁、凯南、雅克比）的学者往往强调隐含作者的假定性，进而弱化或取消主体性质。二是理论视野局限。由于学者过度纠缠隐含作者、文本、读者这几个叙事学概念，忽略了叙事学之外的理论资源（如符号学、话语理论、作者理论等，这些理论可以为理解隐含作者提供更广阔的视野），导致研究的视野受限，进而影响了隐含作者理论的发展空间。

二、"隐含作者"在中国的研究

不仅国外学者对隐含作者的概念极为关注，国内学者对隐含作者的兴趣也在逐渐增强，越来越多的研究者参与到隐含作者的讨论中，隐含作者也越来越频繁地出现在国内期刊上。国内对于隐含作者概念的研究和阐发，在《双重叙事进程研究》[1]《西方叙事学：经典与后经典》[2]《叙事、文体与潜文本》[3]《苦恼的叙述者》[4]《广义叙述学》[5]《小说修辞研究》[6]《中国叙事学》[7]《叙事学导论：从经典叙事学到后经典叙事学》[8]等影响较大的专著中都有论述；申丹、赵毅衡、刘月新、尚必武、刘亚律、江守义、申洁玲、傅修延、曹禧修、云燕、赵世佳等一批学者对隐含作者理论进行深入了的探讨和文本分析，这些研究有助于深化对隐含作者基本性质

---

[1] 申丹：《双重叙事进程研究》，北京大学出版社2021年版。
[2] 申丹、王丽亚：《西方叙事学：经典与后经典》，北京大学出版社2010年版。
[3] 申丹：《叙事、文体与潜文本——重读英美经典短篇小说》，北京大学出版社2009年版。
[4] 赵毅衡：《苦恼的叙述者》，四川文艺出版社2013年版。
[5] 赵毅衡：《广义叙述学》，四川大学出版社2013年版。
[6] 李建军：《小说修辞研究》，中国人民大学出版社2003年版。
[7] 杨义：《中国叙事学》，中国社会科学出版社2006年版。
[8] 谭君强：《叙事学导论：从经典叙事学到后经典叙事学》，高等教育出版社2008年版。

的认识，促进学界达成共识。隐含作者是少数在中国及西方都引起激烈的批评争议的概念之一。更值得关注的是，近年来，以申丹为代表的中国学者对于隐含作者的研究在部分问题上的深入和突破，也引起了西方学界的关注。隐含作者在国内的研究主要集中在以下四个方面。

（一）对"隐含作者"概念的修正和重新命名

与质疑者不同的是，国内部分学者认为布斯提出的隐含作者概念存在各种问题，需要进行修正和重新命名，比较具有代表性的观点如下。

1. 申洁玲"融合作者"概念的提出及思考

2018 年申洁玲在文章中表示，赞同从读者认知的角度来理解隐含作者这一概念。其原因为很难确定布斯提出的隐含作者究竟是一个什么样的形象，而把隐含作者定义为特定写作状态中的作者缺乏可操作性，因为"这需要回到作家论研究的思路，用作家传记、用实证文献乃至通过直接询问（当代）作家才有可能确定"①。所以，申洁玲强调：

> 隐含作者的构成，有两种情况：1. 在读者无法获得作者镜像的情况下，隐含作者是基于自身语境（包括读者情境语境和读者文化语境）的读者根据全部文本元素建构出来的；如一般认为《古诗十九首》是文人作品，但作者失传，现代读者就只能在自身语境基础上根据文本元素来建构这些诗篇的隐含作者。2. 当读者能够获得作者镜像时，隐含作者就是由全部文本元素和作者镜像在读者语境基础上经过整合而构成的一个形象，但这个"隐含作者"也仍然是读者建构的产物。②

从上面这段论述来看，申洁玲没有能够区分出隐含作者和真实作者的不同，试想，如果隐含作者"是由全部文本元素和作者镜像在读者语境基础上经过整合而构成的一个形象"，那么隐含作者与生活中的真实作者在思想观念上只能保持一致，而不能相冲突。但是，在一部分小说文本的阅读中，我们恰恰要回避作者本人的观点。对于这一问题的研究，我们不妨来看看申丹与兰瑟的这段对话：

……申丹指出，所谓"隐含作者"，即这一作品创作过程中的作者，有别于

---

① 申洁玲：《低语境交流：文学叙事交流新论》，《外国文学研究》2018 年第 1 期，第 85 页。
② 同上书，第 86 页。

所谓"真实作者",即日常生活中的这个人(见申丹与费伦的对话)。若要了解"真实作者",我们需要阅读传记、日记、信件、访谈、政论文等其他材料;而若要了解"隐含作者",我们则需要细读作品本身。正如兰瑟所指出的,很多读者是根据作者通常所表达的立场来判断《小山顶》的立场的。假若读者熟悉"隐含作者"与"真实作者"的区分,就不会将作者通常的立场视为这一作品的立场,而会通过细读该作品本身来发现作品中复杂的作者立场。申丹指出,正是因为熟悉"隐含作者"与"真实作者"之分,她在阐释卡夫卡的《判决》时,没有受卡夫卡在日记、信件中所表达的观点的束缚(卡夫卡说自己在写《判决》时,仅仅关注父子冲突),而是通过细读作品,发现了卡夫卡自己未曾提及的隐性进程(聚焦于个人与社会的冲突)。申丹进一步指出,她根据"隐含作者"与"真实作者"之分,发现了肖邦的不同作品在种族立场上的对照,这些作品的不同"隐含作者"与生活中的"真实作者"在种族立场上或者相吻合,或者相冲突(Shen, Style 84-90)。从中可以看到,"隐含作者"这一概念不仅有助于发现某一作品的复杂立场,而且还有助于发现作者笔下不同作品的不同立场。①

在这段对话中,申丹对于隐含作者的分析有以下两层值得注意的地方:第一,强调不能将作者通常的立场视为这一作品的立场;第二,通过西方小说的文本分析实践发现,同一作家的不同作品中可能存在不同的隐含作者,而这些隐含作者和真实作者在思想观念上并不是始终相吻合的,有时候他们的观念甚至相冲突。如果说隐含作者和真实作者在思想观念上可能相冲突,那么,申洁玲所强调的"作者镜像"在文本解读中就失去了意义。对于隐含作者和真实作者在思想观念上可能发生的冲突,近年来已有学者关注这一问题,并深入探讨。比较有代表性的如马立对于《莺莺传》的分析:

真实的元稹,人品远不如文品,无论在仕途上还是爱情上,他都是阿附权贵,背信弃义,为人不齿。但是,在自传性的《莺莺传》中,隐含作者为了美化真实作者的形象,利用如椽妙笔,不惜颠倒黑白,将崔张分手的主要责任推卸到莺莺

---

① 申丹:《叙事学的新探索:关于双重叙事进程理论的国际对话》,《外国文学》2022年第1期,第101–102页。

身上，而这经过理想化加工后产生的张生的形象，正反映了隐含作者的思想、道德规范。①

申洁玲对隐含作者概念的分析，显然没有注意到隐含作者与真实作者关系的复杂性。但是，申洁玲在对隐含作者概念的考察中，发现了隐含作者概念伦理价值的困境，也敏锐地发现了修辞学派在这一概念上的含混和认知学派在这一概念上的矛盾。也正是在这个基础上，申洁玲悲观地认为隐含作者概念已经完成使命，因此，申洁玲提出融合作者的概念：

……从目前的研究现状来看，"隐含作者"概念的理论空间似乎已经被发挥殆尽，是时候反思这一概念并寻求新的发展动力和方向。笔者以为，隐含作者这一概念在提出及发展中都存在含混性，在隐含于作者、文本还是读者之间游离，且布斯所赋予这一概念的伦理价值难以真正实现。以往研究的误区，在于没有认识到叙事交流是延时的、单向的和书面化的，读者所获得的作者形象是叙事交流的成果而非叙事交流信息的发出方，是作者镜像、文本元素和读者认知三个维度融合而成的一个形象，笔者称之为"融合作者"。②

是不是读者一定要在阅读中获得作者镜像，才能建构融合作者呢？对于这一问题，申洁玲强调读者建构融合作者存在以下两种情况：

在读者无法获得"作者镜像"的情况下，读者只能依据全部文本元素来建构"融合作者"；当读者能够获得"作者镜像"，读者就会整合全部文本元素和"作者镜像"来建构"融合作者"。读者之所以容易受到作者与作者镜像的影响，是因为读者需要把自己建构的"融合作者"视为真实作者，从而赋予"融合作者"以正确性、合法性和权威性。"③

申洁玲所提出的融合作者来自文本，读者所建构的融合作者必须得到文本元素的支持，但同时读者又是融合作者的建构者。这就不可避免地产生了一个问题：如果读者依据文本建构的融合作者与读者从文本外获得的作者镜像大相径庭，应该怎样解决？申洁玲在论文中没有对这一问题进行深入探讨。面对隐含作者概念

---

① 马立：《从〈莺莺传〉看隐含作者与真实作者的关系》，《时代文学》2011年第9期，第123页。
② 申洁玲：《"隐含作者"概念反思："隐含作者"还是"融合作者"？》，《广东社会科学》2021年第6期，第162页。
③ 同上书，第169页。

产生的混乱和问题，申洁玲想用融合作者的概念来解决，最终却一个问题都没有解决，又产生了新的问题。

融合作者概念的提出，在学术界并没有引起广泛共鸣，但这一探索也的确让我们对隐含作者概念的理解更加深刻。虽然融合作者概念并没有解决由隐含作者概念产生的纷争。但是，学者对于隐含作者概念的修正和重新命名并没有停下脚步。近年来，在学术界引起较大反响的是赵毅衡的"普遍隐含作者"概念。

2. "普遍隐含作者"概念的提出及运用

赵毅衡在《当说者被说的时候：比较叙述学导论》中对隐含作者进行了简练的分析。他把隐含作者界定为："从叙述中归纳出来、推断出来的一个人格，这个人格代表了一系列社会文化形态、个人心理以及文学观念的价值，叙述分析的作者就是这些道德的、习俗的、心理的、审美的价值与观念之集合。"[①]他认为，隐含作者与作品是同时产生的，隐含作者是作品的"意识之源"。对隐含作者在叙事交流中的作用，赵毅衡作了详细说明。他认为，隐含作者是叙事交流过程得以完成的关键主体之一。在《身份与文本身份，自我与符号自我》一文中，赵毅衡又从符号交流角度对隐含作者进行新的解释。他认为，人与人之间的每一种符号交流都有"符号身份"的参与，人们总是以一定的"符号自我"在交流中出现的。隐含作者就是文学交流中的"文本身份"，是一种"类人格"。隐含作者是一般的符号交流中的"符号身份"的类型之一。从这个意义上看，赵毅衡认为，隐含作者是一个普遍性概念："布斯的'隐含作者'应当是个普遍概念。只要有意义表达，就必然有文本身份；只要有文本身份，就必然有符号自我；符号自我可以人格化为'隐含自我'。"[②]2012年，赵毅衡在符号学研究背景下提出普遍隐含作者的概念。普遍隐含作者概念的提出将隐含作者的研究范围从小说及电影叙事扩展到所有的符号文本，包括虚构叙事和非虚构叙事文本：

不管哪一种文本，都有意义和价值，因此都有体现这套意义与价值的一个发出符合文本的拟人格。至今，隐含作者只是（小说或电影的）叙述学研究中一个课题，从符号学来说，这个概念不限于叙述，任何文本中，各种文本身份能够集

---

① 赵毅衡：《当说者被说的时候：比较叙述学导论》，中国人民大学出版社1998年版，第10页。
② 赵毅衡：《身份与文本身份，自我与符号自我》，《外国文学评论》2010年第2期，第14页。

合而成一个"拟主体"。只要表意文本卷入身份问题,而文本身份需要一个拟主体集合,就必须构筑出一个体现意义与价值的"隐含作者"。当这个概念扩大到所有的符号文本,可以称作普遍隐含作者。①

普遍隐含作者概念的提出得到了部分学者的支持。陈娜辉将普遍隐含作者概念用于分析品牌微信公众号消息文本的拟主体建构②;蒋诗萍赞同普遍隐含作者概念,认为既然任何符号文本的背后都有一个隐含作者,那么隐含作者也同样存在于品牌符号文本中③。任伟主张在翻译研究中引入隐含作者的概念,他认为:"赵毅衡将隐含作者进一步拓展为普遍隐含作者,将原本主要用于小说、电影叙述研究的概念推广至所有符号文本。这种延伸对翻译研究,尤其是典籍英译研究启发颇多。"④的确,将隐含作者概念引入翻译研究,有助于挖掘具体文本的修辞目的,以及在实际的翻译过程中,译者的不同选择对译文与原文在修辞目的和效果上产生的影响。近年来,众多学者在翻译研究中引入隐含作者的概念,也取得了丰硕成果。如阮诗芸⑤、戴玉霞⑥、权循莲⑦等。

3. 广义叙述学背景下"修辞性的执行作者"与"认知性的归纳作者"概念的提出

在赵毅衡看来,如新闻、广告、游戏、体育、法律等传统上认为是"边缘"的体裁,也可以纳入研究范围⑧。在此背景下,赵毅衡提出:

从广义叙述学角度而言,应当说,对于不同体裁的文本,我们采取的策略不同。有些容易在分析中得出修辞性的"执行作者",有的容易在阅读中得出认知性的"归纳作者",两种人格都是有效的隐含作者。例如,在分析新闻、历史等纪实型叙述时,导出"执行作者"方式比较容易理解,而在分析小说、故事电影

---

① 赵毅衡:《赵毅衡形式理论文选》,北京大学出版社2018年版,第217页。
② 陈娜辉:《品牌微信公众号消息文本的拟主体建构——基于隐含作者的研究视角》,《东南传播》2020年第12期,第119页。
③ 蒋诗萍:《隐含作者与品牌形象——基于文本理论与认知视角的分析》,《西北大学学报(哲学社会科学版)》2015年第4期,第128页。
④ 任伟:《论典籍英译研究中"隐含作者"的引入》,《符号与传媒》2018年第1期,第170页。
⑤ 阮诗芸:《阮籍诗英译与隐含作者的语际转化》,《北京第二外国语学院学报》2022年第2期,第109—126页。
⑥ 戴玉霞、侯爱华:《似与不似之间的流转:叙事视角下的译者与隐含作者研究——以苏轼诗词的英译为例》,《人文杂志》2016年第4期,第53—58页。
⑦ 权循莲:《叙事学视角下的小说翻译——以隐含作者与隐含读者的传译为例》,《河南科技学院学报》2014年第1期,第48—51页。
⑧ 赵毅衡:《广义叙述学》,四川大学出版社2013年版,第221页。

等虚构型体裁时,"归纳作者"比较有效。①

在赵毅衡看来,虚构型叙述宜用于"认知性的归纳作者",原因是"作者精神上离我们很远,我们缺乏了解他写作时的心态"②;而纪实型叙述的隐含作者就是文本发出时的作者人格,因此,这两个主体的人格是合一的。赵毅衡"修辞性的执行作者"与"认知性的归纳作者"概念的提出,在一定程度上为隐含作者的主体性问题的争论提供了一个新的思路:是不是可以从文本的差异性入手,来讨论隐含作者的主体性问题?

(二)对"隐含作者"概念的深入研究

申丹是国内较早关注并参与到隐含作者问题研究的学者之一,并且在全面分析国外研究者观点的基础上提出了自己的理解。在《何为"隐含作者"?》一文中,申丹考察了叙事学中关于隐含作者的不同理解与争论。她把前人的观点分为两类:一类偏向"隐含",即强调隐含作者的文本建构性;另一类偏向"作者",即强调隐含作者与作者的关联,认为隐含作者是作者的代理者。申丹认为,这两种理解都与布斯的隐含作者概念本义有所偏差。布斯认为,隐含作者包括这两个方面,而后来的学者割裂这二者并将它们对立起来,这是造成隐含作者理论争论与混乱的原因之一。在《再论隐含作者》一文中,申丹重申了她的观点,以"解码"与"编码"来阐发隐含作者:"布斯的隐含作者既是作品隐含的作者形象(解码对象),又是采取特定立场的作品写作者(编码者)"③,"就编码而言,隐含作者就是以某种方式来'写作的正式作者';就解码而言,隐含作者则是文本'隐含'的供读者推导的这一写作者的形象"④。

近年来,申丹首创的双重叙事进程理论在学术界产生了较大影响,引起了"九个国家十六位学者"⑤的热议。申丹发现,自古希腊亚里士多德以来,对叙事作品的研究一直聚焦于情节发展。而在不少叙事作品中存在着一种隐蔽的叙事动力,这就是"隐性进程"。虽然"有不少叙事作品没有隐性进程,可以仅探讨情节发

---

① 赵毅衡:《广义叙述学》,四川大学出版社2013年版,第231页。
② 同上书,第232页。
③ 申丹:《再论隐含作者》,《江西社会科学》2009年第2期,第30页。
④ 同上书,第27页。
⑤ 申丹:《叙事学的新探索:关于双重叙事进程理论的国际对话》,《外国文学》2022年第1期,第82页。

展",但"也有不少叙事作品含有隐性进程"①,对于此类叙事作品,就需要考察其中的双重叙事进程。申丹在《双重叙事进程研究》一书中,对于隐含作者的深入研究提出了两个需要注意的问题。

第一,隐含作者这一概念暗含着语境化的要求,因此,不能将隐含作者这一概念囿于文本之内②。

第二,当代修辞性叙事理论仅仅考虑了隐含作者在创作情节时采取的立场,而在含有双重叙事进程的作品中,经常要面对隐含作者采取的立场互为对照,甚至会有互为对立的双重立场③。因此,双重叙事进程要求对隐含作者概念进行拓展和重构,需要把单一隐含作者模式修正和拓展为双重或三重隐含作者模式。

那么,这一修正是不是意味着单一作者的作品中存在两个隐含作者呢?申丹在与费伦的讨论中回答了这一问题:"任何单一作者(single-authored)的作品都只可能有一个隐含作者、一个作者主体"④。因此,存在双重叙事进程的作品中实际上也只有一个隐含作者,是这一作者主体创造了立场相异的两种不同的叙事运动,读者由此推导出两种不同的作者立场。对这一问题,申丹强调:"只有摆脱传统的束缚,关注情节发展背后的隐性进程,才会看到一位隐含作者笔下两种叙事运动所体现的互为对照的作者立场和作者形象"。⑤

(三)对"隐含作者"概念的质疑与反思

中国学者对隐含作者概念的质疑主要是从以下两个层面展开。

第一,认为布斯的《小说修辞学》中隐含作者的概念割裂了作者与文本的联系,因此,忽略了真实作者的修辞性介入对于读者的引领作用。

众所周知,中国传统小说理论讲究"知人论世""文品如人品",重视小说作者的"教化"意图。那么,从中国传统的小说理论来看,隐含作者这一概念还有没有存在的必要?对此,杨义在《中国叙事学》一书中认为,虽然西方叙事学的叙述者、隐含作者和真实作者之辩使文本分析细致化了。但是,隐含作者概念的

---

① 申丹:《双重叙事进程研究》,北京大学出版社2021年版,第63页。
② 同上书,第101页。
③ 同上书,第107页。
④ 申丹:《叙事学的新探索:关于双重叙事进程理论的国际对话》,《外国文学》2022年第1期,第85页。
⑤ 同上。

提出，使读者不再关注真实作者的修辞性介入，甚至把真实作者看得无足轻重。因此，他主张在小说分析中不但不能割裂真实作者与叙事文本的联系，还要恢复真实作者在叙事文本意义解读中的主导地位，因为"透过叙述者去寻找真实作者，是中国人做学问的一种硬功夫。唯有把真实作者弄清楚了，解读文本所得到的文化密码才算落到实处"①。

对于中国传统小说中真实作者的修辞性介入问题，江守义从中西小说隐含作者意图伦理的角度出发认为，与西方小说的隐含作者兼有伦理先行和道德后觉不同的是，中国古典小说的隐含作者一般是伦理先行。正是有这样的差异，才使得隐含作者概念似乎与中国传统小说理论背道而驰，因此，江守义指出在这一意义上质疑隐含作者概念存在的必要性是得不偿失的：

> 从已有的叙事学成就出发，仍有区分真实作者和隐含作者的必要。因为小说毕竟是具体的文本，即使不知道真实作者是谁，读者仍可以从文本出发来解读小说的意图，这个意图只能是隐含作者的意图。对具体的小说文本来说，隐含作者比真实作者更加重要应无疑问，隐含作者对作品的伦理定位产生直接影响，是真正的伦理主体，是作品价值呈现的决定性因素。如果将小说的伦理责任归于隐含作者而不是真实作者，小说可以被禁止，但真实作者不会被牵连。②

李建军在其著作《小说修辞研究》中专设了一节来讨论"作者与隐含作者"。他认为布斯的隐含作者从表面上看是维护了作者与作品的联系，而实际上是切断了两者之间的关联。"一方面这个概念从外部形式上维护了真实作者与作品所表达的主张之间的间接而灵活的联系……但是另一方面，这种联系又被布斯从根本上给否定掉了，他用隐含作者切断了实际作者与作品的切实联系，排除了从作者那里寻找可以证实作品所包含的思想、态度和价值准则的外部证据的必要性与可行性。"③ 李建军认为用隐含作者来割断真实作者与作品关系的做法是不可取的，他主张"必须联系真实的作家来理解小说，必须强调真实的作家在小说中修辞介入的地位和作用"。④ 对于李建军的这一观点，申丹认为李建军与国内其他反对隐

---

① 杨义：《中国叙事学》，人民出版社1997年版，第200—201页。
② 江守义：《中西小说隐含作者意图伦理之比较》，《南京师大学报（社会科学版）》2022年第1期，第134页。
③ 李建军：《小说修辞研究》，中国人民大学出版社2003年版，第33—34页。
④ 同上书，第44页。

含作者概念的学者一样:"误解了布斯的原意,误以为隐含作者不是作品的写作者,而是作者写作时的创造物,因此认为这一概念不仅割裂了作者与文本的联系,而且还造成混乱。"①

第二,认为隐含作者这一概念本身存在问题。如黄淑芳认为隐含作者的概念从提出开始就有一定的模糊性,但是这种模糊性并不妨碍它为叙事研究提供一个新的视角。而一个具体的、统一的、确定的隐含作者是不存在的,只存在一个抽象的、复合的、变化的"隐含作者集"。因为不同的主体在各种不同的制约因素影响下,建构出的隐含作者是不同的②。正如申丹所言,黄淑芳在研究中同样认为,隐含作者是真实作者的创造物,是真实作者建构的结果。而刘亚律认为布斯提出的隐含作者是个存在诸多含混性而效用不明的概念,它片面强调作者在文本中的控制性力量,将修辞的功效绝对化,忽视了读者作为阅读主体的能动作用,因而并不具有实际阅读功效③。

与质疑者相反,国内研究者周志高④、姜宁⑤、李孝弟⑥、刘玉宇⑦、崔小清⑧、罗朝晖⑨、马立⑩等人从不同侧面论证了隐含作者存在的必要性。更多的国内研究者不但接受了隐含作者理论,而且将它运用于文本分析,如韩松晓⑪、张河芬⑫、姜毅⑬、王芳⑭等人的硕士论文。在期刊论文中也有大量将隐含作者理论用于具体

---

① 申丹:《"隐含作者":中国的研究及对西方的影响》,《国外文学》2019年第3期,第21页。
② 黄淑芳:《"隐含作者"的多重建构性与不确定性》,《飞天》2010年第24期,第70-72页。
③ 刘亚律:《论韦恩·布斯"隐含作者"概念的无效性》,《江西社会科学》2008年第2期,第38-43页。
④ 周志高:《论人文视域下"隐含作者"的效用》,《武汉理工大学学报(社会科学版)》2015年第2期,第316-321页。
⑤ 姜宁、牛亚军:《隐含作者的全息考察和建构》,《西安电子科技大学学报(社会科学版)》2015年第2期,第117-121页。
⑥ 李孝弟:《"隐含作者"补解》,《外语与外语教学》2013年第3期,第88-92页。
⑦ 刘玉宇、雷艳妮:《论"隐含作者"与"真实作者"》,《文艺理论研究》2012年第4期,第100-105页。
⑧ 崔小清:《文学作品中"隐含作者"概念之辨析》,《外语教学》2011年第3期,第88-91页。
⑨ 罗朝晖:《也谈"隐含作者"》,《外语与外语教学》2009年第4期,第42-44页。
⑩ 马立:《从隐含作者的双重身份看其存在的必要性》,《山花》2010年第16期,第150-151页。
⑪ 韩松晓:《不可靠叙述者与隐含作者——论〈洛丽塔〉的修辞》,中南大学硕士论文,2007年。
⑫ 张河芬:《我们究竟应该聆听谁的声音?——小说〈我弥留之际〉中隐含作者的分析》,合肥工业大学硕士论文,2009年。
⑬ 姜毅:《从〈赫索格〉到〈拉维尔斯坦〉:隐含作者的变迁及其意义》,上海师范大学硕士论文,2008年。
⑭ 王芳:《叙事背后的道德质询——评伊迪丝·华顿三部作品叙事中"隐含作者"的体现》,吉林大学硕士论文,2006年。

文本分析中的文章,如王瑾①、吴东京②、孙金燕③、张鹏华④、刘旭⑤、哈旭娴⑥、李海英⑦、汪小玲⑧、王敏琴⑨、金衡山⑩等。

此外,乔国强认为隐含作者是存在的,但隐含作者存在的形式既是与真实作者互动的,也是与社会环境等共生的。⑪张春燕在硕士论文《"隐含作者"的研究》中,认为目前学界主要把研究的视点集中在分析隐含作者和真实作者及隐含作者和隐含读者之间的关系上。因此,她将研究的重点放在对不同的视角模式(零视角模式、内视角模式、第一人称视角模式)下隐含作者和叙述者之间关系的考察上。⑫

(四)隐含作者理论的实践研究

隐含作者在理论上具有重要地位的同时,更是在文学批评实践中被广泛地运用,特别是申丹、傅修延等学者对于西方小说的解读,取得了丰硕的成果。国内对于隐含作者的研究一方面注重对隐含作者的理论考察,另一方面注重对不同形式的文艺作品中隐含作者现象进行差异化分析。近年来,国内学术界对于隐含作者理论文本分析层面的扩展及问题主要体现在以下两个方面。

第一,在文学批评实践中,从广度上看,从只关注西方文学作品转向开始关

---

① 王瑾、李毅峰:《欧茨〈黑桃J〉中的不可靠叙述者及隐含作者》,《齐齐哈尔大学学报(哲学社会科学版)》2021年第12期,第116-131页。
② 吴东京:《隐含作者的服饰叙事伦理:谁是〈远大前程〉中的绅士?》,《外语研究》2020年第6期,第101-107页。
③ 孙金燕:《20世纪武侠小说隐含作者论》,《兰州大学学报(社会科学版)》2016年第3期,第65-72页。
④ 张鹏华:《〈早秋〉中的隐含作者和隐含读者》,《西安电子科技大学学报(社会科学版)》2013年第3期,第111-115页。
⑤ 刘旭:《隐含作者与虚构:赵树理文学的深层结构分析》,《文学评论》2013年第3期,第100-107页。
⑥ 哈旭娴:《厄普代克〈S.〉的隐含作者与潜在话语》,《湖北社会科学》2012年第5期,第132-135页。
⑦ 李海英:《他要告诉我们什么——论辛格〈汽车〉中的隐含作者》,《学术研究》2009年第8期,第143-146页。
⑧ 汪小玲:《论〈洛丽塔〉的叙事策略与隐含作者的建构》,《上海外国语大学学报》2007年第4期,第72-76页。
⑨ 王敏琴:《〈名利场〉中隐含作者的不连贯现象》,《外语研究》2003年第3期,第76-79页。
⑩ 金衡山:《〈布拉斯岱field曼司〉中的叙事者和隐含作者》,《国外文学》1999年第4期,第85-91页。
⑪ 乔国强:《"隐含作者"新解》,《江西社会科学》2008年第6期,第23-29页。
⑫ 张春燕:《"隐含作者"研究》,天津师范大学硕士论文,2007年。

注中国传统文学作品。如江守义①、唐辉②、陆锦平③、王毓红④、陈中伟⑤等学者对于将隐含作者理论运用于中国古代文学作品的解读中,拓宽了我们研究中国传统文学作品的视野。另外,阮诗芸⑥、戴玉霞⑦等学者通过研究中国古代诗歌翻译中原文与译文隐含作者的关系、隐含作者立场的转化过程等问题,为中国古典诗词翻译实践提供了新的思考角度。这一新方法,对解决中国古代诗歌英译中的难题:如何还原中国古典诗词的神韵,为如何传达诗人真正的意图提供了新的思路。

第二,值得关注的是,对于一些新兴的文学艺术形式(如网络文学、影视艺术等)中隐含作者现象也有了新的研究,如赵世佳提出"画面隐含作者"与"源隐含作者"的概念⑧。但由于隐含作者概念本身存在的争论和症结诸多,没有形成定论,学术界对于不同文类作品中隐含作者的研究表面看上去很繁荣,但是诸多实质问题却没有得到解决。作为一个重要的实践性概念,隐含作者在具体阅读行为中的形成与变化情况,不同文类作品中隐含作者的差异等方面的研究仍然有待进一步深入。

纵观国内外的隐含作者研究,可以看出,隐含作者作为一个新近出现的文学范畴,其重要性已经得到了人们的普遍认可。对隐含作者的研究也相当的广泛,但是离达到理论上深入、清晰、透彻的目标还有一定的距离,尤其是在一些重要的问题上,不同学者往往各持己见,造成理论上的混乱与矛盾。所以,隐含作者不仅已经有了比较丰富的研究成果,而且也有了广阔的拓展空间。本书试图从一个新的角度进入隐含作者的研究,从新的思路来考察隐含作者概念及与它相关的论争。

---

① 江守义:《"激发忠义,惩创叛逆"——明代历史小说隐含作者的济世情怀》,《安徽师范大学学报(人文社会科学版)》2022年第1期,第41—50页。
② 唐辉:《试析〈豆棚闲话〉的叙事结构与隐含作者》,《成都大学学报(社会科学版)》2016年第5期,第43—48页。
③ 陆锦平:《词里稼轩的别样风貌——论稼轩词的隐含作者》,《前沿》2015年第8期,第141—146页。
④ 王毓红:《隐含作者的想象制作:〈文心雕龙〉历史叙事性批评话语的深层结构》,《西华大学学报(哲学社会科学版)》2014年第3期,第42—48页。
⑤ 陈中伟:《中国古代叙事诗的隐含作者》,《东岳论丛》2008年第6期,第109—111页。
⑥ 阮诗芸:《阮籍诗英译与隐含作者的语际转化》,《北京第二外国语学院学报》2022年第2期,第109—126页。
⑦ 戴玉霞、侯爱华:《似与不似之间的流转:叙事视角下的译者与隐含作者研究——以苏轼诗词的英译为例》,《人文杂志》2016年第4期,第53—58页。
⑧ 赵世佳:《"画面隐含作者"与"源隐含作者"的修辞碰撞研究基础》,《电影文学》2021年第8期,第36—42页。

绪 论

第二节 本书的研究角度与思路

自布斯的《小说修辞学》首度提出隐含作者这一概念以来，隐含作者已经有五十年的历史了，隐含作者一词已经成为当代叙事学中最重要的概念之一。从文学批评的实践来看，隐含作者理论也被很多文学研究者和爱好者广为使用。与隐含作者的理论重要性和实践普遍性不相称的是，在隐含作者的认识上尚存在诸多问题。对于隐含作者，学界在究竟是否需要隐含作者上尚存在争议。即使承认了隐含作者的存在，在隐含作者与作者的关系、隐含作者的人格化性质，隐含作者在叙事交流中的地位、隐含作者与读者的关系等问题上，仍然存在严重的分歧。这些问题的存在显然削弱了隐含作者理论的合法性和适用性。不过，虽然存在这些问题，但也不必过于悲观。问题往往是前进的阶梯。有了问题，我们才知道从何处开始研究，如何进行思考，这样才能最终达到解决问题、发展理论的目的。所以，前人关于隐含作者的研究和讨论，给我们对这一问题的思考奠定了坚实的基础。站在前人的肩膀上才能更进一步。本书从以下角度介入对隐含作者问题进行研究。

（一）扩大研究的理论视野

隐含作者概念诞生于叙事学家之手，在叙事学家之间进行讨论，讨论也主要局限于叙事学理论范式。我们不能否定隐含作者的叙事学性质，隐含作者是个不折不扣的叙事学术语，隐含作者在叙事学理论范式中诞生，它所期望解决的也是叙事学内的相关问题。但是，经过几十年的理论发展后，叙事学内的讨论并没有彻底解决困扰隐含作者的问题，这就迫使我们去思考问题出在哪儿，显然导致这一结果的原因之一是，局限于叙事学圈子内的讨论太过于狭隘了，它阻碍了对20世纪各种新的思想理论资源的使用。把隐含作者限定于20世纪60年代之后的叙事学圈子，割断了隐含作者思想与其他早期思想理论相联系的可能。这显然不利于我们从更广阔的角度和更深的层次去思考隐含作者。任何一种思想的诞生都不是孤立的，任何一种思想的发展也不能孤立地进行。所以，打开视野，我们或许能找到解决问题的新角度、新思路。

就隐含作者思想来说，它的提出与20世纪的文学思想乃至整个人文思潮有着内在的联系。在文学领域有"作者"要不要"隐退"的问题；在文学之外，是更具普遍性的"人"的问题。在布斯之前，小说理论家只谈论作者、叙述者、读者，而在布斯之后，人们在这三者之上增加了隐含作者。这一增加不仅仅是一种词语的变化，更反映了人们对文学主体认识的变化。所以，关于隐含作者的研究应该从"主体"入手，把文学中的主体与一般主体问题联系起来，这样才可以更清楚地认识隐含作者的性质、地位和功能。而这恰恰是叙事学范式所做不到的。

主体问题一直是思想家、哲学家关注的重要议题，尤其是20世纪以来，关于主体的讨论更是比比皆是。本书中我们不期望对有关"主体"的问题进行全面的讨论，而是借助于前人关于主体问题研究的某些成果来解决文学的问题。其中有两个重要的思想与文学有密切的关系，一是"人的死亡"命题，二是"人与语言关系"理论。

因此，本书通过引入符号学、语言学、主体间性理论等内容，对隐含作者作"超叙事学"进行考察，对隐含作者的思想发展、主体性质及在文学话语中的表现等多个维度进行符号学阐释。通过符号学的再阐释让我们对隐含作者思想的诞生和发展的学理性、隐含作者的性质及其在批评中的适用性有更深入和系统的认识，从而解决缠绕在隐含作者概念上的重重矛盾。

（二）"人的死亡""作者的死亡"与"隐含作者"的诞生

"人的死亡"是现代哲学中一个重要命题，它是对古典哲学思想中关于"人"的定义的反思。古典思想把人定义为"理性的动物"，人具有某种永恒的本质的人性，即资产阶级所宣扬的"自由、平等、博爱"。这种认识把人固定化、普遍化。现代的思想家不断挑战这一定义。马克思说"人是社会关系的总和"，人是在社会实践中形成的；弗洛伊德说人并不是理性的动物，人受到无意识本能的控制和驱使。神圣化的人性越来越受到质疑。最后福柯喊出"人死了"的口号。"人死了"指的是资产阶级所树立的"永恒人性"的倒塌，把人重新还原为社会历史进程中的不断变化的人，还原了人的丰富性。"人的死亡"与文学问题密切相关，它直接导致了文学中的"作者死亡"。作者死亡是20世纪文学领域中发生的一件大事，它弥漫于20世纪的各种文学理论派别中，俄国形式主义、英美新批评、巴黎结构主义、解构主义等文学思潮中都含有相关的思想。作者死亡所谈论的就是文学主体问题，这显然与本书的主题隐含作者有着密切的关联。作者死亡与隐含作者的诞生在时间上具有惊人的先后关系。作者死亡论从20世纪初形成以来，逐渐发展，在20世纪60年代达到高峰，恰在此时隐含作者出现。它们之间是否有内在必然性联系？过去关于隐含作者的研究都没有涉及这些方面。我们认为两者之间存在必然的关联。作者死亡论革新了人们对文学中的"作者"主体的认识，这种革新与隐含作者的提出是有内在一致性。从这里可以看出，隐含作者的诞生与20世纪整体的思想发展趋势是一致的，而不仅仅是某个叙事学家的突发奇想。实际上，在布斯之前或在其他同时代的思想家那里，隐含作者的思想就已经在孕育之中。

（三）人与语言的关系对理解隐含作者性质的启示

人与语言的关系问题是20世纪另一个重要的理论问题。在这一问题上通常有两种相对立的认识：一是认为人决定语言，二是认为语言决定人。但经过许多研究者的研究、争论，发现这两种表述都有简单化之嫌。实际上，人与语言不能分开，两者都不能独立自为的存在。没有语言的人不能成为人，没有人的语言也无法存在，人与语言是一体的。既然不能分开，就不能简单地说谁主谁次，谁是决定者谁是被决定者。人的主体性是在语言符号中形成、建立和完善的。卡西尔的"人是符号的动物"的论断正是对这种思想的精练概括。主体与语言的关系命题也与文学问题存在密切的关联。因为文学就是依靠"主体"与"语言"两种要素而存在的。文学是人类主体之间交流的方式之一，它传递一个主体的思想情感，让另一个主体去体验、理解。同时文学是语言的艺术，所有的文学交流必须通过语言符号才能实现。所以，关于主体与语言符号关系的新思想必然对理解文学主体与文学文本的关系具有启发作用。在本书，我们主要援引了法国语言学家本维尼斯特的话语与主体思想来解决文学中的主体问题。隐含作者的性质、功能可以从语言学理论的角度得到更好的解释。

（四）对隐含作者相关问题进行深入讨论

在说明了隐含作者诞生的必然性与隐含作者在文学话语中的一般性质之后，

文学隐含作者论

本书分别从隐含作者与作者的关系、隐含作者与读者的关系及其对文学解释与文学意义的作用、隐含作者与话语内主体的关系等角度展开对隐含作者的研究。从这几个侧面深化对隐含作者的认识。

隐含作者虽然是叙事学的概念，但对于隐含作者的理解和界定，却不能局限于叙事学的圈子。打开视野之后，我们会得到理解问题的新角度、新思路。本书联系于 20 世纪的人文思想背景来阐发隐含作者理论，并对隐含作者中的几个主要问题予以详细的阐释，希望能解决某些困扰已久的难题，推动隐含作者研究的一点进步。

第一章 "隐含作者"概念的提出与讨论

第一节 布斯"隐含作者"概念提出的背景与内涵

一、布斯提出"隐含作者"的背景

隐含作者是美国当代文学批评家韦恩·布斯于1961年在其《小说修辞学》中提出的一个概念。对于这个概念提出的背景和原因,布斯在《隐含作者的复活》一文中坦言至少有四种动因:一是对当时普遍追求小说的所谓"客观性"感到苦恼。布斯认为这种立场不仅经常导致贬低菲尔丁、简·奥斯丁和艾略特等天才作家的超凡叙述技艺,还会导致对作品的明显误读。二是对学生的误读感到烦恼。因为叙述者和隐含作者、隐含作者与真实作者常常被学生混淆。布斯以塞林格的《麦田里的守望者》为例,对很多学生混淆不可靠的叙述声音和有意创造出这一声音的隐含作者表示担忧。三是为批评家忽略修辞伦理效果的价值而感到道德上的苦恼。布斯认为,在20世纪50年代和20世纪60年代越来越多的批评家接受"读者反应运动",断言阐释完全在读者一方。而这种批评家忽视小说伦理的做法使布斯深感忧虑。四是进一步考虑了真实作者对隐含作者的创造与日常生活的关系后,布斯发现在日常生活中存在建设性和破坏性的角色扮演,我们面临的挑战主要是区分有益的和有害的面具,而在文学批评中也同样如此。

针对布斯对隐含作者这一概念提出的背景的解释,国内学者申丹指出布斯回避了一个最根本的社会历史原因,即在20世纪中叶形式主义思潮的盛行。[①]的确,作为新亚里士多德学派的成员之一,布斯传承了亚里士多德的诗学传统,反对英美新批评将作者完全抛弃而采用"细读"等纯粹的内在批评的方法。另外,对于

---

① 申丹:《何为"隐含作者"?》,《北京大学学报(哲学社会科学版)》2008年第2期,第142页。

传统传记式批评对真实作者意图的过分强调，布斯也是不赞成的。笔者认为，布斯的隐含作者这一概念的提出，与当时文学批评界对作者及作者意图的探索是息息相关的。

就探索作者及其意图这一点来看，传统的批评方式更偏重从作家生平与事迹等外部因素入手。而这种将研究作者及其背景作为文学批评的全部的做法，在19世纪一度盛行。从19世纪后期开始，记述作家生平与事迹的传记得到了批评家的重视，为了最大限度地弄清作者的意图，他们往往搜集有关作家生平的大量资料、文献。这种批评方式被称为传记式批评。传记式批评强调探索作者意图的重要性，他们不但追踪作家个人经历，而且认为作品即作者意图的反应，发现作品中作者要表达的原意即是批评家所要做的工作。在传记式批评中，作者无疑是文学批评的核心。

英美新批评是西方现代形式主义流派的一个重要代表。20世纪二三十年代在英美盛行，20世纪四五十年代在美国文论界占主导地位。英美新批评抛弃了传统传记式批评关注作品历史背景、作家生平等的研究方法，强调对作者的驱逐，甚至是划清文学批评与作者的联系。新批评将批评的对象和重点从研究作品的历史背景、作家生平等，转移到了研究作品本身的结构上。在20世纪，英美新批评对传记式批评强调作者权威的打击是致命的。早在1937年，兰色姆在《批评公司》一文中，就将六种批评视为非本体论批评，并予以剔除。它们是：批评家阅读作品后个人感受的记录；作品内容的梗概和释义；历史研究；语言研究，包括解释外来语和古语及追索典故等；道德研究；任何其他只涉及从作品中提取出来的抽象或空洞的内容的研究，如研究乔叟对中世纪科学的了解程度。① 其中兰色姆所说的历史研究包括一般文学背景、作者生平、作品所提供的具有自传性质的文字、文献目录等的研究，兰色姆将传记批评排除在本体论批评之外。他在《新批评》一书中号召进行"本体批评"。这种批评要求摆脱诗歌研究中的道德说教和心理学倾向，主张对诗歌的结构本体进行研究。"诗歌的结构本身就是诗歌的散文释义，它几乎可以是任何性质的逻辑话语，可以表达适合于逻辑话语的任何内容……道德内容并非诗歌所专有，它完全可以成为散文

---

① 史亮：《新批评》，四川文艺出版社1989年版，第16—18页。

的内容；况且，大量的诗歌并不包含道德内容。我认为，诗歌作为一种话语的根本特征是本体性的。"①

布鲁克斯用一个形象的比喻说出了英美新批评的态度，他将文学作品比作布丁糕点："文学布丁糕点的滋味的最可靠证明就是去尝一口。研读厨师要看她遵循的菜谱，考虑她用的各种作料，研究她做某种布丁糕点时的意图想法，看她制作时是精工细作还是粗制滥造，这一切都是绝对正确的。但进行判断的最主要事实还是在布丁糕点本身。最后决定还是要靠品尝、靠吃、靠切身的感受。"② 在英美新批评看来，传记式批评是在作品之外去了解作者，这种方法是不可取的。

英美新批评割断作家与作品的联系，要求文学批评将注意力只放到作品中去，文学批评家的兴趣应当从作家转移到作品本身。不论是艾略特的"非个人化"理论对作者的驱逐③，还是瑞恰慈在语言微观上对作者的驱逐④，或是布鲁克斯对文学批评与作者联系的排斥⑤。在些对作者的驱逐中，英美新批评划清了作者与作者意图同文学批评的联系。在新批评看来，文学批评家应该做的是剖析作品的本质与结构。

出于对传统传记式批评将作者作为文学批评的核心的抵制，以及对英美新批评忽略作者的倾向的反驳，布斯提出隐含作者这一概念。英美新批评对作者的驱

---

① [美] 约翰·克罗·兰色姆：《新批评》，王腊宝、张哲译，江苏教育出版社2006年版，第192页。
② 赵毅衡：《"新批评"文集》，百花文艺出版社2001年版，第604页。
③ 艾略特早年提出"非个人化"理论认为作家的创作过程就是消灭自己个性的过程。艾略特在1917年撰写的论文《传统与个人才能》中提出这一观点。（见赵毅衡编《"新批评"文集》，百花文艺出版社2001年版，第36页）在这篇论文中艾略特论述了诗与作者的关系。艾略特用一个比喻来说明诗人与其文学作品之间的关系：在贮有氧气和二氧化硫的瓶子里，放入一条白金丝后，氧气和二氧化硫化合成硫酸，而白金丝却丝毫不受影响，新的化合物硫酸中也并不含有白金丝的成分。白金丝在这里只起催化作用。诗歌创作也与此类似，诗人的心灵就像白金丝，把情感和感觉化合成新化合物——诗歌。没有诗人的心灵，诗歌就不会创作出来，就像没有白金丝，氧气和二氧化硫就不会化合成硫酸一样。但是诗歌一旦问世，就不再包含诗人的心灵成分了。艾略特割断了作家与作品的联系，要求文学批评将注意力只放到作品本身中去，文学批评家的兴趣应当从作家转移到作品本身。
④ 瑞恰慈在1924年出版的《文学批评原理》和1927年出版的《实用批评》使文学批评进一步转向文本语言与结构的研究。瑞恰慈认为由于诗歌语言的特殊性，读者无法确定诗人的意图："有些人既懂得怎样对待一件艺术作品，又明白他们正在做什么。他们多半是艺术家，而不大乐于或者不大胜任相当特殊地说明任务。可能他们以为显易懂无需说明。还有些人作过尝试，通常又碍于语言而告失败。因为历来妨碍我们说明以及'赏玩'（缺乏恰当的字眼，姑用一个不大恰当的字眼）诸门艺术的困难在于语言。"（见朱立元主编《二十世纪西方文论选·上》，高等教育出版社2002年版，第239页）
⑤ 在布鲁克斯看来，文学批评研究的是作品本身，只有划清文学批评与作者的联系，才是值得推崇的。布鲁克斯认为形式主义批评家也一样看到了作品表现作者独特的个性、作者在创作时怀有各种不同的动机等，但是，"形式主义批评家主要关注的是作品本身。对作者思想状况的研究会使批评家将注意力从作品本身转向对作者个人经历和心理的研究"。（见朱立元主编《二十世纪西方文论选·上》，高等教育出版社2002年版，第280页）

逐，所导致的直接后果便是作者在文学批评中的"死亡"。而文学批评将目光从对作者的外部环境等的追索中解放了出来，却又单纯地将目光投向了文本，强调文本的自足性。这种只关注文本自身，而完全忽略作者的意图和历史语境的做法，是布斯所不能接受的。

布斯的《小说修辞学》产生于英美新批评盛行的时代，在特定的时代氛围之中，布斯提出了文本内的隐含作者概念。布斯的隐含作者理论一方面在抛弃传统传记式批评关注作品历史背景、作家生平的研究方法上与英美新批评相一致；另一方面又没有完全否定作者的存在与作用。隐含作者概念的提出，从某种程度上来说，是对英美新批评完全抛弃作者的一种纠正。从布斯隐含作者这一概念的内涵来看，它是真实作者写作时采取的特定立场、观点态度在具体文本中所表现出来的第二自我。既然隐含作者是真实作者的第二自我，那么，布斯并没有彻底地将真实作者驱逐出去。布斯在《小说修辞学》中一直强调作家的道德感和责任感，反对艾略特的"非人格化"思想和由此产生作者声音的隐退。在《小说修辞学》中，对于约瑟夫·沃伦·比奇所宣告的"作者的隐退"，布斯认为是不可能实现的。如福楼拜、詹姆斯等人在布斯看来仍然是不可避免介入他们的作品的。为了避免真实作者在小说作品中"拙劣"的介入，布斯提出隐含作者这一概念。国内学者李建军认为布斯的隐含作者概念一方面从外部形式上维护了真实作者与作品所表达的主张之间间接而灵活的联系，但是另一方面，这种联系又被布斯从根本上给否定掉了，布斯用隐含作者切断了实际作者与作品的切实联系，排除了从作者那里寻找可以证实作品所包含的思想、态度和价值准则的外部证据的必要性和可行性，从而维护了他一直反对的关于小说的"纯粹性""独立性""客观性"的理论。① 笔者不同意李建军的观点。在布斯看来，隐含作者并没有切断实际作者与作品的切实联系，反而通过隐含作者这一概念十分灵活地维护了真实作者同作品所表达的主张之间的联系。因为从隐含作者这一概念的内涵来看，真实作者写作时"他不是创造一个理想的、非个性的'一般人'，而是一个'他自己'的隐含的替身"②，也就是说是真实作者创造了隐含作者，那么，隐含作者这一概念并没

---

① 李建军：《论小说作者与隐含作者》，《中国人民大学学报》2000年第3期，第104页。
② [美] 韦恩·布斯：《小说修辞学》，华明等译，北京大学出版社1987年版，第80页。

有切断实际作者与作品的联系,恰恰相反,隐含作者起到了实际作者与作品联系的中介和桥梁作用。

所以,隐含作者这一概念的提出,是对批评界驱逐作者的一种变相的反拨。正如兰瑟在《叙事行为:小说的视角》一书中所认为的:布斯"拯救"了作者这一概念,而且使那些希望彻底根除作者在文本中存在的形式主义批评家,和那些对删除作者在文本中存在而感到不满的批评家之间达成了某种妥协。①

二、布斯"隐含作者"概念的内涵

1961年,韦恩·布斯在其《小说修辞学》中对隐含作者概念进行了初步的界定。时隔四十多年之后,他在《隐含作者的复活》一文中,再次阐发了隐含作者的相关思想。布斯在《小说修辞学》中认为:"隐含作者有意无意地选择了我们阅读的东西;我们把他看作真人的一个理想的、文学的、创造出来的替身;他是他自己选择的东西的总和。"②在布斯看来,隐含作者是作者创造出来的、理想的替身,是他自己选择的东西的总和。布斯对隐含作者概念的阐发涉及真实作者、读者和叙述者等三个不同维度,我们就从这三个维度来系统考察布斯的隐含作者概念的内涵。

(一)隐含作者与真实作者的关系

布斯称隐含作者是作者的第二自我,即作者在写作时采取的特定立场、观点态度构成其在具体文本中表现出来的第二自我。在布斯看来,真实作者写作时"他不是创造一个理想的、非个性的'一般人',而是一个'他自己'的隐含的替身"③,这一替身,"不同于我们在其他人的作品中遇到的那些隐含的作者"④。同时,真实作者在不同作品中会有不同的替身,也就是"不同思想规范组成的理想"⑤。对此,布斯举例说道:"正如一个人的私人信件,根据与每个通信人的不同关系和每封信

---

① 转引自尚必武、胡全生《西方叙事学界的"隐含作者"之争述评——兼纪念韦恩·布思去世两周年》,《山东外语教学》2007年第5期,第8页。
② [美]韦恩·布斯:《小说修辞学》,华明等译,北京大学出版社1987年版,第84页。
③ 同上书,第80页。
④ 同上。
⑤ 同上。

的目的,含有他的自我的不同替身,因此,作家也根据具体作品的需要,用不同的态度表明自己。"① 布斯认为,在菲尔丁所写的讽刺作品《江奈生·魏尔德》,两部散文诗《约翰·安德鲁斯》和《汤姆·琼斯》及《阿米莉亚》中,读者看到的是不同的菲尔丁的替身,这些替身之间有许多相似之处。但同时又有极大的差异。而这些真实作者自我的替身,也就是隐含作者在不同文本中的不同的表现。布斯认为:"只有把真实作者和隐含作者区别开来,我们才能在讨论真实作者的'诚意'和严肃性等问题时不会不着边际"。②

布斯认为小说不可能实现像福楼拜所提倡的类似科学的绝对客观和中立,写作时的作者如果像休谟在《趣味的标准》一文中所描述的理想的读者一样,为了减少由偏见产生的扭曲,而忘掉他的"个人存在"和"特殊环境",就降低了作者个性的重要性。

布斯在《隐含作者的复活》一文中,对隐含作者和真实作者的不同作了更为详尽的阐释。布斯赞同索尔·贝娄对作者戴面具的重要性的论述,并认为这样的文学面具提供了比作者日常生活更好的生活榜样,因此,将这样的假面具仅仅是看成真实作者虚伪的表现是不确切的。对此,布斯十分风趣地论述道:"假如叶芝的诗仅仅是对他充满烦扰的生活的原始记录,你还会想读他的诗吗?假如每一个人都发誓要每时每刻都'诚心诚意',我们的生活就整个会变得非常糟糕。"③ 在布斯看来,正是文学创作中隐含作者对日常生活中有血有肉的真实作者的超越,才使得文学的价值和意义得以彰显。布斯在《隐含作者的复活》一文中,将关于隐含作者的探讨从单纯聚焦于小说扩展到诗歌。在对诗歌隐含作者的分析中,布斯明确提出:"不仅隐含作者是我们颇有价值的榜样,而且我们对于较为纯净的隐含作者和令人蔑视的有血有肉的人的区分,实际上可以增强我们对表达前者的文学作品的赞赏。"④

(二)隐含作者与读者的关系

从阅读的角度来看,布斯认为读者对隐含作者的感觉,"不仅包括所有人物

---

① [美]韦恩·布斯:《小说修辞学》,华明等译,北京大学出版社1987年版,第81页。
② 同上书,第75页。
③ [美]韦恩·布斯:《隐含作者的复活》,申丹译,《江西社会科学》2007年第5期,第32页。
④ 同上书,第32—33页。

的每一点行动和受难中可以推断出的意义,而且还包括它们的道德和情感内容。简言之,它包括对一部完成的艺术整体的直觉理解;这个隐含作者信奉的主要价值,不论他的创造者在真实生活中属于何种党派,都是由全部形式表达的一切。"①也就是说,读者对隐含作者的感觉和理解,只能从隐含作者创造完成的整部作品中获得,而从整个作品中推导出的真实作者创作时的形象才是读者对隐含作者的感知和理解。读者对隐含作者的理解最终依据的是文本,而不是真实作者在生活中的作者形象。布斯认为:"风格""基调"和"技巧"是隐含作者的精华和思想规范的核心,也是我们识别隐含作者的特征。布斯以菲尔丁为例,说明同一作者的不同作品可能隐含着不同的作者形象。

(三)隐含作者的修辞性质

在布斯看来,隐含作者是叙述者的创造者,它是叙述的动力之源:"总的来看,小说越差,我们就越能根据我们对隐含作者的经验,对真实的作者的难题作出简单明确的推断。对于那种对作者客观性的要求来说,有这样一个重要真理:真实作者的未经改造的爱和恨的标志几乎总是致命的。但是对这一真理的清楚认识,并不能把我们引向关于技巧的教条,它不应该把我们引向要求作者从自己的小说中清除爱和恨,以及它们所根据的判断。我希望说明的是,隐含的作者的感情和判断,正是伟大作品构成的材料。"②布斯在这段话中指出,构成作品的材料的并不是真实作者未经改造的感情和判断,而是隐含作者的感情和判断。而对隐含作者是叙述者的创造者这一观点,布斯早在《小说修辞学》中就明确指出:"我们对叙述者的各个方面规定的术语,没有一个完全精确地适用于它。我们有时使用'人物''戴面具者'和'叙述者'这些术语,但是它们更经常是指作品中的说话者,他毕竟仅是隐含作者创造的成分之一。"③

布斯提出的隐含作者在叙事学界产生强烈的反响,几十年来隐含作者传播到世界各地,被各国的学者研究者吸收使用。但是在隐含作者思想传播的过程中,也存在着不少的争论。其中争议最大的就是:隐含作者是否必要?

---

① [美]韦恩·布斯:《小说修辞学》,华明等译,北京大学出版社1987年版,第83页。
② 同上书,第95—96页。
③ 同上书,第82页。

第二节　隐含作者是否必要?

法国的叙事学家热拉尔·热奈特是反对隐含作者的代表人物。热奈特认为隐含作者这一概念没有存在的必要，因为只需要作者和叙述者就完全可以解释叙事交流的所有复杂性，隐含作者是额外增加的不必要的主体。

热奈特认为叙述学无须超出叙述主体的范围，而隐含作者主体明显地处于叙述主体范围之外。热奈特认为在叙述者活动得到强调后，如果保留隐含作者这一概念，叙述交流过程中就有了真实作者、隐含作者和叙述者三个主体。在热奈特看来，布斯的隐含作者概念在很大程度上等同于叙述者概念，而热奈特认为布斯保留隐含作者概念主要是用于区别真实作者和叙述者。比如，区分亨利·菲尔丁本人和《汤姆·琼斯》《约瑟夫·安德鲁斯》或《阿米莉亚》的各个叙述者。热奈特在此对布斯隐含作者概念的理解存在一定程度的误读。如前所述，在布斯看来是隐含作者创造了叙述者。热奈特认为隐含作者并不是叙述者和真实作者之间必不可少并有效的一个主体。

首先，隐含作者不是有实效的主体。因为在热奈特看来，虚构叙事是由叙述者虚构产生的，而叙述者又是由真实作者建构的。因此，虚构叙事实际上是由真实作者产生的。热奈特将作品的风格归属到真实作者本人的表达方式之中，这是与布斯的分歧之处。在布斯看来，"风格""基调"和"技巧"是我们识别隐含作者的特征，是隐含作者的表达方式而不是真实作者。

其次，热奈特将布斯隐含作者概念理解为由作品构筑并由读者感觉到的真实作者的形象。热奈特将隐含作者理解为从作品中推导出的作者形象，强调有能力的读者的建构作用。普鲁斯特说："一本书是另一个我的产物，不同于我们的习惯、社会和恶习中表现出来的那个我"。① 巴尔扎克在《人间喜剧》中阐释的政治及社会见解，与他在生活中的见解相反。面对这些与真实作者不同的第二自我，热奈特认为，有能力的读者构想的作者形象比作者本人对自己的看法更忠实，"暗含作者是名副其实的真实作者"。② 既然读者构想的作者形象比作者本人对自己的看法更真实，那么，布斯所说的真实作者的第二自我在这里显然已经失去了意义。

---

① [法]热拉尔·热奈特:《叙事话语新叙事话语》，王文融译，中国社会科学出版社1990年版，第277页。
② 同上。

第一章 "隐含作者"概念的提出与讨论

热奈特既然认为隐含作者并不是叙述者和真实作者之间必不可少并有效的一个主体,那么,在热奈特看来,隐含作者这一概念还有无存在的必要呢? 热奈特指出只有在以下三种情况下,隐含作者概念才有存在的必要:比如在可以乱真的兰波仿作中,读者误认为看出一个作者,就是兰波本人,而实际上存在另一个真实的作者;一位舞台明星或政治明星在匿名作者写的书上签上自己的大名,读者误以为签名人就是真实的作者;合著作品中,热奈特认为这些读者很难解读到这些文本中作者主体的双重性,所以,没有得到提示的读者会构想单一作者的形象。

热奈特对隐含作者这一概念的批评,主要集中在对隐含作者的叙述主体地位的批评和解构上。热奈特在《叙事话语 新叙事话语》中明确表达了这一思想:"暗含作者即作品中能使我们了解作者的一切,诗学家和其他读者一样不该轻视他。但如果想把这个作者概念升格为'叙述主体',我就不敢苟同了,因为我始终认为不应该毫无必要地增加叙述主体,而这一个作为叙述主体在我看来是没有必要的。"[①]

除热奈特外,以德国的叙事学家安斯加·纽宁为代表的认知叙事学家是反对隐含作者的另一个重要声音。他们从另一个角度展开对布斯的批判。认知叙事学家对隐含作者这一概念的解构是建立在认知方法的基础之上的。纽宁作为认知方法的代表人物,强调读者的作用。与这一方法的创始人塔玛·雅克比坚持使用隐含作者这一概念不同的是,纽宁意在解构并重构这一概念。纽宁在《解构、建构隐含作者》一文中,主张用"总体结构"(the structural whole)来替代隐含作者。在纽宁看来,总体结构并非存在于作品之中,而是由读者建构的。若面对同一作品,不同读者很可能会建构大相径庭的作品"总体结构"。[②] 纽宁在《重构"不可靠叙述"概念:认知方法与修辞方法的综合》一文中,再次表达了对隐含作者这一概念的质疑。

纽宁反对隐含作者概念的主要理由是认为这一概念的清晰性不足,理论上不一致。在纽宁看来,"结构主义叙事学家们已经指出,把隐含作者定义为文本的结构规范并进而扩大成整个文本,同时却将之设定为叙事交流模式中的发话者角

---

① [法]热拉尔·热奈特:《叙事话语 新叙事话语》,王文融译,中国社会科学出版社1990年版,第280—281页。
② 申丹:《叙事、文体与潜文本——重读英美经典短篇小说》,北京大学出版社2009年版,第67页。

色,这是互相矛盾的。他们认为,一个实体不能既是叙事传导序列中的一个明确的动原(agent),同时又是文本本身;再说,如果隐含作者等于整个文本,与它相对应的隐含读者也被设定为一种文本功能,那么隐含作者就等于或包含于隐含读者了。"① 纽宁对隐含作者所具有的人格化和文本性的双重性质提出质疑。因为在纽宁看来"如果将隐含作者看作一种无声的结构现象,那么它就不是叙事交流结构中的一个言说者,而是接受过程中的一个元素,是读者心目中的作者或'读者从全部文本元素中推测和组装起来的一种建构'"②。纽宁认为正是由于隐含作者整个概念存在模糊不清、不易把握的缺陷,这一概念才容易让人误认为是一种纯粹的文本现象。认知方法强调读者的作用,而纽宁从认知方法出发,认为从这个概念的不同定义来看,隐含作者显然是读者在整个文本结构的基础上建构起来的。从纽宁的理解来看,既然隐含作者是读者建构起来的,那么隐含作者就不可能同时担当叙事交流结构中的一个言说者角色。从纽宁的推导来看,隐含作者仅仅是接受过程中的一个元素,因而纽宁解构了隐含作者的主体性和人格化特征。也就是说纽宁强调的是读者的建构,而实际上布斯理解的隐含作者是由真实作者创造出来的,并不是由读者建构而形成的。纽宁也承认这一点:"然而从布斯的角度看,读者推测的作者与隐含作者的含义相差甚远,后者是作者创造出来的,读者在阅读实践中可以对他加以或不加以判断;而推测作者却是读者创造的,它与写作文本的那个实际个人所投射的隐含作者可能对应,也可能不对应。"③ 正是在这个意义上说,纽宁是布斯隐含作者的反对者。

自布斯提出隐含作者概念以来,对隐含作者质疑和反对之声就持续不断,不过同时支持的声音也一直坚挺。相对于反对者,支持者的阵营更加强大。如西蒙·查特曼、里蒙·凯南、普林斯、詹姆斯·费伦等重要叙事理论家,都是隐含作者坚定的支持者。

查特曼是隐含作者这一概念的忠实捍卫者。在针对隐含作者是否存在这一问题的讨论上,查特曼认为隐含作者的存在是毫无疑问的。在查特曼看来,隐含作

---

① [德]安斯加·F. 纽宁:《重构"不可靠叙述"概念:认知方法与修辞方法的综合》,见[美]詹姆斯·费伦,彼得·J. 拉比诺维茨主编《当代叙事理论指南》,申丹等译,北京大学出版社2007年版,第85页。
② 同上书,第84页。
③ 同上。

者是叙事虚构小说的代理人,是任何阅读的向导。每一部小说都包含这样一个阅读的向导,它是每一个阅读的来源,也是作品意图(intent)的核心。① 查特曼强调就算在通常情况下,没有一个单一的作者存在,也仍然会有一个隐含作者存在。比如由团队集体制作的好莱坞电影、在漫长的时期内由不同的人群创造的叙事作品(如许多民间歌谣)、由电脑随机组成的人群创造的作品,或其他没有单一的作者存在的情况下形成的叙事中,仍然是存在一个隐含作者的。② 查特曼认为不仅仅是当隐含作者与叙述者或文本中其他说话者意图不一致而构成反讽效果时,隐含作者的概念才需要。在查特曼看来,隐含作者与叙述者这两个概念在理论上的区别值得保护,因为隐含作者与叙述者说明了叙事信息的不同层次和来源。③ 在《论叙事术语》一书中,查特曼重申自己对隐含作者这一概念的捍卫是实用主义的,而不是在本体论意义上的:"问题不是隐含作者是否存在,而是我们从这个概念中获得了什么,我们获得的是用一种独特的术语来分析文本意图或叙事小说,而不是去依赖作家的自传。特别是当一个文本陈述一个主题,而隐含作者表达的是另一个意思的时候。"④

在需不需要隐含作者的问题上,除了支持或反对这两种选择,还存在第三种可能。有的学者没有断然地说隐含作者存在还是不存在,而是采取了模糊的态度,认为有可能存在,也有可能不存在;或是在某些情况下存在,在某些情况下不存在。如布赖恩·理查森和苏珊·兰瑟。

理查森认为正是由于隐含作者与真实作者存在某些区别,因而隐含作者是真实作者无法替代的一个概念;隐含作者是一个合乎逻辑的、有用的概念,特别是在分析现代主义的小说作品中更是十分有价值的。因此,在文学批评实践中,没有理由去抛弃这个概念。理查森反对将隐含作者概念变成作者的或文本的功能,但同时理查森又提出:"隐含作者的概念不是所有的小说作品都必需的,然而在分析所有叙事体小说时,不能变成仅仅只有一个作者和一个叙述者。因此,这两种

---

① Seymour Chatman. *Coming to Terms: The Rhetoric of Narrative in Fiction and Film*, Ithaca: Cornell UP, 1990, p. 74.
② Seymour Chatman. *Story and Discourse: Narrative Structure in Fiction and Film*, Ithaca: Cornell University Press, 1978, P. 149.
③ Seymour Chatman. *Coming to Terms: The Rhetoric of Narrative in Fiction and Film*, Ithaca: Cornell UP, 1990, p. 76.
④ 同上书,p. 75.

方法都是必需的。尽管单靠任何一种方法来分析小说，都不能涉及叙事小说的全部范围。"① 理查森认为，隐含作者虽然在分析叙事作品时有明显的作用，但它并不是在分析小说作品时经常有用的一个概念。在理查森看来，一个作品越刻板，寻找个性化的声音就越没有意义，在这类小说中是不存在隐含作者的。比如，传奇小说、大多数的喜剧作品、讽刺文学、象征、寓言等。

面对隐含作者概念的理解中存在的问题，苏珊·兰瑟试图越过对隐含作者单一概念的论争。苏珊·兰瑟强调自己希望的不是去解决争论而是去提议我们为什么不能解决它。苏珊·兰瑟认为，如果文本只有当作者存在时才存在，而作者也只有当文本存在时才存在，那么这种共生关系就陷入一种先有蛋还是先有鸡的困境：如果作者创造了文本，那么作者必须是在文本之前就存在；如果文本创造了作者，那么仅仅只能在文本之内找到作者。然而这个在文本内随处存在的作者，却又难以在文本中找到踪迹，因为它不是作为一个可辨认的实体在文本中存在。因此，苏珊·兰瑟认为：隐含作者从本质上来说不是，从定义上来说也不可能是一个本文的实体存在，这种情况让那些被认为是通过细致的分析文本的形式和结构属性来进行研究的叙事学家们感到很沮丧。②

面对隐含作者是否存在的问题，苏珊·兰瑟给出了一个模棱两可的回答。苏珊·兰瑟认为，如果隐含作者在文本之中存在，那么它是作为推断和想象而出现的。因为隐含作者是一个阅读的结果，而这种结果不能保证一定会存在。因此，苏珊·兰瑟说："隐含作者本质上是一种信念，只有当读者建构它的时候才会出现。"③ 苏珊·兰瑟认为个体的读者从同样的文本中建构出具体的作者，或者文本让读者用一种方式而不是其他的方式去阅读，这些情况都是可能存在的。但是，隐含作者的建构也是受文本影响的，但这些都不能说明隐含作者是能被文本本身所证明的。④ 在苏珊·兰瑟看来，隐含作者是阅读的结果，是读者的一种建构作用。而面对隐含作者的存在问题，苏珊·兰瑟明确指出："我们不可能解决隐含作者的存在问题，因为隐含作者的存在是一些读者但不是所有读者都能相信并参加的一

---

① Brian Richard. *Unnatural Voices: Extreme Narration in Modern and Contemporary Fiction*. Columbus: Ohio State University Press, 2006, p. 132.
② Lanser, Susan S. . "(Im)plying the Author", *Narrative*, Vol. 9, No. 2, (May,2001), pp. 153–160.
③ 同上。
④ 同上。

种特别的阅读实践。"① 在此，苏珊·兰瑟再次强调了读者的阅读建构作用是决定隐含作者是否存在的尺码。也就是说，隐含作者是否存在是取决于读者是否能够或是否愿意建构出隐含作者，如果能，则回答是肯定的，反之，则回答是否定的。

隐含作者究竟是否存在，这一概念是否必要，是否具有普遍性。上面各家的看法都有理有据，似乎很难和解。不过围绕隐含作者的争论，并不是只有这一个，即使是在承认隐含作者存在的学者们中间，对如何理解和界定隐含作者也存在种种分歧。这又使得隐含作者变得更加错综复杂。

第三节 对"隐含作者"理解的分歧

布斯是把隐含作者作为一个确定的文学主体提出来的，他在文学交流中发挥着重要的修辞功能。他是作者的替身，是作者的第二自我；是文本的控制性力量，他影响、调节和控制着读者的阅读反应；他制造了各种文学效果。这就是布斯对隐含作者的基本界定。但是在后来的学者那里，对隐含作者的性质、地位、功能的认识与布斯的观点相比都发生了不同程度的偏离，而且相互之间存在对立。概括起来，主要表现为以下四个方面。

一、隐含作者与作者的关系

我们知道，布斯提出隐含作者的目的之一，就是反驳小说理论中的"作者隐退"论。但布斯又不能简单地说作者在作品中直接存在，所以发明隐含作者概念来解决这一难题。在布斯那里，隐含作者既不等同于现实生活中的真实作者，因为隐含作者总比真实作者要高尚完美；同时隐含作者又与真实作者存在实质性的联系，隐含作者是真实作者的第二自我，是真实作者在作品中的替身。在隐含作者与作者的关系上，布斯的立场也常常有所模糊：有时他侧重隐含作者作为真实作者的代理者身份，有时又强调隐含作者与真实作者的距离。这两种倾向在后来的学者那里分裂为两种对立的立场：一是认为布斯对隐含作者与真实作者关系的设定"过

---

① Lanser, Susan S. . "(Im)plying the Author", *Narrative*, Vol. 9, No. 2, (May,2001), pp. 153-160.

强"了,主张彻底割裂隐含作者与真实作者之间的联系;二是认为布斯对两者关系的设定"过弱"了,主张加强隐含作者与真实作者之间的联系。

查特曼认为隐含作者确立了叙述的规范,但不同意布斯将隐含作者与道德相联系。在查特曼看来,隐含作者所确立的叙述规范仅仅是文化的规范:"我们已经考虑了隐含作者同叙述的相关性。真实作者能够通过隐含作者设定任何他想要的规范。因为隐含作者导致《暗夜旅程》或《年轻女孩》中发生的事情而去谴责真实的塞利纳(Céline)或蒙泰朗(Montherlant),并不比让真实的康拉德(Conrad)为《间谍》(*The Secret Agent*)或《在西方视野下》(*Under Western Eyes*)中隐含作者的反动立场负责更有意义。"① 在查特曼看来,我们很难从小说说话人同文本意图的联系中,分离出小说说话人的本意,特别是当小说说话人的意图同文本不一致的时候。查特曼说:"不管在理论上多么引人注目,把阅读文本仅仅看成是文本中真实作者根据语义复杂性而作出的语言行为,都是一种过分简单的做法。"②

查特曼不仅反对布斯将隐含作者同道德相联系,也反对布斯将隐含作者看作真实作者的第二自我,即真实作者的化身,或人类的代理人。查特曼说:"如果我们不把隐含作者看成人类的代理人或真实作者的化身,一些反对意见也许会消失。"③ 查特曼说,布斯更倾向于使用隐含作者,而不是"主题""意义""象征性的意义""神学"或"本体论实体"等术语,因为这些术语会产生误导,似乎是文本中存在的某些目的。④ 而在查特曼看来,这些术语的问题在于,它们会模糊一种文学常识。真实读者阅读或观看一部小说或电影时会假定存在这样的信息。如果他发现不了这些信息,他就会终止阅读,或者会尝试如何去处理这些新奇的特征。

与查特曼观点相似,威廉·尼尔斯认为:隐含作者的实质在于,它是由文本本身创造的,而并不是由作者的意图所决定的。因为读者在作者控制之外存在,而每一个历史读者对隐含作者的重建都有可能不同于作者。而文本有时也并不能

---

① Seymour Chatman. *Story and Discourse: Narrative Structure in Fiction and Film.* Ithaca: Cornell University Press, 1978, p.149.
② Seymour Chatman. *Coming to Terms: The Rhetoric of Narrative in Fiction and Film.* Ithaca: Cornell UP, 1990, p. 76.
③ 同上书,p. 82.
④ 同上书,p. 82—83.

准确反映历史作者的思想。因为尼尔斯认为:"对某一特定的历史读者,一个文本确实能起到证实作者本质的作用,但它只作用于隐含读者,只证实隐含读者的意图,并不能证实历史作者的意图。进一步说,隐含读者也和隐含作者一样,并不存在于历史作者的心中,而是被历史读者及隐含读者作为文本所拥有的总体而存在。"[1] 尼尔斯指出隐含作者与历史作者3个方面的区别。

(1) 隐含作者只是一种批评的建构,他是从文本中推导出来的,在文本之外并不存在;而每个历史作者在文本之外都拥有自己的生活,读者对历史作者的建构可能产生于对资料的依赖,而隐含作者只能在文学文本的基础上进行分析。

(2) 隐含作者有意识地创造了能在文中发现的所有隐含的、微妙的意义,以及所有含混或复杂的意义。与此相对照,历史作者可能在无意识的情况下创造意义,或者不能成功地表达他们想表达的意义。

(3) 在一些特殊情况下,一部作品可能会有不止一个隐含作者。大部分情况下,历史作者和隐含作者的区分是一个身份问题。[2]

与查特曼和尼尔斯的观点正好相反,罗吉·福勒认为布斯的隐含作者弱化了作者与作品的联系。福勒认为布斯受到美国新批评派"意图谬误"说的影响,用隐含作者割断了真实作者与文本的联系。福勒认为这将无益于对作品的理解。"布斯认定,即使我们知道作者的观点或生平,我们也不应该依据这些情况来观察小说。但这种把作品与作者生平截然分开的观点很难使人接受:在我看来,我们所知道的 D. H. 劳伦斯的社会背景和他心灵中的一切,都有助于我们理解他的小说的中心思想和人物形象;如果不考虑索尔仁尼琴在斯大林时代俄国的政治观点和个人经历,孤立地讨论他的小说就会陷入荒谬。"[3] 显然福勒认为真实作者的观点与生平在对作品的理解上并不是可有可无的。

福勒认为真实作者与隐含作者并不是决然割裂的,他们可以融为一体,融合的中介是"语言"。"小说设计及其实施以语言为媒介,而语言是社会群体的资产,群体的价值和思维模式都隐喻在语言之中,小说家选择适合其作品的语言结构,

---

[1] William Nelles. "Historical and Implied Authors and Readers", *Comparative Literature*, Vol. 45, No. 1, (Winter, 1993), pp. 22–46.
[2] 同上。
[3] [英] 罗杰·福勒:《语言学与小说》,於宁译,重庆出版社1991年版,第88页。

在某种程度上,他失去了个人控制——文化价值(包括对各种隐含作者的期望)渗入他的言辞,以至于他的个人表达必定带有附着于他选择的表达方式的社会意义。"①福勒的话有点晦涩,他的意思是,作者使用语言创作的时候,语言的附带价值(语言中所蕴含的社会群体的思想)就进入作者的创作中,这是不受真实作者的控制的。作者的生平思想观点,都是在广义的"语言"环境下形成的,所以真实作者与语言应该具有一致性,真实作者对作品的影响就通过语言文化的作用进入作品中。而这个时候,真实作者与隐含作者实际上已经在语言中合二为一了。

二、隐含作者的人格化性质

布斯提出了隐含作者概念,人们自然会问,文学中是不是又多了一个主体?隐含作者是像真实作者一样的主体吗?在布斯那里,隐含作者显然具有"人"的属性,他是文本中各种叙事现象和叙事策略的设计者,是叙事修辞过程的发起者,他拥有所有的人的思想情感,他是叙事过程中一个重要的主动性因素。但是也有人反对布斯的看法,认为隐含作者并不具有人格属性。

里蒙·凯南认为布斯所说的隐含作者不只是文本的一个姿态,而是人格化的实体即"作者的第二自我"。②里蒙·凯南认为按照这种看法,布斯将隐含作者理解为在作品整体里起支配作用的意识,也是作品所体现的思想标准的根源。③里蒙·凯南反对布斯将隐含作者看作人格化的实体。她认为:"把隐含作者看作基于作品本文的构想物比把它看作是人格化的'意识'或'第二自我'似乎要可靠得多。"④在里蒙·凯南看来,隐含作者是需要的,而且在叙事中发挥重要作用,但不能把隐含作者当作一个人格实体,而应该视作隐含在作品中的一套规范系统。"如果要始终坚持把隐含作者和真实作者、叙述者区别开,就必须把隐含作者的概念非人格化,最好是把隐含作者看作一整套隐含于作品中的规范,而不是讲话人或声音(即主体)。⑤"

---

① [英]罗杰·福勒:《语言学与小说》,於宁译,重庆出版社1991年版,第88页。
② [以]里蒙·凯南:《叙事虚构作品》,姚锦清等译,三联书店1989年版,第156页。
③ 同上。
④ 同上书,第157页。
⑤ 同上书,第158-159页。

三、隐含作者在叙事交流中的地位

在布斯看来，隐含作者在叙事交流中起到关键性的作用，是叙事交流的主导力量。与布斯相同，查特曼也强调隐含作者在叙事交流中的作用。在《故事与话语》中，查特曼提出了著名的叙事交流情境图（见图 1-1）①：

叙事文本

真实作者→ | 隐含作者→（叙述者）→（受述者）→隐含读者 | →真实读者

图 1-1　叙事交流情境图

在图 1-1 表中，真实作者和真实读者被置于叙述交际范围之外。查特曼在图 1-1 中强调了隐含作者在叙事交流中的作用。查特曼认为只有隐含作者和隐含读者内在于一个叙事中。叙述者、受述者并不是必需的，是可有可无的。②在查特曼看来，隐含作者和隐含读者构成了叙事交流的核心，而真实作者和真实读者，尽管在最终的实际意义上是不可缺少的，但他们只存在于这一过程的外围，并没有参与叙事交流过程。从查特曼的这一图表来看，隐含作者是作为信息的发出者而存在的。

但也有学者认为，隐含作者不能成为叙事中一个交流主体：如里蒙·凯南、米歇尔·图兰等。里蒙·凯南总体上对隐含作者概念是持肯定态度的，但她把隐含作者看作一个基于作品文本的构想物，隐含作者不能够充当叙事交流的一个主动角色。

如果隐含的作者只是一个构想物，如果他的特性（相对于叙述者）是"没有声音，没有直接进行交流的工具"，那么让他在交际场合担任信息发出者（addresser）的角色似乎就矛盾了。这样说并不是否认隐含的作者这个概念的重要意义，也不是否认这个概念在分析或者仅仅理解叙事虚构作品时的作用。相反，我认为这个概念是很重要的，而且在决定读者对于叙述者（大都见于不可靠叙述者情况；见本书第 264—273 页）这样一个重要成分的态度这方面常常是最关键的。③

---

① Seymour Chatman. *Story and Discourse: Narrative Structure in Fiction and Film*. Ithaca: Cornell University Press, 1978, p.151.
② 同上。
③ [以] 里蒙·凯南：《叙事虚构作品》，姚锦清等译，三联书店 1989 年版，第 158 页。

在这段论述中,里蒙·凯南质疑查特曼将隐含作者理解为信息发出者的角色。这一点与她反对将隐含作者人格化有内在的关联。在里蒙·凯南看来,既然隐含作者是一个非人格化的存在,那么,在叙述交际场合自然就没有隐含作者的一席之地了。为此,里蒙·凯南修正了查特曼的叙述交流模式,将隐含作者和隐含读者从叙述交际场合中排除出去,将叙述者和受述者作为叙述交际的必要的构成要素,而不是作为可取舍的成分。里蒙·凯南强调叙述者和被叙述者的作用,因此,经过里蒙·凯南修改后的叙述交流模式中,只剩下四个参与者即真实作者、真实读者、叙述者和受述者。

米歇尔·图兰将隐含作者视为"推断作者"(inferred author),认为隐含作者是读者解码的产物,而不是一种编码的主体。所以,隐含作者不是一种交流的主体。图兰说:"我们拥有的作者形象往往是我们的建构物,因此,所有的作者,如果你喜欢,都是'推断的作者',但是我们也可以将这一形象同作家的叙事作品相区分。这些形象也许在叙事接受和批评理论中很重要,但是他们同叙事作品没有关系。隐含作者在叙事交流中是一种角色位置,一种感觉上的建造,但它在叙事交流(传达)中不是一个真实的角色。它是一个在背后解码的计划,并不是一个提供编码的场所。"① 正是由于将隐含作者理解为"推断作者",图兰提出了新的叙事交流模式:

真实作者→叙述者→(受述者)→真实读者

在这一模式中,图兰反对将隐含作者理解为一个主体,因此反对将隐含作者视为发话人。

关于隐含作者在叙事交流中的地位,除了上面两种对立的观点,还有一种更灵活的处理方式。布赖恩·理查森认为,在叙事交流中,隐含作者可以发挥作用,但并非必不可少。隐含作者并非在每一个叙事交流过程中都存在。理查森主张改变查特曼的叙事交流情境图的对称模型,用一个变量的模型来取代它。② 为此,理查森通过比较在三部小说中真实作者、隐含作者和叙述者关系的不同,绘制了

---

① Michael J. Toolan. *Narrative: A Critical Linguistic Introduction*. London and New York: Rutledge, 1988, p. 88.
② Brian Richard. *Unnatural Voices: Extreme Narration in Modern and Contemporary Fiction*, Columbus: Ohio State University Press, 2006, p. 126.

图 1-2，图 1-3，图 1-4：①

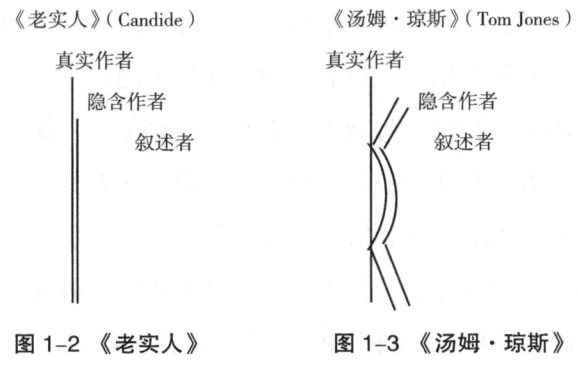

图 1-2 《老实人》　　　　图 1-3 《汤姆·琼斯》

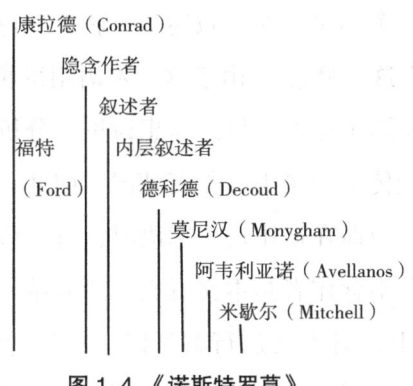

图 1-4 《诺斯特罗莫》

理查森认为，在伏尔泰的《老实人》中，真实作者与隐含作者几乎没有距离，这种情况下，隐含作者就没有必要存在；在菲尔丁的《汤姆·琼斯》中，隐含作者与真实作者有时接近有时远离，可以区别对待；而在康拉德的《诺斯特罗莫》中，隐含作者与真实作者的距离一直存在，此时隐含作者在叙事交流中的作用就不可或缺。

---

① Brian Richard. *Unnatural Voices: Extreme Narration in Modern and Contemporary Fiction*. Columbus: Ohio State University Press, 2006, p. 127.

四、隐含作者与读者

在隐含作者与读者的关系上存在两种对立的倾向：一是认为隐含作者是叙事过程的控制者，隐含作者通过各种文本策略影响和控制着读者的阅读反应。二是认为隐含作者是读者阅读的结果，读者的阅读建构了隐含作者，因而读者是主动的，隐含作者是被动的。持前一种观点的有布斯、费伦等。他们认为隐含作者是文学修辞效果的制造者，是文学意义的负责者。但很多人反对这种强修辞论的隐含作者观点，如里蒙·凯南、米歇尔·图兰、米克·巴尔等。

里蒙·凯南认为，隐含作者是读者基于作品的建构，隐含作者的形成依赖于读者所掌握和理解的作品信息。同样图兰认为，隐含作者不是文学信息的编码者，而是读者解码的产物。作为编码者，隐含作者要主动设计文本的各种表达方式、修辞手段，图兰认为，隐含作者并不具有这一功能。相反，隐含作者只是读者在对作品解码后所假定的一个形象。在《叙述学：叙事理论导论》一书中，米克·巴尔重新定义了隐含作者这一概念："由于这一术语用得相当普遍，我想最好对它做些说明。这一术语是布斯采用的。目的是想讨论与分析叙述本义的意识形态与道德立场而不是直接提到传记意义上的作者情况。照此，它就先于'叙述者'这一术语的一般性的运用。布斯在运用这一术语时，有着可以从本文中推断出来的总体意义的意味。因而，隐含作者是本文意义的研究结果，而不是意义的来源。只有在本文描述的基础上，对本文进行解释以后，隐含作者才能被推断并加以讨论。"① 米克·巴尔显然在这里对布斯的观点进行了选择性的放大。在布斯的论述中，虽然也提到读者的阅读理解对构建隐含作者的作用，但布斯更强调的是隐含作者对读者阅读的影响。巴尔只强调前者，显然歪曲了布斯的原意。虽然巴尔在这里口头上说是援引布斯的观点，实际上他们之间也存在不小的分歧。

查特曼认为布斯一方面反对真实作者的意图，另一方面又希望能避免文本是一个自足的存在（self-existing things）。而查特曼认为文本实际上就是一个自足的存在。正是由于将文本看作一个自足的存在，查特曼认为读者对叙事虚构小说的阅读是对小说的总体意义和虚构原则的重建而不是创建。在这个意义上，查特曼

---

① [荷兰]米克·巴尔：《叙述学：叙事理论导论》，谭君强译，中国社会科学出版社2003年版，第18页。

反对读者反应理论对读者建构的过分强调,因为在他看来,既然文本是一个自足的存在,那么文本的意义是事先存在于任何一个个体的阅读的。查特曼指出:"尽管读者反应理论和其他结构主义的理论正确地坚持了读者分享的有效的地位,把它看成一个积极的创造行为,但光有读者的作用仅仅只能实现一半。因为前提是必须有一个文本让读者去激活。"① 正是在这个意义上,查特曼认为隐含作者的概念可以避免将真实读者同文本的关系简单化,就像一些语境理论所主张的那样。

通过以上梳理,我们看到隐含作者是一个重要概念,否则也不会有那么多研究者耗费心血去研究它;但同时它也是个问题缠身的概念。首要的问题是:我们究竟是否需要隐含作者?在布斯之前,文学理论界没有隐含作者这个概念不也一样是丰富多彩的吗?隐含作者的出现是否必要?其次,对隐含作者的各种理解相互矛盾。在隐含作者与真实作者的关系、隐含作者的人格化性质、隐含作者在叙事交流中的地位、隐含作者与读者的关系等几个重要方面,存在严重的分歧。这些争论和问题也是本书所要重点讨论的内容和解决的目标。在接下来的四章里,我们将从更广泛的理论背景出发,从新的角度切入,对隐含作者展开研究。

---

① Seymour Chatman. *Coming to Terms: The Rhetoric of Narrative in Fiction and Film*. Ithaca: Cornell UP, 1990, pp. 74–75.

第二章 文学交流中的主体

隐含作者究竟能否成为一个实实在在的文学主体？对于这个问题，我们不急于下结论。但从研究的角度来看，这一个问题显然涉及更深层次的理论问题，即"主体"问题。隐含作者显然是对文学中某个主体的命名。那么，文学中的主体是什么样的？文学是用一种语言符号创作的作品，所以，可以进一步问：主体与语言符号的关系是怎样的？从这个角度我们或许可以找到对文学中隐含作者主体更好的解释。

本章即从主体与语言符号的关系角度来阐释文学中的主体问题，进而对隐含作者在文学中的性质与地位加以界定。本章从三个层次展开讨论：从语言学、哲学等理论角度总论主体与语言符号的关系；通过本维尼斯特的话语理论来阐发主体与话语的关联机制；阐述文学中的主体问题，并对隐含作者的性质作初步的界定。

第一节 主体与语言符号

主体问题一直是人类思想史上的重大命题之一。从古希腊时期开始，思想家的任务就是"认识你自己"。在几千年来的哲学史中，不论是宗教的、神学的、理性主义的、非理性主义的、现代主义还是后现代主义，主体问题一直是哲学家们探讨的中心话题之一。有关主体的文献可谓汗牛充栋。我们这里所要解决的问题并不是"人是什么"这样的千古难题，而是有关主体的一个侧面，即人与符号，人与语言的关系问题。关于人与语言的关系，大致存在两种对立的观点：是人处于优先地位，还是语言处于优先地位，即人决定语言，还是语言决定人。

彼得·毕尔格在《主体的隐退》一书中，把这两种观点分别称为主体范式和语言范式。"语言范式坚持世界总是通过语言来开启的观点,并因此让行动中的人在语言中消失;主体范式则坚持人的行动是开启世界的力量的主张,认为语言只是其媒介。"① 他认为这两种观点并无对错之分,"这两种范式没有一个是对的,也没有一个是错的,每一个都代表了一种看世界的方式。这两种范式的代表人物之间的争论,于事并无甚帮助,因为这场争论无法决出高下。"② 正如毕尔格所言,这两种范式都有其道理,但并非不存在错误。实际上,这两种范式都存在错误之处,而且表面上看两种针锋相对的观点,事实上并非尖锐对立,而是存在相互和谐的空间。下面我们就它们之间复杂的逻辑关系做更详细的探讨。

在上面相互矛盾的两个命题中,有两个相同范畴:人与语言。由于它们使用了相同的概念,而且在表述上正好相互颠倒,所以从表面看来,这两个命题绝无调和的可能。这两个范畴虽然用了同样的词语,但其内涵并不完全相同。每一个范畴下都隐含两个概念。在"人"的范畴下是"个体"与"集体",在语言的范畴下是"言语"与"语言"。

在现实生活中,说话的总是具体的一个个人,是某一个个体在说话。即使是以集体名义做出的宣言、申明、发言也需要通过一张现实的"口"来说出。因而语言从其实际的使用情况来看,总是表现为一个个具体情境下的确定个体所说的话。但个人也不能想怎么说就怎么说,他所说的话受到诸多规则的限制,最基础的是要符合语法规则。不符合语法规则的话,人们无法理解,达不到说话人所期望的效果。除了语法规则,还有另外一些"规则",如禁忌、习俗、意识形态、说话的场合等各种文化上的制约。这些制约着个体如何说话、说什么样的话的"幕后规则"虽然千差万别,但它们有一个共同的特点,即集体性。这些规则都存在于一定的群体中,为群体中的每一个人所共同遵守。例如,语法规则无法从一两个人的话语中发现,而是从一个人群的大量话语中归纳出来的,语法存在于集体之中。

在对"人"与"语言"两个范畴做了这样的分析之后,我们发现,人与语言的关系变得复杂了。

---

① [德]彼得·毕尔格:《主体的退隐》,陈良梅等译,南京大学出版社2004年版,第3页。
② 同上。

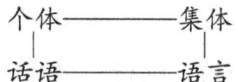

在这一个新的概念关系下,我们再回头看前面两个针锋相对的命题,它们之间的对立似乎不那么强了。

第一个命题:人决定语言。这一命题是什么意思呢?从上面来看有3种理解维度。

1. 个体——话语维度

这也是最直观的维度,语言总是某个人说的,由一个具体的大脑产生。人们常说"我想说""我说的是""我的意思是"。话语常常是作为人大脑里既有思想的表达,语言是用来"表达"内心的某种东西的。中国古人说"诗言志",诗歌是用来表达人内心的情感、对世界的认识、个人的政治理想等内容的工具。从这个角度来看,人心里的思想、情感是第一位的,有了思想、情感,然后才有语言的表达。所以,个体能够决定他所说的话语。

2. 个体——语言维度

这没有上一点那么直观,因为语言系统是抽象的规则体系,语言系统的形成是一个社会文明长期发展积累的结果,单独一个个人无法发明一个语言系统,对既有的语言规则,个体只有服从而无法对其进行更改。这也并不是说语言系统不可修改,语言系统也是在不断发展变化的,但是当某个人(语言学家),发现他的母语系统存在漏洞而提出修改方案后,语言系统并没有立即发生变化,只有他的意见被社会中的绝大多数人接受后,最终才会导致语言系统的更改。这说到底不是个人对语言的决定作用,而是群体力量的作用。

个体对语言的决定性还可以从另一个角度来阐释。这就是乔姆斯基的"语言能力"说。乔姆斯基研究发现,人们可以说出各种各样的话语,话语的数量是无限的,一个人可以说出从来没有人说过的话。话语表面上是复杂多变的,但深层里却具有某种有据可循的规则。乔姆斯基把话语分为"表层结构"(surface structure)和"深层结构"(deep structure)。表层结构是实际使用的话语各成分直接按照线性关系的排列,深层结构是话语各个成分之间依据语法而形成的语法关系。同一深层结构可以对应数个表层结构。通过对深层结构的转化,就可以生成无数个具体话语。

在乔姆斯基这里，个体的决定性表现在：话语的深层结构内在于个人的大脑，是人先天具有的认知能力。乔姆斯基受到康德的先验主体论的影响。康德认为人先验地具有内在自洽的一套认知系统，这是天赋。依靠这套先验的认知系统，人就能够对世界进行认知。这是典型的唯心主义理论。乔姆斯基认为，人天生具有语言能力，人通过遗传和天赋获得了对语言系统的掌握，他能够运用所掌握的语言系统生产出各种各样的话语。在最根本上，乔姆斯基同样没能摆脱西方唯心主义思想的影响。把人的理性能力归于无法求证的天赋，把语言能力神秘化，这虽然坚持了个人在语言系统面前的优先地位，但他的理论基础却是薄弱的。个体对语言系统的掌握和运用，是在社会全体交往中，逐步学习和完善的，是随着主体的实践活动而不断巩固和提升的。并非生而有之。

3. 集体——语言维度

这一维度的观点也比较容易理解。语言总是以一定的社会群体的存在为前提的，没有人，谈何语言。同时与个体在语言规则面前的被动服从不同，足够规模的社会群体可以改变语言规则。社会集体对语言规则的改变大多数是在集体无意识中悄悄发生的，但在特殊时期，也可以刻意为之。例如五四运动时期，新一代知识分子对书面语言系统由文言文到白话文的改造。

当胡适发表的《文学改良刍议》被人们广泛接纳，并被越来越多的个人付诸实践之后，整个民族的语言系统就发生整体的转变。这一过程是完全人为的。从这里看，社会集体对语言的决定性是显而易见的。

第二个命题：语言决定人，"不是我说话，而是话说我"。与第一种观点的"通俗易懂"不同，这种观点有点"故作惊人语"的姿态。与前一种观点源远流长的历史相比，后一种观点只是现代才开始形成的。

索绪尔所创立的结构主义语言学是20世纪人文社会科学领域思想转型的基础之一，索绪尔对于语言现象的研究，给整个人文学科带去充满活力和破坏力的新鲜思想。他的诸多语言学概念被扩展应用到各个领域。其中语言、言语、价值、关系、能指、所指等概念在学术领域被频繁使用，已经不限于纯粹的语言学领域。而在语言与人的关系问题上，索绪尔的这些概念能帮助我们解释"语言如何会决定人"的问题。

索绪尔把人的整个语言活动分为两个层面：言语和语言。"语言"（langue）"言语"（parole）是一对相对的范畴，言语是个人在具体现实环境中所说出来的话，语言是整个语言活动背后的规则系统。言语是具体的、多变的、个人的，语言是抽象的、稳定的、超个人的。言语与语言的关系表现为被决定与决定的关系。言语总是依靠语言系统才能获得意义，不符合语法规则的言语无法使人理解，因而也就不能算作正常的语言活动。所以，一句话的意义除了与说出这句话的人有所关联（这里只是说有所关联，而不是绝对关联，是因为说话人无法控制言语背后的决定性规则系统），还受到语言系统的制约。索绪尔用符号、价值、关系等概念，深入揭示了这种依赖关系。

索绪尔把符号视为语言的最小组织单位，语言系统是由诸多符号依据一定的结构关系组成，言语也是符号的线性排列的结果。符号有两个相互依存的层面：能指（signifier）与所指（signified）。简单地说，能指是"音响形象"，所指是"心理概念"。这两者如同一张纸的两面，是不可分割的，它们的结合就构成了一个语言符号。

符号是一种关系实体，符号的能指和所指都不能独立自为地存在。一个符号的能指和所指是在与其他语言符号的能指与所指的差异对比中确立自己的属性和地位的。价值就是符号在语言中的"确定性"性质。"任何要素的价值都是由围绕着它的要素决定的。"① 所以，一个符号的价值不是这个符号所固有的，而是在与其他符号的差异关系中显示出来的。从这个意义上说，索绪尔认为语言符号的价值是"否定性"，即一个符号的价值与意义是其他所有符号所不具有的因素的集合。"它们最确切的特征是：它们不是别的东西。"②

单个符号的价值是"否定性"的，依靠与其他符号的差异关系才能确定。那么由单个符号所组成的句子，其意义的决定理所当然地受到语言系统的决定性影响。只不过从符号的价值到言语的意义，它们所依据的结构系统可能不尽相同。符号价值依据的是语法规则，而言语的意义除了合乎语法规则之外，还要服从其他的文化规约。同样的一句话在不同语境下的意义可能会大相径庭。

---

① [瑞士] 费尔迪南·德·索绪尔：《普通语言学教程》，高名凯译，商务印书馆1980年版，第162页。
② 同上书，第163页。

至此我们可以理解"不是我说话，而是话说我"这句话的内在意义。因为，虽然"话"是"我"说的，但话语的意义却是由幕后的语言文化系统产生的。人与人之间的交流是通过语言符号完成的，相互之间通过对方口中说出的话来理解对方的意思、判断对方的意图、确认他是什么样的人。现在话语的意义由语言系统负责生产，而且我们也只能依据这些意义去认识一个人，那么顺理成章地，语言系统决定了我们对某个人的认识和判断。语言决定了个人。

由此看来，语言决定论在"语言—个体"的维度上确实有理有据。但如果换个对象，语言对集体是否也具有决定作用呢？在前面我们肯定了社会集体对语言的决定作用，那么是否可以说语言在社会集体面前就是全然被动的呢？显然不是。因为既然语言能决定个体，而集体又是由个体组成的，那么显然，语言也会对集体产生某种影响。

在语言与社会集体的关系上，也有一种观点认为语言是优先的。19世纪德国著名语言学家洪堡就认为，一个民族的语言与民族的精神的形成是对应的，语言就是一个民族人民的精神，是一个民族人民的世界观。这种观点在20世纪的语言学研究中得到了回应。美国人类学语言学研究者萨皮尔和沃尔夫认为语言决定一个民族的世界观。他们通过对美洲印第安人的土著语言的研究发现，一个族群的思维方式受到族群的语言系统的影响。族群的每一个成员都只能依照它的母语所拥有的语言范畴和区别特征来认知世界。这样，不同族群由于其语言系统的差异，导致了在思维方式上的千差万别，从而影响到整个族群的精神特性，以及对世界的认知。这就是著名的"萨皮尔-沃尔夫假说"。这一假说显然有其合理性，一个民族的语言（包括由语言符号所承载的历史文化信息）确实在相当大程度上影响着整个民族的思维方式和价值取向。对此我们自身就有很真切的感受。汉语及浩瀚的汉语符号的积淀铸就了汉民族几千年的文明，现代人依然生活在它巨大的影响之下。五四时期的一代人想革新求生，他们首先想到的便是对语言符号进行改革。变文言为白话文，甚至主张废弃汉字，改用拉丁字母。然而，已经转动了几千年的语言文化车轮并不会因此就戛然而止，强大的惯性依然使它能够保持恒久的生命力。

是社会集体决定语言，还是语言决定社会集体？这似乎是个没有第三选项的单选题。这两种观点都有合理性。如何解决其中的矛盾呢？或许它们之间的对立本就是表面现象。当我们说"集体"与"语言"谁决定谁时，我们已经不自觉地隐含了这样的假设，"集体"与"语言"是两个相互独立的东西，它们之间是竞争性的关系，此消则彼长，你进则我退。然而，这一假设是不成立的，因为这两样不可分开的东西被分开了：主体与符号。

我们一直在使用"人""个体""集体"等概念，但我们也只是使用它们，而未对它们进行界定。实际上，这些概念的意义并非那么一目了然。人是什么？人是在大街上行走的"个体"？是所有这些个体的综合？或从它们中抽象出来的某些属性？人与语言到底谁是决定者？主体范式与语言范式孰对孰错？为什么它们相互矛盾却又各有道理？解决这些问题的关键就在于"主体"。

虽然我们一直没有使用"主体"这个词，但我们并非没有涉及有关主体的问题，因为显而易见的是，不论个体或集体，它们都是主体。那么，到底什么是"主体"呢？如何定义"主体"这一范畴？主体可以是活生生的某个人，也可以是模糊的某一类人，甚至整个人类都可以抽象地定义为一种主体。所以，"主体"这一概念与"个体"或"集体"两个范畴显然是不等同的，它们不是同一维度上的范畴。

主体是对人的性质的描述，是一个专属于"人"的范畴，只有人才能成为主体。非人的物质或动物都不能成为主体。因为主体处于一种只有"人"才能担当的位置，它总是试图与某一"客体"建立联系，这种主动性，只有有意识、有思想的人才能充当。主体不能独立自为，其必须处于与客体的某种关系之中，通过各种关系的纽带来确定自己、固定自己、充实自己。可以进行一个不那么形象的比喻，一个封闭的空间内，散布着若干个点，如果不加以限定，这些点将不断漂移。要固定它们，我们把一个点 A 与另一个点 B 用一根绳子系住，这样它们两个的位置就相对固定了。以此类推，可以把一个点与其他所有点用绳索建立联系。随着束缚 A 的绳子越来越多，A 就越来越稳固，这就获得了在这一空间内属于它的一个固定位置。同时，随着捆缚在它之上的绳索越来越多，A 点不断充实起来，这样 A 就确定了。

人的主体位置的确定也有着相类似的过程。每一个主体就是整个社会空间里的一个点，它依靠与其他点的联系来稳定自己、充实自己、确定自己的位置。即便是新生的婴儿，他的身上也束缚着多条绳索。他与其父、母、兄、弟、姐、妹发生关系，与那些祝福他的诞生的人发生关系，依靠这些关系，他作为一个社会中的主体被确定。他慢慢长大，进入了学校、步入了社会，逐渐接触到形形色色的对象，联系于他的绳索也就越来越多。他慢慢觉得自己成熟了，成为一个确定不疑的社会主体。如果一个婴儿被切断了这些关系，他就无法成长为一个主体。例如曾经报道的"狼孩""熊孩"，他们幼年时意外地与社会失去联系，跌出社会空间，与社会上的任何一切都构不成联系。所以，即使在人们重新发现了他们之后，他们也不能成为一个正常的"人"。

马克思把人定义为："人是社会关系的总和。"这一定义抓住了人之为人的核心思想，它表明关系性是人类主体最重要的性质。这一点，我们可以用结构语言学的符号价值论来作类比理解。符号的价值是具有关系性的，依靠语言系统中与其他符号的相对位置来确定。主体同样也是具有关系性的，只不过它所依靠的是广阔得多、复杂得多的社会文化系统。

主体是由维系他的关系来确定的。所以，要认识主体就需要从"关系"开始。那么，束缚在主体身上的这一条条绳索是什么呢？它们是用什么质料做成的？它们的材质是"符号"——语言符号。人的实践活动可以粗略分为两类：物质实践和社会实践。在物质实践中，人与自然发生关系。在社会实践中，人与人之间发生关系。这两类关系的形成都依靠符号。

在人与人之间的关系上，语言符号在人与人之间的交流最重要，也是最主要的途径。我们要认识一个陌生人，与他建立关系，第一步是与他打招呼，使用问候语"您好"。然后，介绍自己的姓名，说明自己与他交流的意图。随后询问对方是否可以交往，从对方的回答中判断出对方的意愿。如果愿意，则可以建立两者之间的关系。这是最简单的社会关系建立过程。语言符号是这种关系建立的基础。与动物之间纯本能的互动相比，人与人之间关系的特性正是由于符号化才凸显出来。当然，也有少量的人与人之间关系属于动物性本能范围。但那只构成人的自然属性，并不能构成对人的主体性质的限制因素。因而，也就不在我们所讨论的主体关系范围内。当然，在很多情况下，即使是纯动物式的关系，也可能有符号参与其中,可以被符号化,从而使得它与人的主体性建构产生关联。这时候,我们就需要将这些关系考虑进来。

上面说的是一种面对面的直接建立关系的情形,社会交往中,还有另一种间接的关系。发生关系的双方并不是面对面,甚至互不相识,而是借助语言符号实现间接交流。书面文字的发明使这种间接交流得以成熟,印刷术则促成间接符号交流的快速发展。但不管是在哪种阶段,语言符号都是实现交流、确定关系的基本手段。

在社会实践的人与人关系形成的过程中,符号作用的重要性是不言而喻的。那么,在物质生产实践中,是否也依靠语言符号呢?在人类社会,物质生产并不是纯物理的活动,物质的生产与再生产过程,同时也是社会关系的生产和再生产过程。因为人类社会的物质生产活动并非如动物那样,是个体的本能行为,人类社会的物质生产活动总是在特定的社会关系中进行的,物质生产受到社会关系的制约。在这种制约关系中,语言符号参与到物质生产活动中,渗透到物质生产活动的每一个环节。在物质生产的生产、分配、交换、消费过程中,都存在符号化的关系。物质的性质会因为这些关系的不同而发生改变。一件瓷器在古代可能只是用来吃喝的"碗",而在现代艺术家看来它是一件艺术品,在投资客眼中,它是一件能赚钱的"商品"。瓷器的物理成分并没有改变,但附着在它上面的符号化社会关系决定其与人的关系改变了,其性质也就发生了改变。在物质生产活动中,作为主体的人时时刻刻都在运用语言进行着理解、认知、判断的符号化活动。

人类主体是社会关系的集合,关系是由语言符号构成的。因而主体就是符号关系的集合,正是在这个意义上,卡西尔把人定义为:人是符号的动物。① 卡西尔说:

人不再生活在一个单纯的物理宇宙之中,而是生活在一个符号宇宙之中。语言、神话、艺术和宗教则是这个符号宇宙的各部分,它们是织成符号之网的不同丝线,是人类经验的交织之网。人类在思想和经验之中取得的一切进步都使这符号之网更为精巧和牢固。人不再能直接地面对实在,他不可能仿佛是面对面地直观实在了。人的符号活动能力(symbolicactivity)进展多少,物理实在似乎也就

---

① [德]恩斯特·卡西尔:《人论》,甘阳译,上海译文出版社2003年版,第46页。

相应地退却多少。在某种意义上说，人是在不断地与自身打交道而不是在应付事物本身。他是如此地使自己被包围在语言的形式、艺术的想象、神话的符号以及宗教的仪式之中，以致除非凭借这些人为媒介物的中介，他就不可能看见或认识任何东西。人在理论领域中的这种状况同样也表现在实践领域中。即使在实践领域，人也并不生活在一个铁板事实的世界之中，并不是根据他的直接需要和意愿而生活，而是生活在想象的激情之中，生活在希望与恐惧、幻觉与醒悟、空想与梦境之中。①

人是符号的动物，作为主体的人与语言是统一性的关系，而不是相互对立的关系。前文所提到的两种范式，主体范式与语言范式，它们共同的错误是都把主体与语言分裂为相互独立的自在之物，人为地分为决定者和被决定者。通过上面的分析，我们发现，主体与语言是不可分割的统一体，主体就是语言符号关系所指示出来的位置。主体的性质就是通过各种不同的符号关系形成和表达出来的。因而，两者之间并不存在谁决定谁的问题。

人是一种关系性主体。主体并非如同天空中的一颗恒星那样，是独立的、自为的、持久的物体，主体是一种关系实体。它是一个位置，一个符号关系的节点。它自身并没有永恒独立的内核，剥去所有的符号关系，它将一无所有。不同主体位置之间相互交往、相互支持、你中有我、我中有你，处于相互渗透、相互交织的状态。

主体范式的错误在于没有认识到主体与符号的关系。主体范式是以"个体"至上论为前提的。即认为人是一个具有自由意志的个体，他的一切行为由他内心的意志发出和控制，人的理性精神和情感是所有外在之物的源头。这种个人主义、理性主义的思想，是资本主义发展的阶段性产物，在文艺复兴时期的艺术中，在笛卡尔、康德、黑格尔德国大陆理性主义哲学思想中，在资本主义宣扬的"自由、平等、博爱"的口号中，逐步形成、扩散、深入人性。这种思想在资产阶级革命时期，对于打破神权、解放人性，产生了巨大的作用，但它只是一个历史性的观点，而非永恒的真理。马克思对人的定义实际上已经彻底动摇了个体自由意志论。

---

① [德]恩斯特·卡西尔：《人论》，甘阳译，上海译文出版社2003年版，第44页。

第二节 话语交流中的主体

在主体与语言符号的关系问题上,我们可以从两种对立的观点切入,分析它们各自的合理之处与不合理之处,得出了主体与符号相统一的认识。但这一结论还比较抽象,对于主体与符号之间的关联还需要进一步探讨。如语言符号与主体性是如何关联的?其中的机制是什么?这一关联对语言与主体都有哪些影响?具体话语交流中的主体有哪些?如何分别认识它们?对于这些问题,我们需要从具体的话语实际出发进行实实在在的分析研究。在这方面,语言学家本维尼斯特为我们实实在在地考察主体与语言符号关系提供了很好的理论支持。下面我们将沿着本维尼斯特对语言主体性的思考,来阐释话语交流中的主体问题。

本维尼斯特是法国现代著名的语言学家,也是享誉世界的语言学家。他在现代语言学发展史上处于一个重要的转折性位置,即将语言学从结构主义对"语言"的关注转到对"言语"及使用语言的人的关注。我们知道现代语言学是以索绪尔所开创的结构主义语言学为开端的,在很长时间内,结构主义语言学致力于对抽象的语言系统的研究,却忽略了对"言语"的研究。直到20世纪中叶以后,言语与话语的问题才逐步引起学界的重视。在欧洲大陆有本维尼斯特对话语问题的研究,在英美世界,产生了日常语言学派及后来的言语行为理论。这些研究关注的是日常生活中的话语,而不仅仅是抽象的语言系统。从语言向话语的转换与20世纪六七十年代世界文论的整体发展趋势是一致的。本维尼斯特就是这样一个处于转折点上的人物。

本维尼斯特曾经师从索绪尔的高徒梅耶,是索绪尔的再传弟子。他谙熟索绪尔的语言学思想,也继承了结构主义语言学的精髓。但又与索绪尔强调"语言"研究不同,本维尼斯特更注重对"言语"的研究。本维尼斯特认为,语言系统只是理论的抽象,语言只有在具体的言语活动中才能实现。他把这一过程称为"陈述":"陈述(énonciation)就是通过个体使用行为实现的语言的实际运用。"[①] 陈述是一个关键性的行为,对于语言来说,它是语言的实现过程,是从语言到话语的转化。"在陈述之前,语言只不过是语言的可能性;陈述之后,语言就在话语时

---

① [法]埃米尔·本维尼斯特:《普通语言学问题》,王东亮等译,三联书店2008年版,第159页。

位被实现了。"① "陈述意味着从语言到话语的个体转化。"② "话语"（discourse）是陈述过程的外显，是陈述的结果，通过陈述的行为语言从抽象的系统转化为具体可感知的话语。

陈述的另一个重要因素是主体，陈述是通过某个主体对语言的使用，这个主体就是说话者。对于说话者主体来说，陈述既是说话人占有语言的过程，同时也是个体主体得以确定的过程。"作为个体实现，陈述可被定义为将语言占为己有（appropriation）的一个过程。说话者把语言的形式配置占为己有，通过一些特定的标志并借助某些辅助手段，来陈述自己作为说话者的立场。"③

与说话者相对，每个陈述都隐含了一个受话者主体。"一旦他标明自己为说话者，并承担起语言，他立刻就在自己对面树立了一个他者，不管他授予这个他者的在场程度如何。任何陈述都是一次明显或隐含的交谈，它预设了一个受话者。"④

也就是说，受话者是每一次陈述行为所必备的条件，即使暂时没有一个实实在在的听众，但这个受话者主体在陈述行为中的位置仍然是存在的。

陈述行为还具有指涉性的特性。即通过陈述来表达语言与世界的某种关系。这是说话者与受话者交流的需要。

在陈述中，话语作为语言的实现与主体是密切关联的。对于关联的内在机制，本维尼斯特也做了深入的分析。本维尼斯特从一类特殊词汇"代词"切入来考察语言与主体的关联问题。代词与其他词汇的不同在于，其他的词汇有明确指称对象，而代词没有固定的指称对象。"代词区别于语言中既定的所有指称，因为它既不参照某个概念，也不参照某个人。"⑤ "一个既特殊又根本的事实是：这些'代词'形式既不参照'现实'，又不参照时间或空间中的'客观'位置，而是参照将它们都包含在内的每一次都是独一无二的陈述，并由此反射出它们自身的用法。"⑥ 代词所指向的不是话语外的现实世界，它所参照的只是话语本身。

---

① [法] 埃米尔·本维尼斯特：《普通语言学问题》，王东亮等译，三联书店 2008 年版，第 161 页。
② 同上书，第 160 页。
③ 同上书，第 161 页。
④ 同上。
⑤ 同上书，第 295 页。
⑥ 同上书，第 287 页。

代词中重要的一类是人称代词:"我""你""他"。与陈述的话语首先发生关系的是第一人称代词"我"。在抽象的语言系统层面,"我"只是作为一个符号存在,只是语言结构的组合材料之一。但在陈述的话语中,"我"摆脱了这种抽象性,"我"在话语中表明的是一种主体性的位置。虽然"我"并没有固定的指向,但这一主体性位置因为一个代词"我"而被显现出来。任何一个个体都可以通过话语来进入这个位置,占有这个位置。这时,"我"就具有了具体的指涉对象。因此,本维尼斯特说:"人称代词是语言中的主体性得以显现的第一个依托。"①

人称代词"我"使主体位置引入话语中,这一引入并非可有可无。在前面的陈述要件中,我们看到,说话者主体是陈述必不可少的构成条件。所以,代词"我"的作用在话语中至关重要。所有的陈述话语都建立在以"我"为中心点的参照系统上。在人称代词"我"所表明的主体性之上,依附着另一些功能性话语,如指示词、副词、形容词,标识空间性的"这个""这里",标识时间关系的"时态"等。"它们围绕着作为参照的'主体'组织空间及时间关系。"②"它们都有一个共同特点,即只有参照言说它们的话语时位才可以被界定,也就是说要依附在话语时位中进行陈述的我。"③ 由人称代词"我"所标显的"主体性",对话语的重要性不言而喻,它是陈述的话语得以形成的前提和组织的中心。那么,这个"我"又是如何确定的呢?它是不是某个外在于话语的现成之物呢?就像我们直观感觉到的那样,某个人先是在那儿,然后说了一句话。它是先于这句话的主体。然而,实际上并非如此简单。"我"的确定所参照的不是任何外在于话语的"现实之物","我"全然通过参照话语内现实来构成其自身。

"我"参照的"现实"到底是什么呢?它是一种非常特殊的"话语现实"。我只能由一些"言说"来加以定义,而不能像名词符号那样用外部世界的实物来定义。"我"是指:

正在陈述包含我的那个当下话语时位的人。该时位必然是独一的并只在其独一性中有效。即使我听到由同一个声音说出的两个前后相继的含有我的话语时位,也丝毫不能确定其中的某个时位不是一段引语,在引语中我已被另一个人转为己

---

① [法]埃米尔·本维尼斯特:《普通语言学问题》,王东亮等译,三联书店 2008 年版,第 296 页。
② 同上。
③ 同上书,第 296–297 页。

用。因此需要强调这一点：我只有在含有我这个词的话语时位中才能被辨认出来。它产生于这一时位并只在这一时位中才有价值。但与此同时，我还应被视为一个形式载体，我这一形式的语言学存在只体现在言说它的言语行为之中。因而，在这一过程中有两个彼此关联的时位：被指涉的我的时位以及作为指涉载体的含有我的话语时位。于是我们就可以给我下一个更为确切的定义：我是指"正在陈述含有我这一语言载体的当下话语时位的个体"。[1]

我们用一个词"树"就可以指称世界上所有树木，却不存在这一意义上的"我"能涵盖每一个说话者的口中每一时刻都在说出的"我"。"我"在每一次说话行为中都是独一无二的，它依赖这一说话行为而产生，随着话语的结束而消失。"我与话语被说出时的个体言语行为有关，并且指示其中的说话者。这个词只会出现在曾经被我们称为话语时位的情形之中并且只能以现实为参照。它所参照的现实就是言语的现实。正是在言说之际，我指代着作为'主体'进行陈述的说话人。严格说来，主体性的基础正在于语言的使用。"[2] 本维尼斯特在这里说得很明白，"我"这一代词所指的对象只能参照陈述的话语本身内容来确定，"我"是由话语所确定的，而不是决定于任何外在的现成的个体。"我"只能存在于一次次的陈述行为中，只能根据话语所指向的位置来确定"我"的主体性。

"我"不论是作为一个语法范畴，还是作为一个心理学概念，"我"最终只能在陈述的话语中实现并存在。"我"的主体性位置和性质，只有通过包含我的话语才能确立。本维尼斯特认为，主体性根本上只有通过语言才能确定和形成。现象学或心理学的"主体"只不过是语言中主体性的变相延伸。"'主体性'的根本所在，它是由'人称'的语言学地位确定的"[3]，主体性"是指说话人自立为'主体'的能力"[4]。即说话人在其话语中自我形成的能力。

人称代词"我"是在话语中确定自身的，其他所有的与主体性相关的话语成分都是话语内的产物。"传统上被称为'人称代词'和'指示词'的那些形式，现在在我们看来成为一类'语言个体'，一类总是反映并只是反映'个体'的形式，

---

[1] [法]埃米尔·本维尼斯特：《普通语言学问题》，王东亮等译，三联书店2008年版，第285页。
[2] 同上书，第296页。
[3] 同上书，第293–294页。
[4] 同上书，第293页。

不论这'个体'指的是人称、时刻还是地点，这与总是反映并只是反映概念的名词性词项是不同的。然而，这些'语言个体'的地位取决于这样一个事实：它们都产生于陈述，都由这一个体性的、可以说'只发生一次的'事件生产出来。每有陈述产生，它们都被重新生成。而且每次都有新的意义。"①

话语内的人称代词、空间和时间指示词等对主体性的标识，全部只能在具体的一次陈述中实现。所以，话语对于主体的重要性就不言而喻了。因为"人在语言中并且通过语言自立为主体"②。"除了主体自身通过言语活动对自己进行了如是的证明之外，并不存在其他关于主体身份的客观证据。"③对语言如何使主体形成，本维尼斯特总结道：

语言使主体性成为可能，因为它总含有适合主体性表达的语言形式，而话语则引发主体性的显现，因为它由离散的时位构成。语言可以说提供了许多"虚设"的形式，由每个使用话语的说话人占为己有并使之与他的"人称"发生关联，与此同时，他将自己定义为我，将他的对话者定义为你。话语时位就是这样构成了用于界定主体的全部坐标。④

通过本维尼斯特的分析，我们更清晰地看到了主体与语言符号的统一性关系。"我"的主体位置是话语的中心参照点，围绕着话语得以构成；同时，在话语的形成中，也在构建着"我"的主体性内容。话语的形成与扩张与主体的确立与丰富是同一个过程。

虽然陈述是由于"我"的使用而使语言转化为话语的，但话语中并非只有"我"，还有一个"你"。本维尼斯特在对陈述进行定义时，就说明了这种对话的话语结构。

一旦他标明自己为说话者，并承担起语言，他立刻就在自己对面树立了一个他者，不管他授予这个他者的在场程度如何。任何陈述都是一次明显或隐含的交谈，它预设了一个受话者。⑤

两个主体间对话，这是陈述的基本结构，所以任何陈述中都有两个主体存在。

---

① [法]埃米尔·本维尼斯特：《普通语言学问题》，王东亮等译，三联书店2008年版，第162-163页。
② 同上书，第293页。
③ 同上书，第296页。
④ 同上书，第297-298页。
⑤ 同上书，第161页。

"一个是陈述的来源,另一个是陈述的目标。这就是对话结构。两个形象处在交谈者的位置上,轮流充当陈述的主角。"①

在具体的陈述中,话语中可能同时出现"我"和"你"两个代词,但也可能只出现一个,甚至都不出现,但它们的主体位置仍然是潜在地确定在话语中的。我们可以设想一个日常对话的情境,两个研究人员 A 与 B 在办公室碰面,谈到昨天会议上的事情:

"我想,第二套方案实行起来可能更有效,你觉得呢?"

这句话里有"我"也有"你",但也可以只有"我":

"我想,第二套方案实行起来可能更有效。"

或只有"你":

"第二套方案实行起来可能更有效,你觉得呢?"

或两个都没有:

"第二套方案实行起来可能更有效,是不是?"

所以,话语中的"我""你"是陈述行为的两个基本主体。本维尼斯特把"我"叫作"言语主体"(subject of speech),把"你"叫作"被言说主体"(spoken of subject)。但显然从上面的例子可以看出,陈述中涉及的不仅是"我"与"你"。还有 A 与 B。A、B 与"我""你"不能混同。因为在陈述的过程中,这是两个主体位置,A 与"我",B 与"你"之间都是一种指涉关系,而不是简单的"等同"关系。言语主体"我"的主体性只在这句话内建立,这句话表明"我"是一个研究人员,正在研究某个设计方案。但现实生活中的 A 却是个复杂的个体:他是个研究人员,也可以是个丈夫、父亲、冬泳爱好者、激进的政治分子等。本维尼斯特把 A 叫作"言说主体"(speaking of subject)。言说主体与言语主体之间的关系不能用"相等"或"不相等"来描述,它们之间是一种符号化的意指关系。说出"我想第二套方案实行起来可能更有效"的言说主体可以是 A,也可以是 C、D 或任何一个人。言说主体发生了变化,但话语内的言语主体没有变化。它们之间是一种意指关系。A 通过说出这句话的陈述行为将言语主体"我"指向自己,即这样一个过程:

---

① [法]埃米尔·本维尼斯特:《普通语言学问题》,王东亮等译,三联书店 2008 年版,第 165 页。

文学隐含作者论

"我" → A
言语主体 → 言说主体

本维尼斯特说:"说话者总是通过同一个指示词'我'来指涉正在说话的自己。"① "我"是语言中可以共用的符号,当说话者在言说中使用"我"的时候,就发生了一种符号化的意指过程,它将话语所建立的主体性质赋予说话者身上,使其具有了某种主体性。说话者 A 在说这句话的同时,也就建立了一种主体性的意指行为,使"研究人员"这一主体属性附加到自己身上。如果我们对 A 的过去一无所知,那么,我们只能从这一句话中得知他的一个主体性信息片段。如果我们想对他认识得更全面,就要从他更多的话语中发现其他的主体性信息。我们对一个现实个体的认识,就是由不同话语所透露的主体性信息构成的。是许许多多个"言语主体"到"言说主体"的符号意指关系的组合。一个人的"自我"的确定,也是在同样的符号意指过程中实现的。他在不断与别人的对话中,将言语主体"我"指向自己、解释自己,从而建立自己。即使是默想,也是一个符号意指过程,因为"独白"实际上也具有对话结构,独白也是陈述。"'独白'是一种内在化的对话,由'内在语言'表达,发生在一个说话者自我和一个受话者自我之间。"②

说话者 A 与"我"是一种意指关系,同样"你"与 B 也是一种意指关系。本维尼斯特把"你"称作"被言说主体"(spoken of subject),但没有对 B 给予说明。我们也给它一个名称:"倾听主体"(listening subject),他是听话人。被言说主体与倾听主体之间也是意指关系。被言说的主体"你"在某一次话语中是确定的,而 B 是不确定的。当 B 愿意成为一个对话者进入对话关系的时候,他就进入了"你"的主体位置,不知不觉中就把"你"的主体性投射到自己身上。

假设一个人在街上随便喊一声,"喂,小伙子!"肯定有不少人转过身来看他。转过身来表明他们已经进入一种对话关系中,并且同时把被言说主体的性质"小伙子"指向自己,承认自己是个"小伙子"。而那些没有转过身的人,则未进入对话关系,不发生这种意指关系,他们在那一刻也就没有获得"小伙子"这一主体性质。

---

① [法]埃米尔·本维尼斯特:《普通语言学问题》,王东亮等译,三联书店 2008 年版,第 142-143 页。
② 同上书,第 166 页。

话语中除了这两种主体位置，还有一个位置可安排主体，即除了"我""你"的第三人称"他"，如前面的例子可以改为：

"我想他昨天提出的第二套方案似乎实行起来更有效，你觉得呢？"

"他"是不同于"我"与"你"的另一个主体。"他"指向另一个人"C"，这同样也是一种意指关系。但与前两者的意指关系不同的是，"他→C"之间的意指关系是完全内在于话语的，C本身并没有出场，C自己并没有主动地去获知这种主体性信息。所以，这并非一种实在的意指关系，而是假设的意指关系。"他"是完全的话语内存在者，所以，我们把这一类主体称为"话语内主体"（discourse subject）。

言语主体到言说主体，被言说主体到倾听主体之间的意指关系都是一次性事件。这两种意指行为在每一次陈述行为中发生，在话语产生的此时此刻发生，一旦话语改变，意指关系随之发生改变。新的陈述会产生新的意指关系，导致新的主体性产生。同样是上面的一句话，换成C、D、E……说出来就是一种新的陈述行为。"对于陈述者来说，哪怕重复一千次，它每次都是一个新的行为，因为它每次都使说话者进入时间的一个新时刻。进入情境和话语的一个不同构造之中。"①因而这种意指关系是"只发生一次"的事件。②

意指性解释了言语主体与言说主体，被言说主体与倾听主体之间的关系。那么言语主体与被言说主体之间是什么关系呢？即"我"与"你"之间是何种关系？前面说了他们之间是一种"对话"关系，但仅以对话来描述，尚不能使我们了解得更深入。尤其是对他们的主体性来说，两者的主体性质之间是否存在某种关系呢？本维尼斯特用另一个概念"主体间性"（intersubjectivity）来描述他们之间的关系。

本维尼斯特在《言语活动和人类体验》一文中，讨论了人类用话语表达体验的问题，时间体验是人类体验的一个重要方面。本维尼斯特区分了三种时间："物理时间""纪年时间"和"语言时间"。唯有语言时间是内在于人类体验的时间，语言时间在每次陈述中随着主体的显现而同时被建立起来，成为主体性建立的重要维度。每说到一个"现在"，就在发生一次时间的体验。按理说这是一种"不

---

① [法] 埃米尔·本维尼斯特：《普通语言学问题》，王东亮等译，三联书店2008年版，第143页。
② 同上书，第162页。

可能传递的、绝对主观的体验"，①是"我"的体验。但实际上，语言时间并非只是"我"的，同时也是"你"的。

　　某样特别的、非常简单的、无比重要的东西产生了，完成了逻辑上似乎不可能做到的事：当我的时间性支配我的话语时，它一下子就被我的对话者作为他的时间性接受了。我的"今天"转化为他的"今天"，尽管他并没有把它设立在自己的话语中，而我的"昨天"也就成了他的"昨天"。反之，当他作出回答时，我将变成受话者，把他的时间性转化为我的时间性，这就出现了言语活动的理喻性条件，该条件是由言语活动本身揭示出来的：这一条件在于，尽管说话者的时间性与受话者原本无关且难以理解，但还是能被受话者与轮到他说话时，赋予他的言语以形式的那种时间性等同起来。于是二者就进入了相互交流的状态。话语时间既没有被归并到纪年时间的划分之中，也没有封闭在唯我论的主体性之中，它作为主体间性（intersubjectivity）的因素在起作用，它原应具有的单一人称性质使它转变成具有泛人称性质。唯有主体间性这一条件才使语言的交流成为可能。②

　　在话语的交流中，"我"与"你"共享着某些主体性维度，如时间、空间这两个重要的主体维度，"我"与"你"是共通的。不仅如此，由话语所标示出的主体性对于"我"与"你"来说是互通的，并不为哪一方所私有。正是这种共通性，使得主体之间可以交流体验，也使得语言的交流成为可能。

第三节　文学话语中的主体

　　"文学是语言的艺术。"这是人们常说的一句话。但对这句话可以进行各种各样的解释。说文学作品是语言，是不是意味着文学作品具有像语言结构那样复杂而完美的形式系统；或者是意味着文学作品和众多日常话语一样，是人与人之间交流的一种话语形式。这两种理解在语言学中可能没有多大的差异，但是一旦引入文学领域中，就构成了两种对立的范式，我们可以把它们分别称为形式主义范式和话语理论范式。

---

① ［法］埃米尔·本维尼斯特：《普通语言学问题》，王东亮等译，三联书店2008年版，第153页。
② 同上书，第154页。

语言学的研究本来就存在两个方面：一是对语言系统的研究，它旨在建立一套描述语言结构的规则体系；二是对实际日常生活中的语言使用情况进行研究，它研究人们是如何使用语言实现交流的。本维尼斯特对这两种语言研究予以详细的区分。

一种是对语言的"形式使用"（emplides formes），它是在"形态和语法分类的唯一角度"下考察语言。①"所谓'形式的使用'，说的是将句法条件固定下来的一整套规则，在这些句法条件下，只要形式属于一个包含了各种可能选择的聚合，它们就能够或应该正常地出现。这些使用规则与预定的一些构词规则相结合，就是在符号的形态变化和组合范围（搭配、相互选择、介词、名词和动词补语、位置和顺序，等等）之间建立起某种关联。鉴于来自使用和形式两方面的选择都有限，似乎能够得出一份理论上很完备的清单，从而得出与使用中的语言至少大体相似的形象。"②

"形式的使用"就是对语言结构系统的描述，它注重的是索绪尔所说的"语言研究"。与"形式的使用"不同的另一种研究方向，本维尼斯特称为"语言的使用"，即对语言如何被个体在具体生活情境中使用加以研究。本维尼斯特说，这与"形式的使用"完全不同。"在我们看来，形式的使用条件和语言的使用条件是不一样的，它们实际上分属不同的领域。强调这种差异是必要的，因为它意味着以另一种方式看待同样的事物，以另一种方式对之进行描写和阐释。"③"语言的使用"运用的是另一套阐释的机制，"语言的使用完全是另一回事，它关系到一个整体的、恒定的机制，该机制以这样那样的方式，影响着整个语言。"④这一机制就是本维尼斯特所说的"陈述的框架"。"陈述（énonciation）就是通过个体使用行为实现的语言的实际运用。"⑤"陈述"也成为本维尼斯特最为关注的方面，陈述的"形象框架"包括4个方面。

（1）陈述意味着从语言向话语的转变。"在陈述之前，语言只不过是语言的可能性；陈述之后，语言就在话语时位被实现了。"⑥结构性的语言系统只是一种

---

① [法]埃米尔·本维尼斯特：《普通语言学问题》，王东亮等译，三联书店2008年版，第158页。
② 同上。
③ 同上书，第159页。
④ 同上。
⑤ 同上。
⑥ 同上书，第161页。

可能性的存在，它只有通过陈述的机制才能真实地存在。

（2）陈述使说话者主体在场。"人们使用语言所借助的个体行为首先引出了说话者。"① "说话者把语言的形式配置占为己有，通过一些特定的标志并借助某些辅助手段，来陈述自己作为说话者的立场。"② 形式的使用中并不关心使用语言的说话者，主体处于被动的或湮灭的状态，而在陈述的机制中，主体是陈述的必要条件之一。

（3）陈述同时使一个对话者在场，因为说话者的在场同时就使得一个对话者出场。"任何陈述都是一次明显或隐含的交谈，它预设了一个受话者。"③ 说话者与对话者的同时在场使语言交流成为可能，也使语言向话语转化成为可能。

（4）陈述表达了语言与世界的某种关系。"在陈述中，语言被用于表达与世界的某种关系。指涉参照是陈述不可或缺的组成部分。"④ 形式的研究并不关心语言如何指涉世界，这种语言系统与世界的脱离，可能让人产生错误的认识，即语言是完全独立的不受外界力量干预的形式系统。或者更激进的认识是，整个世界都是由语言系统建构的。然而在陈述的机制中，话语与世界是依存的关系，一方面指涉世界的需要是陈述发生的契机，同时只有在陈述中，人们对世界的指涉才能够彼此共享。因而才能够实现相互交流。

这两类研究对于语言学来说都是必要的，只不过有时强调一方而忽视了另一方。例如现代语言学鼻祖索绪尔更注重对语言系统的研究，因为在当时的学术语境下这是最紧迫的问题。由此形成结构主义语言学的研究范式。但由于长期偏重于语言一端，对言语一端就有所忽略，本维尼斯特则意在纠正这种比重的失衡，他启动了对言语问题的研究。在本维尼斯特的陈述框架机制中，对语言与话语的转换，话语与主体性，话语与世界的关系等问题给予了重要的位置，而这些问题在研究范式中是被忽略的。

由于20世纪语言学思想对文学研究有着巨大的辐射作用，语言学研究的这两种倾向，在文学研究中导致两种范式的产生，即我们前面所说的形式主义范式

---

① [法]埃米尔·本维尼斯特：《普通语言学问题》，王东亮等译，三联书店2008年版，第161页。
② 同上。
③ 同上。
④ 同上书，第161-162页。

和话语理论范式。两种范式各自有着庞大的理论拥护者和系统的理论架构。但它们之间却存在激烈的对抗关系，在许多关键问题上的看法则针锋相对。

形式主义的研究范式认为，文学作品如同语言一样，是一个结构系统。文学作品的结构隐藏在作品的深层，隐藏在所有文学作品之中。文学作品的意义，如同符号的价值一样，产生于作品结构的内部。文学作品不需要参照外部世界，也不需要某个主体的干预。文学研究的对象就是这种结构，文学研究的任务就是揭示并描述这些结构。这种形式论的传统在20世纪前半期产生很大的影响，从俄国形式主义、英美的新批评、布拉格学派到巴黎的结构主义，许多文学研究者都是在这一范式下进行理论研究工作的。

与形式主义范式相对，话语理论范式把文学作品看作日常话语的多种形式之一，文学话语也遵从一般话语的条件。文学作品也是本维尼斯特所说的"陈述"的一种。陈述的框架机制对文学话语来说同样适用。文学话语是语言的实现方式之一，它是一个说话者（作者）与一个对话者（读者）之间的交流过程，文学话语与世界发生密切的指涉关系。话语理论范式也有很多拥护者，而且大有愈来愈强势的趋向。

每一种理论范式的产生都有它的历史必然性，形式主义文论范式的兴起，除得到结构主义语言学相助外，更重要的是它契合了文学理论自身的发展要求。形式主义范式在20世纪初发展起来，当时主宰文论界的还是19世纪的一些研究范式。在俄国形式主义诞生时，文学研究中的心理学研究占据主导。在法国，当罗兰·巴特等人倡导新批评时，"旧批评"仍占据着统治地位。泰纳和圣伯夫的社会学和传记心理学研究仍是批评界的权威研究方法。同样，英美新批评的挑战对象，也是传记式的心理学批评。社会学、传记心理学批评在19世纪曾经辉煌一时，它所倡导的实证主义思想，也带来了很多成果。但当这种实证主义范式由成熟走向僵化时，它就暴露了越来越多的问题。把文学作品与文学作品之外的世界作机械的比较时，做出了许多荒唐的事情。如有人竟然考证起普希金抽不抽烟，这与阅读普希金的诗歌有什么关系呢？形式主义文论的兴起正是为了纠正机械实证主义范式的缺陷。结构主义语言学的加入，给这一文论领域内产生的异端力量插上了翅膀，助它一飞冲天。

然而当形式主义范式走到顶峰时，它的缺陷也充分暴露出来。一味地强调形式、自律、超现实,把文学变成高悬于现实世界之上的幻影。这并不是什么好事,也不符合人们的正常文学体验。所以,反对的力量再一次出现。话语理论范式将文学重新拉回到现实世界中来,将文学作品重新视为与人和当下的世界密切相关的事物。话语理论范式在某些方面回响着19世纪实证主义的声音,但并不是重复,而是一轮新的生命的开始。经过否定之否定的过程,对文学话语的认识就会达到一个更全面和更合理的高度。

既然文学话语也是日常话语形式中的一种,那么它也服从话语的各项条件。在主体的问题上,文学话语中的主体也可以仿照一般话语交流中的主体来理解。前一节中,我们对一般话语中的交流主体做了详细分析。话语交流中至少有四种不可缺少的主体:"言说主体"(speaking of subject)、"言语主体"(subject of speech)、"被言说主体"(spoken of subject)、"倾听主体"(listening subject)。还有一个选择性主体——"话语内主体"(discourse subject),它在某些话语中存在,在某些话语中不存在。同样地,文学话语也包含这几种主体。不过,鉴于文学话语的特殊性,并兼顾与既有文学理论术语的兼容,分别给这些主体以文学化的名称更合适。我们把它们分别称为真实作者(现实生活中有血有肉的作者)、隐含作者、隐含读者和真实读者(现实生活中有血有肉的读者),以及"话语内的主体"(叙述者、人物)。为便于理解,我们给出以下表格示(表2-1):

表2-1 文学话语主体

个体 A	我 I	他、她 He/She	你 You	个体 B
言说主体	言语主体	话语内主体	被言说主体	倾听主体
真实作者	隐含作者	叙述者、人物	隐含读者	真实读者

一般的文学问题都涉及这几种主体。隐含作者作为其中的一种,它的确立必须通过与其他几个主体的关系来实现。隐含作者通过与其他几种主体的符号关系来维系自己和确定自己,形成其主体性。所以,对隐含作者的认识就需要从它与另外几个主体的关系上切入。在下面的三章中,我们就将分别从隐含作者与真实作者、隐含作者与读者(包括隐含读者和真实读者)及隐含作者与话语内主体(叙述者和人物)三个方面进行详细的分析,以此达到对隐含作者更全面深入的认识。

第三章　隐含作者与作者

"作者死了!"第一次打出这一旗号的人是罗兰·巴特。当然,在巴特之前,作者死亡的思想就已经有了各种苗头。不过,经过巴特这么振臂一呼,响者云集,形成一场声势浩大的"埋葬作者"的运动,至今有关作者死亡的口号仍然能鼓舞许多人的热情。然而,我们不能只热衷于口号的宣传,更应该有进一步追问探索的意识。"作者死了"究竟是什么意思?这一口号下包含了哪些具体内容?作者死后怎么样?作者所留下的空间由谁来填补?作者死了,是否意味着"作者"两个字可以从字典中删除了,我们今后再也不必谈论"作者"了?

作者之死引起的应该是对作者问题更多的关注和研究,而不是简单地让作者"寿终正寝",匆匆忙忙地"盖棺定论"。本章我们将从作者死亡论所引起的裂隙开始,去梳理有关作者的各种话语。本章主要从以下3个方面展开讨论:①"作者死亡"究竟是谁的死亡?各种作者死亡论所攻伐的对象是谁?②作者死后怎么办?作者死了,谁来代替作者的位置?作者死亡,谁的诞生?③文学中的真实作者与隐含作者是什么关系?

第一节　作者之死

作者死亡论的倡导者在批判作者的同时,也在建构着作者,因为只有先树立起一个靶子,然后才能对它进行攻击。我们需要看看各种死亡论所树立的靶子,它们有没有什么共同之处。首先,要了解的自然是死亡论的最重要倡导者罗兰·巴特眼中的"作者":

作者是现代人物,我们社会中的产物,它的出现有一个历史过程:它带着的英国经验主义、法国的理性主义,到基督教改革运动的个人信仰,从中世纪社会产生出来。它发现了个人的尊严,把人尊称为"万物之灵长"。因此,在文学中应有这种实证主义——资本主义意识形态的集中体现和顶点,它赋予作者"个人"以最大的重要性,这是合乎逻辑的。作者在文学史、作家传记、访问记和杂志中仍处于支配地位,因为文人渴望通过日记和回忆录把个人跟作品连在一起。一般文化中可见到的文学形象,都一概集中于暴君般的作者,作者的人性、生平、情趣和感情;批评的大部分内容依然是在说波德莱尔的作品是由于做人的失败,凡·高的作品是由于疯狂,柴可夫斯基的作品是由于罪孽感。批评家总是从产生一部作品的男人或女人身上寻找作品的解释,好像事情从来都是通过小说的或多或少透明的譬喻,作者个人的声音,最终把秘密吐露给"我们"。①

　　这段话集中体现了罗兰·巴特的观点。一是"作者"的历史性,即作者是现代社会文化的产物。作者是资本主义精神逐步发展的结果,是资产阶级文化与意识形态的集中体现。巴特指明作者的历史性就是揭示作者的虚假性,作者并非如资产阶级所宣扬的那样是"万物之灵长",是神圣的、永恒的、自由的个体。作者只是在某个历史阶段上出现的"概念幻象"。在这个意义上说,那种天才式的作者就不复存在了,这是巴特所说的作者死亡的第一个意思。二是作者与作品的关系。巴特反对"暴君般"的作者,反对把文学作品完全视作者思想情感的表达,是作者内心世界的"镜像"。因而,在文学批评上,反对从作家的生平、情趣等角度来解释作品。作者与作品之间并不是"父"与"子"关系,"人们设想作者养育了书,也就是说,作者在书之前存在,为书而构思,心力交瘁,为书而活着。作者先于其作品,其关系犹如父与子。"②相反巴特认为,作者并不先于作品而存在,作者与作品是同时产生的,作者因作品而存在。"事情要从根本上颠倒过来:不是像人们常常认为的那样,作家的生命倾注于小说中,而是作品是他的生命,他自己的书是生命的模型。"③

　　巴特在《作者之死》一文中也提到,在他之前,就有作家一直试图削弱作者的支配地位。如马拉美认为:"是语言而不是作者在说话;写作是通过作为先决条件的非个人化(绝对不要跟现实主义小说家的阉割观混为一谈),达到只有语言

---

① 罗兰·巴特:《作者之死》,见赵毅衡编《符号学文学论文集》,百花文艺出版社 2004 年版,第 507 页。
② 同上书,第 509 页。
③ 同上书,第 508 页。

而不是'我'在起作用、在'表演'"。① 另外，普鲁斯特、超现实主义作家都有类似的倾向。

巴特所说的现实主义小说家的"阉割观"指的是流行于19世纪后期和20世纪初小说作家和小说理论家中的一种观点。这种观点号召作家从作品中消失，作家不再直接在作品中发表议论，不干预小说中的人物和情节，达到作品的客观化状态。如福楼拜说："我的原则是，艺术家的主题绝对不能是他自己。艺术家在其作品中必须像上帝创世纪那样，隐而不现却无所不能，他无处不在却从不现身。"②这与作者死亡论十分相似，实际上，也常常被作为"作者死亡"的前驱。

巴特之所以把自己的"作者死亡"论与"作者隐退"说区分开，是因为其语言论立场。巴特是从现代语言观的角度来否定作者对文学作品的主导性的。作者隐退论，主要是作家在创作实践中的一种时代趋向，是作家直觉的需要，并没有深刻的哲学理论背景的支撑。而且作者隐退论并没有宣称"作者死了"，也不会接受作者死亡的观点。所以巴特要将自己与之区分开来。但不可否认的是，作者隐退论的要点是对作者的权力加以节制，尊重作品的自律性，这也是对浪漫主义的作者观念的一种削弱。所以，作者隐退论也可以看作作者死亡的前奏。

英美新批评是主张消灭作者的另一个重要理论流派。新批评的早期代表人物艾略特就对作者问题十分关注。艾略特既是诗人，也是批评家。他虽然与鼎盛期的新批评保持着距离，但他早期的文章被视作新批评的源头之一。新批评的某些观点正是从艾略特这里发展出来的。关于作者的思想就是其中之一。艾略特在《传统与个人才能》一文中，表明了他对作者的看法。在艾略特看来，诗歌并不是对作者的个性的表达。既有的诗歌构成一个有机的整体，新产生的诗应该纳入这个整体中，成为整体的一个部分，诗歌的意义才能确定。

现存的艺术经典本身就构成一个理想的秩序，这个秩序由于新的（真正新的）作品被介绍进来而发生变化。这个已成的秩序在新作品出现以前本是完整的，加入新花样以后要继续保持完整，整个的秩序就必须改变一下，即使改变得很小；

---

① [法]罗兰·巴特：《作者之死》，见赵毅衡编《符号学文学论文集》，百花文艺出版社2004年版，第507—508页。
② 周宪：《重心迁移：从作者到读者——20世纪文学理论范式的转型》，《文艺研究》2010年第1期，第5—16页。

因此每件艺术作品对于整体的关系、比例和价值就重新调整了；这就是新与旧的适应。①

这就是说，面对某位诗人的新作，我们应该立即从整个诗歌的传统来认识它，来确定它的风格、主题，所要表达的思想，达到的水平，等等，而不是诉诸作者的个人情感或思想。艾略特认为"个人化"的东西对于诗歌来说并不一定重要，"许多对于诗人本身是很重要的印象和经验，在他的诗里尽可以不发生作用，而在他的诗里是很重要的呢，对于他本身和他的个性也尽可以没有多大关系。"②诗人的个性并不在诗歌中存在或反映出来，诗人的作用就好比化学反应的催化剂，他使艺术整体中的客观体验能够以新的艺术样式表现出来，而他自身却没有发生任何变化。所以，对于诗人，艾略特认为重要的不是关注他有哪些独特的个性，而是他与所有以前的诗人的关系。"诗人，任何艺术的艺术家，谁也不能单独地具有他完全的意义。他的重要性以及我们对他的鉴赏就是鉴赏他和以往诗人以及艺术家的关系。你不能把他单独地评价；你得把他放在前人之间来对照，来比较。"③

虽然艾略特并没有宣扬作者死亡，也没有排斥对作者的关注，但他在两个方面与作者死亡论有共同的主张。一是在对作者个体的认识上，反对把作者视为独立完美的、权威的个体。艾略特说："有一种我竭力想要击破的观点，就是关于认为灵魂有真实统一性的形而上学的说法：因为我的意思是，诗人没有什么个性可以表现，只有一个特殊的工具。"④只不过艾略特以对艺术与艺术家整体的强调来消灭"个性化"的作者权力，这与巴特从语言论角度的消解有所不同。二是在文学作品的解释上，艾略特认为，不能以作家的生平、个性来解释作品。作品的意义是由所有的艺术作品整体决定的。理解一首诗的关键是看它与其他诗歌的关系如何，看它与"自古以来一切诗的有机整体"的关系如何。正是从这两点出发，我们才能理解艾略特那句广为人知的话的含义。"诗不是放纵感情，而是逃避感

---

① ［爱尔兰］艾略特：《传统与个人才能》，见赵毅衡编选《"新批评"文集》，百花文艺出版社2001年版，第29页。
② 同上书，第33页。
③ 同上书，第29页。
④ 同上书，第33页。

情，不是表现个性，而是逃避个性。"①

对作者与作品传统关系的批评和否定，成为新批评一贯的立场。新批评对作者的消解，在维姆萨特和比尔兹利的文章《意图谬见》里得到集中的表达，并产生极大的影响。在这篇文章中，两位作者把依据作者意图来推测作品意义的观点称为"意图谬见"。"意图谬见在于将诗和诗的产生过程相混淆，这是哲学家们称为'起源谬见'（the genetic fallacy）的一种特例，其始是从写诗的心理原因中推衍批评标准，其终则是传记式批评和相对主义。"②他们认为诗是自足的存在，而不依赖于外部的根据，尤其是作者的意图不能作为理解诗歌的依据，"就衡量一部文学作品成功与否来说，作者的构思或意图既不是一个适用的标准，也不是一个理想的标准。"③"意图谬见"彻底来说是将作者剔除出了文学解释的大门之外。

人们谈到作者死亡，通常还要提到另一个重要人物：米歇尔·福柯。福柯虽然没有提出与巴特的"作者之死"相类似的口号，但他对巴特的观点基本上是认同的。福柯在《什么是作者？》一文中把作者死亡作为一个既定的事实来看待，他认为传统的作者观念关心这样一些经典问题：

"谁是真正的作者？"

"我们有此文属于他或出自他手笔的证据吗？"

"在他的语言中，表露了他的什么最深刻的个性？"

"我们应搁置这种典型的问题：自由的主体怎样渗透进密集的事物，赋予事物以意义？它怎样从内部使讲述规则以生命用来完成其设计？"④

"真正的""深刻的""个性的""自由的"主体，这些就是福柯所设定的传统作者形象。显然，这与巴特等人所批判的观点并无不同。福柯并没有详细地展开他的批判过程，或许他认为巴特已经做完了这方面的工作，也可能他认为他自己已经做完了批判的工作。后一种可能性更大，因为福柯在《词与物》中对"人之死"的论证，完全可以用来说明传统的"作者"形象的没落。

---

① [英]艾略特：《传统与个人才能》，见赵毅衡编选《"新批评"文集》，百花文艺出版社2001年版，第35页。
② [英]维姆萨特、比尔兹利：《感受谬见》，见赵毅衡编选《"新批评"文集》，百花文艺出版社2001年版，第257页。
③ 同上书，第234页。
④ [法]米歇尔·福柯：《什么是作者？》，见赵毅衡编：《符号学文论集》，百花文艺出版社2004年版，第523页。

《词与物》的核心命题就是"人是什么?"。福柯认为西方现代哲学一直只把"人"视为一种具有"无限性"的主体,人是主体性的动物。福柯发现,这实际上是哲学传统一厢情愿的幻想。人从来都不是无限的,从不具有无限的、永恒的属性。相反,人总是有限的,总是在不同的历史阶段以不同的面貌出现。自由的、理性的、用劳动创造财富、掌握语言的现代人,是19世纪初才开始形成的"人"的形象,"人在19世纪初被构建起来。"① 现代人是在经济学、生物学和语文学的话语中被建构出来。生物学把人定义为生命的存在,经济学把人定义为劳动的存在,语文学把人定义为有理性的说话者。这些定义的综合,就构成了一个标准的现代人。显然,我们自以为永恒的"人性",实际上只是近两百年内形成的,毫无无限性可言。福柯所宣扬的"人死了",正是指那种虚幻的、永恒的"人性"的破灭。

福柯对"人"的分析,完全可以应用到对"作者"的分析上。传统的"作者"形象与传统的"人"的形象一样是自由的、权威的、独立的个体。传统的作者形象是直接以"人"的无限性为基础的。那么,既然作为基础的"人"死了,"作者"也就自然而然随之破灭。所以,福柯在《什么是作者?》中,没有谈作者死亡的过程,而是主要分析了作者死后的问题。这是我们下一节的主题,暂且不论。

我们看到,各种"作者死亡"论虽然它们的理论各有侧重,但攻伐的目标却是一致的,都对准了传统的作者观念。其中的核心部分是浪漫主义的作者观念。那么浪漫主义的作者观念到底有哪些具体的主张呢?何以会招致众口一词的讨伐呢?传统的作者观可以从3个方面对其加以概括。

(1)作者性质。浪漫主义的观点认为,艺术的创作者——诗人,具备特异的禀赋,依靠这种常人没有的天赋,他才能创造出伟大的作品。艺术家具有的独特禀赋也会因人而异,有大有小。拥有最高禀赋的人,则被称为"天才",天才是对作者的最高要求。康德就把天才视为伟大艺术产生的来源。在他看来,天才是为艺术立法的人,他创造艺术的法则,其他人和后人模仿这些法则,使用这些法则。天才的禀赋被神圣化。"在这些伟大的天才的体内,似乎有某种高贵而野性、

---

① [法]米歇尔·福柯:《词与物——人文科学考古学》,莫伟民译,三联书店2001年版,第430页。

狂放的东西，它比人们对法国人所称的才子……的一切斟酌润色要美好无数倍。"①

（2）作者与作品的创作关系。作品是作者思想情感的表现，这一点浪漫主义诗人华兹华斯表述得最为明确。他在他的诗集《抒情歌谣集》前言中提出，诗歌是"强烈情感"的自然流露。"一切好诗都是强烈情感的自然流露。虽然这是事实。但凡是与价值沾边的诗从来不是根据诸多主题的任何变体来创作的，而是由具有异乎寻常的感性并经过深思熟虑的诗人创作的。"②

华兹华斯说，与普通人相比，诗人的情感世界更丰富、敏感、强烈。"他天生就有更生动的感性，更多的热情和温存，他对人性有更深刻的了解，有更广博的胸怀；他乐于感受自己的激情和意志，比任何人都喜欢自己的精神生活；他也乐于思考宇宙进程中显示出来的相同意志和激情，而在未发现这些意志和激情时又迫于习惯而创造它们。"③诗人对外部世界感觉敏锐，内心情感充沛，当情感的积累达到一定强度时，诗人便迫切地想要一吐为快，诗歌就成了情感外露的最佳途径。

（3）在对作品的解释上，认为作者是作品意义的来源和根据。这与前两点有内在关联，既然诗歌是具有独特禀赋的诗人的内心情感的表达，那么，对于诗歌的意义的解释，就要根据作者的内心情感世界来进行。所以，熟悉作者的情感经历、生平事迹和思想状况，就成为把握诗歌意义的关键前提。

作者死亡论对以上3点都给予了彻底的否定。然而，经过这一否定我们是否就可以再也不用谈到作者了，再也不用作者一词了？显然不是，作者死亡论者所否定的作者也只是一种作者形象，他是在特定历史文化语境下形成的，是具有历史性的。当社会思想氛围发生变化时，对作者的界定也会随之发生变化，需要新的作者形象。作者死亡准确地说不是一个结论，而是一个前提，不是一个终点，而是一个新的起点。它开启了新的空间，开放了认识作者问题的新的可能性。我们需要问：作者死了，然后呢？

---

① [英]约瑟夫·艾狄生：《旁观者》，见[英]拉曼·塞尔登编《文学批评理论：从柏拉图到现在》，刘象愚、陈永国等译，北京大学出版社2003年版，第151页。
② [英]威廉·华兹华斯：《抒情歌谣集》，见[英]拉曼·塞尔登编《文学批评理论：从柏拉图到现在》，刘象愚、陈永国等译，北京大学出版社2003年版，第172页。
③ 同上书，第172-173页。

第二节 作者死亡，谁的诞生？

福楼拜认为艺术家应该像上帝一样，他似乎不存在，却又在他创造的世界中无所不在。隐含作者与作品的关系同上帝与世界的关系是极为相似的，他们本身都是沉默无声的，但通过他所创造的世界来显示他万能的力量。福楼拜对这种新的作者形象的描绘，实际上就是指向了隐含作者，这也是其他"作者死亡"论者所共同指向的方向。

日内瓦学派的现象学批评虽然没有提出作者死亡的口号，但他们的某些观点与巴特等人是一致的。即在作者与作品关系的认识上，反对简单地从真实作者的生平、情趣、个性来解释作品。乔治·布莱说：

> 为了理解这部作品，什么都不是无关紧要的，各种传记的、作品的、文本的或一般批评的认识对我来说都是不可缺少的。不过，这些认识与对作品的内在认识并不一致。在一种意义上说，前者超越了后者。在另外一种意义上说，前者又不及后者。不管我得到多少有关波德莱尔或拉辛的情况，不管我对他们的天才熟悉到何种程度，对于我正在阅读并沉浸其中的具体作品，如《费德尔》或《阳台》，若使我洞察其实质、形式的完美和使之充满生气的主体本源，这一切仍嫌不足。这时，对我重要的是从内部体验我与作品并且只与作品所具有的某种认同关系。不可能是另外一种情况。作品之外的任何东西都不可能享有此时作品在我身上所享有的那些不寻常的特权。它在这儿，在我身上，不是要把我打发到它之外，打发到它的作者那儿，相反，它要保持我对它的持久不衰的注意。①

布莱虽然没有完全否定传记文本对作品理解的作用，但他认为对作品理解最根本的不是真实作者的传记信息，而是对存在于作品中某个主体意识的理解。这个主体与真实的作者不存在对应关系。布莱说，虽然一位作者的作品和他生活经验之间有着某种类似，但是，读者所正在阅读的作品却是独立的存在，"有自己的生命。""存在于作品中的、阅读显露给我的那个主体不是作者，从他的内部和外部经验的模糊总体上说不是，甚至从他的全部作品的更具一致性的总和来说也不是。掌握着作品的主体只能存在于作品之中。"②

---

① [比利时]乔治·布莱：《批评意识》，郭宏安译，广西师范大学出版社2002年版，第244页。
② 同上。

显然，布莱在这里区分两个主体，真实的作者主体和存在于作品中的主体。后一主体只能存在于作品之中，并且它是作品的实际掌控者，是读者阅读时所直接面对的主体。真实的作者虽然可以与作品发生某种联系，但他既不在作品之内，又不是作品的掌控者。布莱所主张的批评方法，就是让读者去体验认同这个作品内主体的"思想"，而不是附和作品外真实作者的观念趣味。显然，布莱所谓的"作品中的主体"正是隐含作者，只不过布莱没有对它进行单独的命名。

作者死了，然后怎样？福柯是率先自觉地思考这一问题的人。他的立场也充分显示了"作者之死"这一论断所应该具有的革命性意义，引导我们向未知的领域前进，而非到达终点后的停滞不前。"我们可以探讨作者消失后剩下来的空白，应沿着空白的缺口及虚线，仔细观察其新的分界线，重新分配这一空白。我们应该等待作者的消失所引起的变化的功能。"① 福柯关注的是作者死亡后留下来的"空白"应该如何分配。宣称作者死了，就是在既有的话语整体中撕开了一个口子，它会逐渐延伸，导致话语整体的重新划界。在这一过程中，新的因素会出现，既有的因素会发生位置和功能的改变。那么，填补这一空白的是什么呢？

福柯从"名称"入手，区分两类命名现象："专有名称"与"作者的名字"。专有名称是指称某个具体的人、事、物的词语，如"拿破仑"是指曾经在历史上显赫一时的那位法国皇帝，"亚里士多德"是指古希腊的一位哲人。专有名称的特点是："从话语的内部移向外部实际存在的讲话人。"② 专有名称指向话语外的唯一的对象，它们之间的关系是固定的、明确的。而且话语外的对象并不受使用专有名称时候的话语的影响，不管我们在何种情况下说到拿破仑，那个人都是不受影响的。但作者的名字与它所指对象之间的关系就不同了。福柯说："专有名称跟所命名的个人之间的联系，与作者的名字跟所命名的对象之间的联系并不同型，并且所起的作用也不相同。"③

作者的名字有何特异之处呢？作者的名字并不指向一个话语外的个体，或者确切地说，像专有名称那样有固定的、明确的单一指向。例如"曹雪芹"，我们

---

① [比利时] 米歇尔·福柯：《什么是作者？》，见赵毅衡编《符号学文学论文集》，百花文艺出版社2004年版，第514页。
② 同上书，第516页。
③ 同上书，第515页。

知道这是《红楼梦》的作者的名字,但并不清楚他指的是哪一位现实中的人。不过,这并不影响曹雪芹这一名字在文学史上的地位和意义。提到曹雪芹,人们马上就会想到《红楼梦》,想到《红楼梦》里的缤纷世界,仿佛这些就是曹雪芹的全部。曹雪芹三个字不再指向话语外的现实世界,而是指向话语内的虚构世界。在文学史上这样的名字太多了,我们仅仅知道他们所联系的文学作品,而不知道他们所对应的真实个体。但我们并不会因此而说这些名字无意义,抹杀这些名字。这些名字是有用的,但不是专有名称那样简单的指称作用,而是一种话语功用。福柯说作者名字的首要功能就是一种分类的手段。

作者的名字不单纯是话语的成分(作为主语、补语,或可以用代词或其他词类取代的成分)。它的出现是有作用的,作用就在于它是分类的手段。名字可以把若干文本归集在一起,从而把这些文本跟其他文本区别开。名字也建立起文本间不同形式的关系。我们说巴尔扎克存在过,在这种意义上不是说赫姆斯或希波克拉底存在过。但一些文本属于一个名字,这一事实意味着这些文本间有同质、亲缘、互相解释、归属相同的关系,还有使用相同的关系。①

作者的名字的意义在于对文本作某种性质的标识,从而给不同的文本进行分类,方便对文本的理解和掌握。最近有人考证出曹雪芹的题壁诗,诗中透露的嗜酒狂放的气息,无疑会对人们解读《红楼梦》产生某些影响。福柯说:"如果我们证实莎士比亚写了培根的《工具论》,并且同一作者对莎士比亚和培根的著作负责,那么就引进了第三类改变,这将完全改变作者名字所起的作用。"②莎士比亚已经在相当程度上成为纯粹的作者名字,而不是某个历史人物的专有名称,它的作用与文本的解读是密切相连的。因而福柯说,作者名字的要紧之处,就是它的功能性。它是一个变量,在话语的运动中发生改变。"在我们的文化中,作者的名字是一个变量,它只伴随着某些文本而排除另一些文本。"③"在这种意义上说,作者的功能是说明某些讲述在社会中存在、流传和起作用的特点。"④

---

① [法]米歇尔·福柯:《什么是作者?》,见赵毅衡编《符号学文学论文集》,百花文艺出版社2004年版,第516页。
② 同上书,第515页。
③ 同上书,第517页。
④ 同上。

有鉴于此，福柯给作者一个新的称呼"作者—功能体"（author-function）。"作者—功能体"强调作者在话语运作中的功能性质，而不是作为一个专有名称的指称作用。在绝大多数情况下，一个名字同时具有"作者—功能体"和专有名称的指称功能。"鲁迅"既可以指现实中叫"周树人"的那个人，也可以指鲁迅全集的作者。这两种情形同时具有。当专有名称功能逐渐弱化时，作者功能就被凸显出来。例如莎士比亚对于与他同时代的人来说，可能只是一个活跃于剧场中的剧作家，而对于现代人来说，更多的是在文学上具有标志性意义的戏剧家。希利斯·米勒说："并不存在什么'莎士比亚本人'，'莎士比亚'只是文本的效果。"正因为这两种性质容易混淆，福柯才发明了"作者—功能体"这一术语来特意强调作者名字的功能性。作者功能体有哪些特点呢？福柯也给予了4个方面的说明。

（1）作者功能体依靠文本而存在。作者功能体离不开他所讲述的话语和文本，是其话语和文本所投射出来的实体。作者功能体"不是通过把某一讲述归于个人而自发地形成的，而是一种复杂操作的结果。此操作的目的是构成我们称为作者的合理的实体。毫无疑问，当我们说个人的'深度'或'创造力'，其意图或写作中表示出来的独创灵感时，上述构成归于'现实性的'方面。然而，我们称个人的这些特性为作者（或个人因具有这些特性而成为作者），这多少是从心理学的角度看，是我们处理文本的方式的投影。我们的处理方式有：进行比较，抽出相关的特点，分配连续性，排除一些文本。"① 作者功能体是我们处理文本的结果，是对文本进行比较分析，得出的具有连续性的集合点。它总是"仍处于文本的轮廓线上"。② 依靠话语与文本证明其存在并发挥其功能。

（2）作者功能体的主体性。作者功能体不是一个独立自由的现实主体，而是一种功能性实体。我们不能把作者功能体误认为是一个绝对的具有创造性的主体。福柯认为，应该抛弃与这种主体观相关的问题，如"自由的主体怎样渗透进密集的事物，赋予事物以意义？它怎样从内部使讲述规则以生命用来完成其设

---

① ［法］米歇尔·福柯：《什么是作者？》，见赵毅衡编《符号学文学论文集》，百花文艺出版社2004年版，第519页。
② 同上书，第516页。

计?"① 这些问题假设了"自由主体"的前提,但作者功能体并不是这样的主体,因而这些问题对于作者功能体来说是不恰当的。对于作者功能体,"我们应该问:像主体这样的实体在什么条件下,通过什么形式在讲述的秩序中出现?它占有什么地位?它起什么作用?在每种讲述中它遵循什么规则?"② 由于作者功能体是话语秩序中的一种功能性位置或功能性实体,所以,问题应该是有关它的功能的形成、作用的方式、所遵循的规则等。"总之,必须剥脱主体(及类似主体)的创造作用,把它作为讲述的复杂而可变的功能体来分析。"③

（3）作者功能体中的多重主体。"在'作者—功能体'同时产生几个自我,同时产生一系列任何种类的个人都可以占领的主观地位的范围内,它并不纯粹而简单地指一个实在的个人。"④ 作者功能体并不对应于现实中的某一个真实的个体,福柯举例说,在数学论文中,"在序言中说明写作过程的自我,跟在正文中推出证明的'我'并不是同一个人。"⑤ 前者是"某一时间、地点胜利完成计划的唯一的个人,而后者指只要有相同的一些定理、条件及有相同的一些符号可使用,就可以完成此类证明的任何人。还可以确定第三个自我,即说明研究目的,叙述所遇障碍、结果,以及尚待解决的问题的人"。⑥ 也就是说在作者功能体的作用过程中,可以同时产生不同的主体位置,它们之间相互区别。在这里福柯提到布斯的第二自我概念,但似乎存在误解,把第二自我与叙述者混淆了。对多重主体性的强调,表明福柯意识到话语中的作者可能存在多种不同主体位置,在不同的位置其产生的作用是不同的。福柯的作者功能体概念是把这些主体位置及其关系都囊括在内的描述性概念。作者功能体并不指某一个主体位置,第一自我或第二自我,而是指所有主体及它们之间的关系。

（4）在作者功能体中,文本的作者与作品的真实作者的区别。作者功能体同时产生几个相互区别的主体,其中两个重要而常见的主体就是文本的"作者"和实际的"写作人"。福柯说,作者功能体首先是因为作者与实际写作人的分离

---

① [法]米歇尔·福柯:《什么是作者?》,见赵毅衡编《符号学文学论文集》,百花文艺出版社2004年版,第523页。
② 同上。
③ 同上。
④ 同上书,第522页。
⑤ 同上书,第521页。
⑥ 同上。

而产生的。"从作者和实际写作人的这种分裂中,从两者的分离中产生'作者—功能体'"。① 作者是文本的主体,它依靠文本话语而存在,发挥作用。真实写作人是社会生活中的一个个体,他具有各种个性。这两者的差别是福柯所区别的"作者的名字"与"专有名称"。作者的名字指向的是一系列文本内的话语实在,而专有名称指向话语外的世界。当然,在通常情况下,文学作品上的署名会同时具有这两种意思,它既可以指书的作者,也可以指真实的个人。但它们之间的区别是永远存在的。而且,随着作者名字所占比重的逐渐增大,专有名称逐渐淡化,甚至消失。当人们提到"荷马"时,仅知道他是两部史诗的作者,而不知道他是哪一个人,他具有什么个性。文学上许多伟大的作家都因为作者名字的强势而逐渐使人忘记他们在现实中的真实形象。福柯把这说成是"作品对写作人的谋杀"。"凡是作品有责任创造不朽性的地方,作品就获得了杀死作者的权力,或者说变成了作者的谋杀者。"②

福柯对于作者死后问题的探讨很深入,具有很大的启发性。我们看到,他所描述的作者功能体的一些性质,实际上与我们所说的隐含作者概念有很强的一致性。作者功能体因文本而存在并发挥作用,隐含作者只存在于文本中,在文本中发挥作用。作者功能体不是一个自由的主体,而是通过文本与话语的操纵发现并建构的主体位置;隐含作者也是话语内各种指示性因素意指的结果。作者功能体描述了各种主体位置,尤其是强调了作者与写作人两种主体的差别,这一差别与本书所说的隐含作者与真实作者之间的差异是对应的,只不过在名称上有所错位。福柯通过对作者名字的功能化处理,实际上已经将作者这一概念的内涵进行了调换,与隐含作者的内涵有很大范围的重叠,而把原来的作者领域用写作人这一专有名称去统领。

福柯对作者概念的转化处理,显示了隐含作者概念的必要性。隐含作者不是依附真实作者的"第二位"的影子,而是文学话语中真正发挥多种作用的主体。隐含作者的许多功能正是作者所没有的。在传统的理解中,只用作者来同时指称真实作者与隐含作者或福柯所说的写作人与作者两种主体,造成对它们之间及它

---

① [法]米歇尔·福柯:《什么是作者?》,见赵毅衡编《符号学文学论文集》,百花文艺出版社2004年版,第521页。
② 同上书,第186页。

们与文本之间关系认识的混淆,从而导致对作者的神圣化理解。福柯对作者死后留下的空白的分析,显示了隐含作者概念作为一个独立主体的合理性和必要性。

巴特是作者死亡论的鼓吹者,他如何处理作者死亡后的空白呢?通常认为,巴特以读者的诞生来替代作者的死亡。巴特自己也曾明确地说:"读者的诞生必须以作者的死亡为代价。"① 巴特这句话是什么意思呢?似乎作者与读者是不共戴天的仇家,有作者则无读者,有读者则无作者。然而,这似乎违背我们的常识,常识告诉我们:文学交流中的作者与读者都是必需的,缺一不可的。实际上,巴特的这句话另有隐意,它主要是针对文学解释的问题而言的。这句话里的作者指的是巴特所谓的"暴君式作者",他绝对掌控文本,是文本意义的来源,并限定读者的理解,是读者解读文本的权威依据。在这个意义上,读者是没有地位的。巴特坚持打倒作者,即在文学解释过程中驱逐暴君式作者。文本的意义不再是作者的意图,而是读者所能想到的任何意义。这样,读者从以前的弱小地位被抬到高贵的地位。巴特所说的读者诞生,严格来说,并不是一个读者从无到有的过程,而是读者地位与作用转变的过程。同样,作者也没有完全消失。巴特在《文之悦》中说,作者从某个角度来看消亡了,转而需要用另一种作者形象来代替它。暴君式的作者被打倒了,它留下的空白仍然需要填补。巴特发明了一个词语"抄写者"来填补这一位置。

现代抄写者与作者不同。首先,他不是作品的决定者,抄写者并不先于作品,而是与作品同时产生。"现在的撰稿人跟文本同时诞生,没有资格说先于或超于写作;他不是书写这个谓语的主语。除了解说以外,再也没有时间;任何文本此时此地都可撰写,文本的永恒性就在于此。"② 首先,抄写者与其作品的关系不是传统暴君式作者与作品的父子关系,而是共生关系。抄写者因作品的存在而存在。其次,抄写者的"写作"行为与传统作者的写作也完全不同。传统的写作是一种表达,用语言来传达内心世界的过程。而抄写者的写作不具备这种本质上的关联,它只是一种表演性的动作。"写作再也不能像古典主义者所说的那样,叫作记录、标示、表达、'描写'的操作,而恰恰像语言学家说到牛津哲学时说的'一个表

---

① [法]罗兰·巴特:《作者之死》,见赵毅衡编《符号学文学论文集》,百花文艺出版社2004年版,第512页。
② 同上书,第509页。

演性的罕见的语言形式'。它永远使用第一人称和现在时,在这里解说除了言语行为本身之外,别无其他内容。"① 最后,文本中的写作不是单一的,"文本由多重写作构成,来自许多文化,进入会话、模仿、争执等相互关系。"② 文本的抄写者就不是一个实在的统一的个体,而是一种位置,任何人都可以填补进来的主体性位置。这一位置是由文本标明的,所以,抄写者主体与写作的结果之间并无固定的本质的联系。读者也可以充当写作人,这时阅读就成了"写作","写作就是阅读"。罗兰·巴特借这种写作观,将读者在阅读过程中的自由创造性提到了最高的位置。

罗兰·巴特的抄写者与隐含作者有着极大的相似性。抄写者是巴特打倒作者之后,替换上的一个主体,它担当了作者的某些功能。如作为语言的"主体"凝结语言,使语言"结而不散",但又没有了传统作者的暴戾性格。"从语言学上说,作者只是写作这行为,就像'我'不是别的,仅是说起'我'而已。语言只知道'主体',不知'个人'为何物;这个主体,在确定它的说明之外是空洞的,但它却足以使语言'结而不散',也就是说,足以耗尽语言。"③ 抄写者的功能与我们所说的隐含作者很相似,它们都是语言的产物。由此我们看到,巴特在杀死作者之后,同时也预示了另一种作者(隐含作者)的诞生的可能性。

美国学者亚历山大·尼哈玛斯曾在他的文章《作家、文本、作品、作者》中,对作者死亡论与隐含作者的诞生之间的关系做过分析。他考察了巴特与福柯的理论后认为,他们并没有绝对地杀死作者,而是深化对作者问题的认识。对于作者死亡论他认为:"正如威廉·凯恩所指出的,在鼓吹作者'死亡'之时,巴特、福柯等人并没有声称:'作者完全不存在或者文本(变戏法似的)自己写了自己'"。

尼哈玛斯认为作者死亡论所树立起来作为靶子的"作者",只是作者漫长历史中的一个形象,权威的、神圣的作者是现代社会文化的产物。作者死亡论所打倒的是作者的一种阶段性形象,而不是抹杀了整个作者的历史。作者是一个历史性范畴,在不同时代具有不同的面貌。当我们要推翻一种作者形象时,不能因此

---

① [法]罗兰·巴特:《作者之死》,见赵毅衡编《符号学文学论文集》,百花文艺出版社2004年版,第509页。
② 同上书,第511页。
③ 同上书,第509页。

而否定整个作者的历史。尼哈玛斯说:"我们必须注意,作者概念是一个历史形象,但这并不意味着——也不可能——瓦解作者的现实性。"① 尼哈玛斯说,相对于现代作者短短几百年的历史,一般的作者历史更长,当我们号召打倒现代作者时,我们需要树立另一种作者。他用"作者形象"(author figure)来代替作者,并对它做了新的界定。尼哈玛斯以一套新的系统对作者进行了诠释:

作家(Writer)——文本(Text)

作者形象(Author Figure)——作品(Work)

尼哈玛斯在这里提出了两组范畴,"作家——文本"与"作者形象——作品"。"作家"是处于某一历史环境中的个人,他创造了"文本"。作家与文本的关系是生产者与产品、所有者与所有物的关系。作家永远外在于文本、先于文本而存在。在文本的解释上,作家并不具有优先权利,作家也可能常常会误解他的文本。与作家相对的是,"作者形象"(尼哈玛斯有时简称"作者")不是一种有血有肉的个体,他只有当文本被解释时才会产生,是文本解释中的假定。同时,被解释和理解的文本就是"作品"。作者是内在于作品的,作者与作品是统一关系。作家可以脱离文本而存在,文本也可以脱离作家而存在。但作者与作品却不可分离,离开一方另一方就不存在。"作家对文本的拥有就像一个人拥有他的财产,虽然在法律上确实属于他,但文本仍然可以被从它们的作家那里夺走。作家还是他们自己。相反地,作者对作品的拥有,如同一个人拥有他的行为。作品实实在在是他们的作品。当作品被夺走(即重新阐释)时,无法不改变它的作者,无法不改变在作品中所显现的作者形象,甚至使他变得不可辨识。因此,作者不可能被剥离于他们的作品。"②

尼哈玛斯所说的作者形象实际上就是隐含作者,但他有意不使用布斯的隐含作者一词,因为他认为自己的观点与布斯存在差异。主要表现在,布斯的隐含作者更强调的是真实作者对隐含作者的作用,真实作者与隐含作者的密切联系。而尼哈玛斯则认为真实作者(即他所说的"作家")与作者形象之间没有必然的联系。

---

① Alexander Nehamas. *"Writer, Text, Work, Author",* In William Irwin ed. *The Death and Resurrection of the Author*? Westport Connecticut: Greenwood Press, 2002, p. 96.
② 同上书,p. 113.

作者形象只是作品被解释时所假定的主体,他完全依赖于作品,而不是历史上的某个人。

通过以上分析我们可以看到,作者问题不仅仅是一个文学领域的问题,隐含作者也并不局限于叙事学的圈子。作者问题是20世纪初以来,人文科学领域各种思想潮流碰撞的一个焦点。它反映了20世纪思想发展的趋势。与作者问题紧密相关的是各个学科和思想流派对"人"的主体性问题的探讨。作者死亡论以一种极端的态度刺激着人们去思考这一重要的问题。隐含作者思想的形成,不能仅仅归于布斯一人之功。在布斯提出这一思想之前,或在其他人那里,同样的思想在不同地方同时萌发,它反映的是一种世界性的思想发展趋势。从这一宏观的角度,我们会更清楚地理解隐含作者概念出现的历史必然性与重要性。

第三节 作者与隐含作者的关系

作者死亡论的兴盛,从另一个角度来看,显示出人们对作者认识的发展和深化。作者死亡论同时也预示了隐含作者的诞生。虽然隐含作者这一术语是叙事学家布斯的发明,而且长期以来主要局限于叙事学的范围内,但通过我们的分析发现,隐含作者完全可以超出叙事学话语圈的局限,而且这也是十分必要的。隐含作者是文学作品中普遍存在的主体,不仅仅是在叙事性作品中存在,在诗歌、散文、戏剧、电影、音乐等文学和艺术门类中都存在。它是文学话语存在和传播的条件之一,是文学话语实现其在人与人之间交流功能的条件之一。隐含作者的独特性长久以来由于只有一个"作家"范畴,而被混淆在"作家"身上。现在我们应该清楚,区分真实作者与隐含作者两种主体,界定它们各自的功能,厘清它们之间的关系是十分重要的。这也使我们可以更清楚地理解作者死亡论的关键在哪里,避免对这一口号的误解而造成混乱。

上一章我们得出一个重要的结论:主体是通过语言符号的意指关系形成和表达出来的。具体来说,存在两个符号指涉过程:首先是从话语的组成部分及其相互关联中指示出言语主体,言语主体的位置由话语表明,其主体性内容也由话语充实。其次是从言语主体到言说主体的指涉过程,即把言语主体的性质附加到言说主体上。经过这个双重的指涉,言说主体就获得了其主体性。真实作者作为现实中有血有肉的个体,其主体性的确立也经过了同样的过程。

首先,真实作者依靠各种话语来建构和完成自己,使自己具备一个独立的、统一的主体性。这些话语是多样的,并且贯穿着他生活的时时刻刻。如他与亲人、朋友、同事的各种对话,甚至是与陌生人的对话,与未见过面的人的通话。除这些即时性的话语外,还有一些比较正式和重要的话语被以书面文字的形式记录下来,如他公开发表的声明,他与别人的书信,他的日记,他关于自己一生的自传文字等。一个人从学会语言时起,便一直在用语言进行自我塑造。"爸爸"和"妈妈"确定了他与最初接触到的人的关系,"桌子""糖果"确立他与世界的关系。他不断地用语言安排自己与周围世界的关系,不断把自己编织进各种语言的网络中。这种编织通过语言符号来进行,通过话语来实现。编织一旦开始就不会停止,直至生命的终点。

真实作者的个体就是由无数话语累积出来的。其中存在两个过程,即话语到言语主体的意指过程和言语主体到言说主体的意指过程。他的每一句话都包含了这两种意指行为,他就是许许多多个符号意指行为的结果。他是无数话语指涉所照亮的焦点。

但是这两个意指过程并不那么简单直接,意指的过程也有多种因素的掺入,受到各个方面的影响,从而影响到主体性的建构,有时人们也会利用这种意指过程中的复杂性来制造一些他们所想要的"主体性"面孔。

在第一个意指过程中,复杂性是语言本身带来的。因为语言是公共的,同一句话,你可以说,我可以说,所有人都可以说;可以在这里说,也可以在那里说。话语的成分未发生变化,但意思却不相同。它们所指示出的主体性也必然存在差异。例如同样一句"我真想哭",这句话表示"我"的什么心理状态呢?通常情况下表示"我"难过、悲伤、痛苦;但在另一些情况下,这句话也可以表示相反的心理状态,如高兴、惊喜、感动等。这取决于说话时候的语境。语境决定话语的意指方向,也就决定了可以形成什么样的言语主体。所以,言语主体具有语境依赖性。

第二个意指过程的复杂性表现为两个方面,一是指涉过程可能中断。通常情况下，对于一句话，我们是能够找出背后的说话人是谁的；但有时，却无法找出一个确定的说话人，例如，一个匿名的告示，一篇署假名的文章，或一句不知是谁涂在墙上的话。我们不知道是谁说（写）了它们，但这并不妨碍它们作为话语所起的作用。言语主体能够保证它们凝而不散，使话语进入与另一个主体（被言说主体）的交流过程中，发挥话语的功用。到底是谁说的，有时可能并不重要，甚至并不需要。有时我们也明确知道说话人是谁，但言语主体并不指向他或者是不具有很强烈的指向性。例如，出现在天体物理杂志上的一篇讨论早期宇宙背景辐射的论文，虽然它也不断地用"我认为""我们认为"等字眼，但这种言语主体与文章署名的那个具体的个人并无多少联系，科学论文的言语主体本身已经可以充当科学交流的主体性人物了，不需要再涉及研究者个人的信息。科学论文的言语主体是一种抽象的"科学家"集合体，也就是科学文本中的隐含作者。总之，言语主体是否需要指向言说主体也是由话语所处的语境决定的。

二是不同的指涉之间可能存在矛盾。人们每时每刻都在说话，在制造话语。而在每一个场合下的话语都有一个言语主体，它们之间通常是存在差异的。存在差异是正常的情况，毕竟一个人可以有多种主体侧面。但有些言语主体之间是绝不能共存的对立关系。那么到底它们之中哪一个代表了说话人的真实面目？或者说哪个更接近于真正的说话人，如何作出判断？这也是由语境决定的。确定哪一个是真实的或者是更真实的，就是一个筛选的过程。筛选必然要有参考的依据，依据就是这个人所说过的更多的话语，如有可能的话是全部话语。从他说过的大量话语中可以得出他是哪一种人，进而可以断定哪个是真的，哪个是假的；或哪个离他更接近，哪个离得更远。

因此语境是影响主体性形成过程的一个关键因素。它决定了话语建构是什么样的言语主体，言语主体是否能够指向言说主体，是否有必要指向言说主体。当不同言语主体都指向同一个言说主体时，哪一个更确切。

根据语境依赖性特点的不同，我们可以把构成真实作者主体的话语分为两类：现实话语和文学话语。现实话语对于现实的依赖性表现为具有较强的稳定性，即通常依照某一种语境来确定话语意指方向。现实话语包括真实的作者在日常生活中的所有话语，尤其是可被记录下的话语尤为重要，如日记、自传、访谈录、公开的声明、信件等。现实话语的两个指涉过程对语境的依赖都是稳定的，这一语境就是真实作者所生活于其中而产生话语时的社会历史环境。大到社会的经济政治制度、意识形态结构、社会整体思想氛围，小到他个人的生活经历、家庭出身、所接受的教育、从事的职业、个人知识结构与信仰，甚至具体到某一句话发生的具体时间、地点和谈话的对象。这一系列由大到小的语境就是现实话语发生的原初背景。它们是构成语言意指方向的决定性力量。在言语主体的形成过程中，话语因参照这些语境而得以确定。在第二个意指过程中，也同样参照这些语境来确定某些意指成立，某些意指是假的，或某些意指更加可信。并且现实话语所参照的语境相对来说是固定的，不允许脱离话语发生时的语境来对真实作者的话语做出其他的解释。我们不能依照现代人的生活环境来理解古代人所说的话，也不能依照自己的语境来任意解读别人的话，否则就会造成曲解、误解。

文学话语也依赖语境，但与现实话语不同的是，文学话语对语境的依赖相对来说是自由的，文学话语可以脱离其产生时候的原初语境进入另一个不同的语境中被理解。这时话语的意义就会发生改变，其所指向的言语主体也会发生变化。隐含作者随着语境的改变而改变。

在现实话语中，语境是固定的，话语到言语主体、言语主体到言说主体的意指也是固定的。所以，在现实话语中，言语主体与说话的个人是同一的，二者之间不存在差异。（当然也可能存在说话人以"虚假"的高尚形象伪装自己的情形，造成表面上的言语主体与言说主体的脱离，但参照更大的语境，是能够发现这错位的。实际上，虚假的言语主体恰恰是以曲折的方式指向说话人的真实形象。所以，二者仍是具有统一性的意指关系。）然而，在文学话语中，由于从言语主体（隐含作者）到言说主体（真实作者）的意指过程可能会中断，所以总体来说，文学话语中的隐含作者与真实作者并不具有固定的统一关系。两者之间会存在一些不同的特征，如以下5个方面。

1. 在文学交流中的地位不同

在文学交流中，隐含作者是必要条件，而真实作者是非必要条件。在现实话语中，言说主体与言语主体是统一的关系。所以，说话人是现实话语交流的必要条件。在现实的交流中，我们需要关心正在向我们说话的人是谁，而在文学交流过程中，真实作者与隐含作者不具有强制的统一性关系。由于文学交流行为发生的语境随时有可能发生变化，所以真实作者不可能参与到每一次文学交流过程中。真实作者的参与只能在有限的语境中出现，例如在作品的研讨会上，真实作者可以和读者面对面地交流，这种情况下，真实作者可以通过强调自己作品的语境来保证与隐含作者的统一。但即使在这种情况下，也可能出现完全相反的情况，有的作者可能会向大会宣布作品中所表现的人物、事件和他本人没有丝毫关系。希望大家不要去考证作品中的因素与真实作者之间的关联。这种声明经常会有，这就表明作者本人对他在文学交流中的地位是清楚的。

但在更多的情况下，真实作者与读者是无法见面的。甚至有些文学作品，我们根本就不知道它的真实作者是谁。有的作品可能有一个作者的名字，但由于年代久远，或者由于读者懒得费心去调查，而对真实作者的情况一无所知。在这种情况下，读者的阅读并不会终止。很少有人会因为"这个作者我不认识"而放下书，而是因为"这本书索然无味"才中止阅读。这说明，真实作者并不影响文学交流行为的进行，读者对作品的理解也不必亦步亦趋地参照真实作者的资料。当然，在有些情况下，了解真实作者的信息会对读者和作品的理解产生影响，但这只能说明真实作者在文学交流中可能产生一定的作用，而不是说这种作用是必要的，是普遍存在的。

也许会有人这样反驳，没有真实作者，哪来作品？没有作品，谈何文学交流？所以，真实作者在文学交流中是必要的。这种观点看似逻辑严密，无懈可击。然而，其中存在一个关键的错误，即对文学交流的误解。雅各布森把人与人的一般交流行为分为六个要素：

      媒介
      信息
    发送者 —————— 接收者
      代码
      语境

交流总是发生在两个主体之间，或某种语境之中，发送者将信息依照某种代码进行编码，然后以某种媒介传递给接收者，接收者收到信息，然后依照同样的代码对其进行解码,理解信息的内容。文学交流行为符合这一普遍的交流模式,但也表现出一些特性。其特殊性为文学交流行为中的发送者不是真实的作者而是隐含作者。

　　真实作者为什么不能说是发送者,明明是他创作的作品,关键就在于"创作"。真实作者的必要性只适用于文学作品的创作过程中,而非交流过程中。作一个简单的比喻,真实作者与作品的关系,就如同一个木匠师傅与柜子的关系。木匠打造柜子之前,一定进行了一番周密的思考,他根据使用的需要在柜子里设计了功能不同的格子。他是柜子的创造者,没有他就没有柜子,这是无可争议的事实。但仅仅是在柜子的生产过程中,木匠才可以说是必要的。一旦柜子卖出去了,木匠就与柜子脱离了关系,买柜子的人,可以按照木匠的设计意图把柜子用来放衣服、被子,但也完全可以用来放书,或者摆些装饰品,或者把部分格子单元当作储藏间放置杂物。柜子的这些功能已经与木匠当初的设计毫无关系。作者与作品的关系也一样,作者只是在文学创作的过程中才能说是必要的,一旦作品完成,进入交流的领域,作品就脱离了作者的掌控。这时候作品的主人便是隐含作者。

　　赵毅衡先生在他的《身份与文本身份,自我与符号自我》一文中把隐含作者理解为"文本身份"。他认为:"身份是表达或接受任何符号意义所必需的,是表达与接受的基本条件;自我的任何社会活动,都必须依托一个身份才能进行。"① 他认为文本身份不能与表意人相混淆。"文本身份是文本的社会关系的产物。"②"一旦符号文本形成,文本身份就独立地起作用。"③ 文本身份是文本在社会交往关系中,在社会总体的文化背景下获得的,它是文本意义的表达和接受的基本条件和实际作用者。"不可能想象不以一种身份进行社会表意或解释。面对同样一条命令,发号施令者的身份不同(父亲、长官、法官、教师),一个人就不得不采用对应的身份(儿子、士兵、犯人、学生)来应对。他的解释,也就在这个身份上建立。他可以拒绝采用这些身份,采用别样的(例如逆子)身份,这样父亲的话就失去了命令的权威性,同样的符号文本,意义就会不同。因此,意义的实现,

---

① 赵毅衡:《身份与文本身份,自我与符号自我》,《外国文学评论》2010年第2期,第6页。
② 同上书,第11页。
③ 同上。

是双方身份对应（应和或对抗）的结果，没有身份就没有意义。"①

隐含作者是文学交流中真正的信息发送者，他是文学作品中各种要素统一的中心，是文本编码的源代码。读者对于文本的理解，首先是参照隐含作者，而不是真实作者的信息。隐含作者是文学交流中必不可少的发送者主体，真实作者则不是。

2.隐含作者和真实作者与文本的关系不同

隐含作者与文学文本是直接的统一关系。因为从隐含作者的产生来看，隐含作者是文本中各种话语成分指示的焦点，是直接依靠文本获得其确定的位置和一系列属性的。反过来，隐含作者也是文学文本的主心骨，是文本中的引力中心。隐含作者本身可能随着每一次文学交流行为发生的语境改变而变化。但在每一个语境中形成的隐含作者，在此交流过程中，都是相对稳定的主体。由他所发出的磁场可以校正文本中各种话语成分，使分散的联合起来，使对立的和谐起来，使文本的要素沿着磁力线的方向有序地排列起来。这样便保证了文学交流的顺利进行。

而真实作者并不具备这种神秘的力量，因为真实作者是脱离文本的。真实作者只有在创作的过程中才可以说对文本具有某种决定性，但此时，文本既没有成形，作品也没有进入实质性的文学交流过程中。所以这种决定性在文学交流过程中读者对文本的理解来说，并没有多大的意义。读者不可能严格依照作者创作时的思想来理解作品。何况，创作时的思想本身就是不可重复触及的。即使是作者本人后来提及创作时的情况，也不可能百分之百地复原。作品一旦形成便脱离了作者的掌控，进入文学话语系统内，根据文学话语领域的规则，被定位、分配和消费。此时，作者与作品仅仅保留法律上的著作权关系，而无法干预作品在具体文学交流过程中的表现。

3.真实作者与隐含作者两个主体在稳定性上存在差异

真实作者的主体属性相对稳定，而隐含作者的主体属性则易于变化。这是由构成两种主体性的语境稳定性差异造成的。与真实作者相关的话语，其出现的语境是相对固定的，对话语的解释必须符合语境规定的方向。话语到言语主体，言

---

① 赵毅衡：《身份与文本身份，自我与符号自我》，《外国文学评论》2010年第2期，第6页。

语主体到真实作者的两个指涉过程都是稳定的。所以，要了解某个真实个人，必须结合他所处的社会环境，他的个人经历等外部因素。真实作者的主体性稳定也是其作为一个个体的人的必然要求，健全的人必须是具有稳定的"自我"的人，尽管精神分析学表明，这个"自我"也包含了各种异质性、分裂性的因素，但总体来说，"自我"有一个稳定的实体形态。

隐含作者则不然，隐含作者与语境的关联是不稳定的。所以，同样一部作品在不同的语境下会形成不同的隐含作者。一部作品在不同时代，其中的隐含作者会不同；不同文化的读者所读出的隐含作者形象不同；即使是同一个读者，在不同的心境或年龄段阅读同一部作品，隐含作者也会发生变化。

隐含作者的变化实际上为文学作品的广泛传播提供了条件。它使得作品可以在诸多不同的语境中被接受，使文学永远处于一个能够不断生产出新意义的状态，这也是文学的魅力所在。每个人心目中都有一个莎士比亚，但每个人心目中的莎士比亚都是不同的，真实的莎士比亚只有一个，而隐含作者莎士比亚却是无限的。

4. 真实作者与隐含作者的人格化性质不同

真实作者是有血有肉的具体个体，而隐含作者是抽象的纸面实体。真实作者和现实生活中的每一个人一样是肉体和精神结合的个体，有确定的生命轨迹，在每时每刻都有具体的言行，他通过与周围世界的交流保持自己一贯的人格形象。而隐含作者则不同，隐含作者没有肉身。身高、相貌、肤色、性别（自然性别）、健康状况这些真实个体所必备的方面，隐含作者都可以没有。通常情况下，隐含作者只是一些抽象观念的集合体。我们谈到一部作品的隐含作者，主要是指他所具有的知识结构、信仰、价值取向、情感态度，而不可能像了解真实作者那样去问，某部作品的隐含作者有没有谈过恋爱、恋爱几次、家庭背景、社会关系、经历过哪些事情等，这些细微的东西，隐含作者都不具备。这是因为隐含作者只是一种存在于"纸面"上的主体，他是由文本内因素指涉出来的，他的所有属性都依赖于文本话语，他无法超出文本独立存在。而文本的指涉全部都是一些抽象的观念，隐含作者也就是这些观念的集合体。

赵毅衡先生把隐含作者的人格化称为"类人格"（quasi-personality）。类人格的隐含作者是"文本身份"的集合，但却不能等同于真实的"人格"自我。"'隐含发出者'是符号的'文本身份'的集合。这个人格只与符号表意有关，因此只是个'符号自我'（semiotic self），不具有超出这个范围的精神品质，也不可能具有肉体的存在。"①

布斯把隐含作者称为真实作者的第二自我，这种说法并不恰当。因为它容易让人对两种主体的人格化性质产生错误的认识，认为隐含作者与真实作者一样是实在的人格化主体。不过，布斯之所以把隐含作者称为真实作者的第二自我，是因为两者之间确实存在某种联系。这种联系就是隐含作者与真实作者之间存在的意指关系。在一般的话语中，言语主体总是指向言说主体，两个主体之间是一致的关系，但是由于文学话语的特殊性，它不依赖于固定的语境而存在。所以，文学话语中的言语主体（隐含作者）向言说主体（真实作者）的意指关系可能中断，造成两个主体的不一致。在中断的情况下，我们不能把这两个主体勉强地对应起来。但很显然，隐含作者是可以指向真实作者的，即当两者的语境一致时，隐含作者到真实作者的指涉关系可以建立。在这种情况下，隐含作者与真实作者给人一种合二为一的感觉。

文学史一直都强调这种对应关系。中国古典文论中有"文如其人，人如其文"的说法与西方古典文论中的作者权威说，它们都强调根据真实作者的语境来解读作品，强调作者与隐含作者的一致性。由于这种认识长期以来占据着统治地位，从而被当作普遍的真理。而实际上，真实作者与隐含作者一致的情形只应该是很小的一部分，在大多数情况下，两者是不一致的，或者只是部分相似。因此"第二自我论"也只能在部分情况下才成立。并且这一命题也只能理解为隐含作者向真实作者意指关系的建立，而不能理解为隐含作者具有与真实作者相同的人格属性。

5. 隐含作者与真实作者之间的相互影响

隐含作者与真实作者在文学交流中的地位和作用不同，真实作者有时不参与到文学交流过程中，此时两种主体之间不发生关系。但在某些时候，真实作者参与到文学交流中，这时，真实作者与隐含作者之间就会发生相互干涉的现象。

首先从真实作者对隐含作者的影响来说，真实作者的信息可以对隐含作者的

---

① 赵毅衡：《身份与文本身份，自我与符号自我》，《外国文学评论》2010年第2期，第14页。

构建起到辅助作用。当读者知道一个文学文本真实作者的信息后，就会对隐含作者的形象建立一个大致的方面。例如鲁迅的《铸剑》。这是一篇寓言小说，它象征性地表达了人的反抗精神，但究竟是何种反抗精神，向谁反抗，反抗的意义何在？这些问题单从文本本身来看是不明确的，需要结合具体的语境才能有明确的指向。但阅读的语境有许多种，选择什么样的语境更合适呢？作者的信息可以对语境选择起到影响，鲁迅是中国受过现代文明教育的第一代启蒙者，他从几千年的封建枷锁的桎梏中走出来，宣传现代文明。他身上有一种宝贵的反抗精神，这不是一种个人的反抗，而是那个时代所有人的共同精神趋向。"反抗"的不是某个人，某个对象，而是落后的封建制度。反抗所体现的是打破旧世界，建设新世界的伟大意义。结合这样的背景，读者自然会对《铸剑》的隐含作者形象有了更明确清晰的把握。

但必须注意的是，真实作者对隐含作者的影响并不是直接的。不能认为真实作者是怎样的，隐含作者就是怎样的，真实作者对隐含作者的影响是通过对语境的引导来实现的。了解鲁迅的人生经历和时代背景，实际上就为我们阅读《铸剑》设定了一个语境，即五四新文化运动的历史语境。在这一语境下，我们才明白《铸剑》所透露的反抗精神的具体指向。正是依赖这一语境，我们才把《铸剑》的隐含作者理解为一个反抗黑暗社会不合理文明的坚韧的反抗者形象。这一形象之所以与真实作者大体上一致，是因为两者解读的语境是相同的。我们完全可以换一种语境阅读，那时隐含作者与真实的作者鲁迅就发生了极大的差异。例如，对于一个谙熟武侠小说而不知鲁迅为何人，他可能读出的只是江湖恩仇，他心目中的隐含作者也可能只是一个极有江湖义气的侠士；而一个封建统治者看到这篇文章，会将作者扣上大逆不道的罪名，隐含作者所具有的反抗精神在他看来可能只是一种"反人类""反社会"的逆反心理。

所以，真实作者对隐含作者的影响是间接的，即通过限定文本的阅读语境来实现。这种限定是可选择的，而非必选的。传统的传记批评和社会历史批评的合理性在于看到了这种语境限制对文本解读的辅助作用，但它们过于看重这种作用，而排除了选择其他语境的可能，把真实作者与隐含作者作机械的类比，所以导致错误的理解。

隐含作者对真实作者的影响表现为另一种方式,即通过指涉关系产生影响。由前文对话语中主体关系的分析可知,作为言语主体的隐含作者可以意指作为言说主体的真实作者,只不过由于文学话语语境依赖的不稳定,使这种指涉过程可能中断。但这种中断不仅没有使隐含作者的重要性降低,反而使隐含作者越来越强势,并掩盖了真实作者。

根据前一章我们知道,真实作者的主体性是依靠两大类话语建立的,一类是现实话语,一类是文学话语。现实话语的量是庞大的,并且时时刻刻在产生,且总体上有统一的语境,即真实作者所生活于其中的社会历史环境。文学话语相对来说在量上要少得多,但文学话语的隐含作者也可以意指真实作者,建构真实作者的某种主体性。真实作者的"作家"身份就是通过文学话语建立起来的。但"作家"只是真实作者的主体性的一个片段,除"作家"外,真实作者还可以是父亲、儿子、教授、旅游爱好者、球迷、摄影家、政客等。文学话语对真实作者的主体性建构不仅所占比重小,而且并不是什么情况下都能起到作用。只有当文学话语的语境与现实话语语境相符合时,文学话语中的隐含作者才可以指向真实作者,才可以成为真实作者的主体性表现的一个方面。当文学话语脱离这一语境限制时,隐含作者会发生变化,这时就不能把隐含作者与真实作者等同起来。

但是,现实话语与文学话语在产生后却走向了两种相反的道路,现实话语虽然产生时量大,但绝大部分稍纵即逝,能得到记录的只是一小部分,而且这一小部分,也会随着时间的推移而不断遗失。相反,文学话语却具有不断增值的趋势,所有能够保存下来的文学话语都在不同的时空语境中产生新的意义,生成新的隐含作者形象。这样,我们对于真实作者的了解越来越少,而随着文学话语的广泛传播,隐含作者越来越重要。文学史上作者无不存在这样的变化过程。李白、杜甫似乎更多的是他们诗歌中的形象,对于真实生活中的李白、杜甫我们所知甚少。在另一些极端情况下,真实作者几乎完全不可知。例如《春江花月夜》的作者张若虚,史书中几乎没有关于他的详细传记记录。我们所能知道的仅是《春江花月夜》中所表现出的各种情感,由于无法知道真实作者的情形,我们就把这一隐含作者当作真实作者看待。再如《红楼梦》,至今尚无定论它的真实作者究竟是谁,只知道一个名字"曹雪芹",但曹雪芹是何人?众说纷纭,莫衷一是。我们知道的只是《红楼梦》一书中所透露的隐含作者形象,他是一个饱读诗书、历经沧桑、看透世事、怜悯众生的人,我们把这当作真实作者来谈。

这也就是福柯所说的作品对作者的谋杀,文学话语的无限增值淹没了现实话语,隐含作者的形象被崇拜,代替了真实作者。我们所谈论的"莎士比亚"并不是那个生活在16、17世纪之交的大不列颠的某个叫"莎士比亚"的人,而是在《莎士比亚文集》中的众多隐含作者形象的集合体。那个真实的人对普通读者甚至是对专业的批评家来说,都不再重要。有的时候并不是因为缺少真实作者的信息而被动地以隐含作者代替真实作者,而是因为我们选择忽略那些信息,读者主动地抛弃了真实作者,这也是文学交流过程的客观事实。真实作者并不是文学交流的必要条件,难以想象书店里的读者需要先阅读某个作家的传记,然后才能翻开他的小说。有时我们甚至连作者的名字都没有仔细看就开始了阅读。作者是谁?无关紧要。

总之,"作者"两个字在传统的使用中兼指真实作者和隐含作者两个主体,需要区分开来,真实作者是现实生活中有血有肉的个体,隐含作者是文本中的抽象主体。有了这样的区分之后,作者死亡论就更加合情合理了,作者死亡是文学领域内经常的并一贯存在的现象,真实作者总是处于缓慢的衰变过程中,而隐含作者却在不断膨胀壮大。

第四章　隐含作者与解释的有效性

文学作品的意义来自哪里？如何保证会对作品做出有效的解释？这或许是文学研究中最为重要的问题了。作者创作一部作品，总是要传达某种观念、看法、思想，即传达某种意义。读者的阅读也总是领会作品中的观念、看法、思想，获知某种意义。"意义"是文学交流中的关键因素。当我们面对一个文学文本时，我们总会自然而然地发问：这是什么作品？它表达什么意思？而作品的"意思"往往并不是固定的。对于同一个文学文本，不同的读者会读出不同的意思，甚至截然相反的意思。不同时代的读者也会解读出不同的意思，甚至同一个读者由于年龄、地位、身份、阅读环境的变化，也会读出不同的意思。那么，一个文本究竟有多少意思？哪个意思是真正的意义，在那些相对立的"意思"中，如何作出取舍？有没有保证解释有效的方法？

本章就从隐含作者与读者的关系角度来讨论文学解释与意义的问题，主要分为两部分：①讨论现有的解释有效性保证的方法，即诉诸作者意图、读者意图和文本意图的三种方法；②讨论隐含作者在文学解释活动中的作用，阐释隐含作者对解释有效性的保证作用。

第一节　诉诸三种意图的有效性保证

作品的意义是什么？西方人说：一千个人眼中就有一千个哈姆雷特，中国人说：诗无达诂。对于这样一个千古难题，现代文论界也进行了大量的研究，似乎能够看到解决问题的曙光了，但仍然充满困难，尤其是在如何保证解释的有效性上，存在明显不同的声音。大体来看可以分为三类，它们分别求助于三种意图来保证意义的有效性。第一类是求助于作者意图，这一派的代表人物有赫施和却尔。

第二类是求助于读者意图,这一派的代表人物更多,且相互之间也有较大的差异。较为激进的有罗兰·巴特、德里达、保罗·德曼等解构主义者,较为温和的有斯坦利·费什的解释团体论。第三类是求助于"文本意图",其倡导者主要是艾柯。这三个派别分别提出了各自的一套意义生产系统,并以此来约束解释。那么,它们之间存在哪些对立?有哪些关联?依靠其中的某一个能否解决解释的有效性问题?

一、作者意图

(一)赫施:保卫作者

对于文学的意义问题,赫施提出了一个"保卫作者"的口号。他认为作者的意图是意义的可靠源头,是解释有效性的保证。但文学的意义是多样的、变化的,这是一个极明显的文学事实,赫施如何能够兼顾作者对意义的限定性和文学意义的变化性这两端呢?他通过一个区分来实现,即区分了"含义"(meaning,Sinn)和"意义"(significance,Bedeutung)①:

作品对作者来说的意义(Bedeutung)会发生很大的变化,而作品的含义(Sinn)却相反地根本不会变。我对作者含义变化的所有众所周知的探讨,都是由这一问题的关键出发的。在此,发生变化的实际上并不是本文的含义,而是本文对作者来说的意义,忽略这个区别的人实在太多了。一件本文具有着特定的含义,这特定的含义就存在于作者用一系列符号系统所要表达的事物中,因此,这含义也就能被符号复现;而意义则是指含义与某个人、某个系统、某个情境或某个完全任意的事物之间的关系。像所有其他人一样,在时间行程中作者的态度、感情、观点和价值标准都会发生变化。因此,他经常是在一个新的视野中去看待其作品的。毫无疑问,对作者来说发生变化的并不是作品的含义,而是作者对作品含义的关系。因此,意义总是包含着一种关系,这种关系的一个固定的、不会发生变化的极点就是本文含义。迄今为止,解释学理论中所出现的巨大混乱,其根源之

---

① 又译作"意义"和"意味"。

一就是没有作出这个简单的然而是重要的区分。①

"含义"和"意义"是赫施从德国逻辑哲学家弗雷格那里借来的两个词语，赫施对这两个概念加以改造，应用于对文学意义问题的解释。赫施认为我们通常所说的"意义"，没有区分这两个方面。含义是作者在文本中所表达的思想，意义则是文本与其他对象所发生的关系。含义是固定不变的，作者和在文本中所传达的思想是固定的，但作品可以与什么对象发生关系却是不可限定、不可预测的。含义和意义的区分，初步解决了文学作品意义的统一性与变化性的矛盾。

赫施进一步用"范型"（genre）来诠释含义。含义并不是一次性呈现的物体，而是一个由各个细小的部分组成的整体，这个整体就是范型。范型由一个个小的个体组成，但并不是每一个个体都时时刻刻在场，不同的读者所读的含义中的细节部分可能会不同，但这并不妨碍他们在整体的范型上会达成一致。范型的整体性容纳了细节变化的空间。范型的这种特点，使得含义的独特性与社会性能够统一起来。因为含义既是个别的，又能在社会中传播，并被别人复制。赫施说："由于一个类型能在一个以上的个别情形中得到体现，因而，它就在诸个别情形之间架起了桥梁，唯有这样的桥梁才能使含义的个别性与解释的社会性联在一起。"②含义作为一种范型，它具有供个体发挥的一定自由空间，范型体现了含义的变动性与统一性、整体性与个别性的统一。

在把含义诠释为范型之后，赫施又进一步提出"真正的范型"理论。在文学解释中，可以存在各种各样的范型，但只有一个范型能够包含文本的所有含义，其他范型则不能。"真正范型是这样一种整体含义，通过这整体含义，一个解释者就能正确地理解这种具有确定性整体的每个部分。"③那么，"真正的范型"是什么样的范型呢？赫施认为真正的范型就是作者的意图。"作者对他意欲传达的东西具有某种设想——当然这并不是一种抽象的构想，而是一种意念，也就是我们称为真正范型的东西。"④

陈述者知道，他的含义类型必须立足在某个语言使用的通常类型中，因为，

---

① [美]赫施：《解释的有效性》，王才勇译，三联书店1991年版，第16—17页。
② 同上书，第83页。
③ 同上书，第100页。
④ 同上书，第118页。

解释者只有从语言使用的具体特征如词汇量、句法模式、恒定表达式等出发，才能去揭示陈述者的含义类型，所以，含义类型必然是与语言使用的类型连在一起的，这个聚集着共同体验、聚集着陈述者所信奉的语言使用和含义期待特色的整个复合系统，就构成了决定陈述者表述的范型构想。只有当解释者置身于相同的期待系统中时，理解才能完成，这个共同的范型构想就是表述所具有的真正范型，这个共同范型构想不仅对含义而且对理解来说也是决定性的要素所在。①

解释者只有置身于这一范型中，才能理解作品的全部意思。所以，起决定作用的真正范型必然是语言的使用者（作品的创作者）所信奉和所使用的那种整体系统，真正的范型就是陈述者（作者）陈述（创作）时的意图和构想。

含义是一种整体性的范型，它是作者的意图。而意义是一种关系，是含义与其他不属于文本的对象发生关联时所形成的关系，"意义永远是含义与某事物的关系，而从不会是某事物之中的含义，意义始终含有着构成某人词义与不构成某人词义之事物间的某种关系，尽管这种关系与作者本身或与他的对象又有些相关。"② 意义不属于含义之内，而是文本的含义与外界之物发生关联。所以，尽管含义是固定不变的，但与谁发生关系却是无法确定的，因而意义是变化无穷的。"哪怕是最短小，最乏味之文本的意义，在字面上也是不受限制的，人们不仅能使该文本的词义与一切想得到的关系建立联系（历史学的、语言学的、心理学的、身体上的、超验的、个性的、家庭上的和民族上的关系），而且，人们也能使该文本的词义在不同时代与所有可能关联的演变状态建立联系。"③ 赫施借此既保卫了作者，确立了作者意图的权威地位，同时也没有否定读者解释的自由。赫施所援引的理论比较多，他试图把索绪尔的语言学、库恩的范式论、胡塞尔的现象学、狄尔泰的解释学融合到一起，其结果之一是造成理论上的某些混乱。对于含义的解释也并没有达到像赫施所期望的那么清晰。

赫施的原意是通过"含义"来"保卫作者"，捍卫作者意图在文学解释中的权威地位。但在论述的过程中，他又使"含义""真正的范型"滑向读者一端，把"含义""真正范型"说成是读者的一种阅读建构，是批评与解释的结果。强

---
① [美]赫施：《解释的有效性》，王才勇译，三联书店1991年版，第93—94页。
② 同上书，第74—75页。
③ 同上书，第75页。

调作者和解释者共同创造了含义的范型。

"如果说词义是一个能由语言符号传达的意欲类型,那么,由此就可得出结论,传达该意欲类型的可能就取决于以往解释者对该意欲类型的体验,不然,解释者就无法揭示出意味,他无法知道,哪些意味构成了含义,哪些没有构成含义。"① 这也就是说赫施所谓的作者的"真正范型"的确定,仍然是要依靠对以往读者大量的阅读经验来判断,当我们说哪一种范型是作者的"真正范型",哪一种不是"真正范型"的时候,所依据的标准仍然是读者,而不是作者。"真正范型"必须是得到解释者认可的范型。赫施说真正范型应该被界定为"陈述者和解释者的共同构想"。②

赫施又用胡塞尔的"意向性"来解释范型。含义是一种意向性客体,这种客体是超个人的、恒定的,对所有人都有效。"词义作为意向客体是恒定不变的,也就是说,它能由不同意向活动所复制,而且在所有这些复制中,它始终是与自身同一的。词义就是陈述者之意向客体的可为他人分有的内涵。由于这种含义不仅是恒定不变的,而且也是超个人的,因此,它就能为不同个人的精神所复制。"③ 意向性客体所联系的主体实际上并非具体的个人,在现象学的文论中,如茵加登、杜夫海纳,他们也用意向性来说明作者的意图,这种意图称为"作者精神"。他们认为这种"作者精神"与真实作者的意图是不一样的。实际上,现象学中的文论所说的"作者意图"就是隐含作者的意图,或是艾柯的"文本意图"。赫施在对含义作现象学式的阐发时,实际上也悄悄地变化了立场。"含义"也好,"范型"也好,实际上都与有血有肉的作者个人的思想、观念已经产生了很大的距离,它们不仅依靠解释者去确定,而且是超个人的一种现象学的"意向性"客体。

(二)却尔的作者意图论

却尔是另一位重要的作者意图论者,而且相较于赫施,他的立场似乎更为极端。赫施留了一块"意义"空地供读者任意发挥,却尔却说:"文学作品有一个并且只有一个唯一正确的解释。"④ 这个唯一正确的解释就是作者的意图。却尔把作

---

① [美]赫施:《解释的有效性》,王才勇译,三联书店1991年版,第78页。
② 同上书,第94页。
③ 同上书,第251—252页。
④ [美]却尔:《解释:文学批评的哲学》,吴启之、顾洪洁译,文化艺术出版社1991年版,第9页。

者意图与文本的意义紧紧束缚在一起。他说:"我认为,在对文学作品意义的陈述与对作者意图的陈述之间存在着逻辑联系,即作品的意义的陈述亦即作者意图的陈述。"①"理解一部文学作品就是去理解作者所要传达或表达的意思。"②"作者的意图逻辑决定了在各种对文本语言的合理解释中,哪一种解释是正确的。"③ 对于这一结论,却尔通过逆推的方式来证明。在文学批评实践中,批评家面对不同意义进行筛选时,总要求助于某种选择的标准,如文本的特点、上下文的语境、公共的阅读习惯与规则,或者某种美学上的标准(更美、更完善、更丰富等)。却尔证明,这些标准实际上都以求助于作者的意图为最终的依据。

却尔第一个考察的是反作者意图论者的一个观点,即新批评的观点。这种观点认为作品的意义产生于文本内部,文本内在的特点构成了意义的来源,如新批评所着力强调的"暗示""隐喻""反讽""统一性"和"整体性""复杂性"等。相对于传记、日记等外部证据而言,却尔把这些文本特点归入意义的"内部证据"。但却尔对文本内部证据的理解却与新批评不同。新批评用文本的内部特点来否定作品的意义与作者意图的联系,而却尔却以此来证明作品意义与作品意图的逻辑联系。却尔的推论其实并不复杂。他并没有否定文本的内部证据对意义的生产作用,但这种作用是通过作者意图实现的。如反讽对意义的形成作用,却尔说:"我们判断某一段落是否具有反讽的意义是根据我们对作者意图的认识。因此,只有当批评家认识到乔伊斯的写作意图之后,才能按照反讽解释《青年艺术家的肖像》这部作品。"④ 对于新批评所强调的一致性和复杂性,却尔说:"求助于一致性或复杂性来支持对一部作品的解释也就是求助于作者的意图。更明确地说,只有当一致性和复杂性是作者意图的证据时,它们才是本文意义的证据。因此,在一致性和复杂性不是作者意图的证据的情况下(比如偶然产生的文本)它们就不可能是本文意义的证据。"⑤

通过这样的逻辑转换,却尔就在没有完全否定新批评理论的前提下完成了对新批评的改造。文本的内部证据、文本特点之所以能成为意义之源,是因为作者

---

① [美]却尔:《解释:文学批评的哲学》,吴启之、顾洪洁译,文化艺术出版社1991年版,第8页。
② 同上书,第38—39页。
③ 同上书,第39页。
④ 同上书,第54页。
⑤ 同上书,第72页。

是有意图使它们这样的。"因为文本特点是作者意图的证据，所以它也是作品意义的证据。"①

确定文学作品意义的另一个重要标准是"语境"，同样一句话，放在不同的语境中会有不同的意义。但却尔对此也有他的解释，他认为语境本身就是作者意图存在的证据。面对一部陌生的文学作品时，我们通常会问与文本的语境有关的问题，如这是谁写的？是什么时代的作品？哪个国家的作品？当时的社会背景如何？作者的生平是什么样的？却尔认为，我们对于语境的追问实际上就是对作者意图的求助："了解说某句话的语境实际上就是理解说话者如何看待他说话时所处的情境的问题。"②语境之所以能决定意义，是因为语境本身是作者意图的体现，"说话者对情境的态度起决定性的作用，说话的情境之所以能证实所说的言语，是因为它是说话者所要表达或传达的意义的证据。"③所以，求助于语境来确定意义，实际上也是求助于作者意图。

语言规则也是批评家筛选意义的一个标准，符合语言规则就是合适的意义，不符合语言规则的意义就要被排除掉。语言规则是客观的语法体系，似乎与作者的个人意图关系不大，但却尔仍然以同样的逻辑将二者关联起来。之所以语言规则能确定作品的意义，是因为合乎语言规则的意义正是作者所意图的，而不合乎语言规则的意义是作者所未意图的。"我们试图了解一部作品中句法或语义不正规的句子的意义是因为我们假定某人用它们表示某种意思；我们之所以选择那种赋予某些段落某种意义的解释，并摒弃那些相反的解释（或选择一种比其他的解释更有意义的解释），是因为某种解释有道理，本身就可以成为它所表述的意义的证据。"④因而"依据语言规则来排除对一部作品或一个段落的解释，我们实际上还是暗中求助于作者不可能表达这种意思的事实"⑤。"只有当一种表述的语境是作者意图的证据的时候，它才能成为这一表述的意义的证据。"⑥

却尔所论述的最后一个标准是美学标准。有时，面对两种解释，有一种会被

---

① [美]却尔：《解释：文学批评的哲学》，吴启之、顾洪洁译，文化艺术出版社1991年版，第73页。
② 同上书，第83页。
③ 同上书，第84页。
④ 同上书，第91—92页。
⑤ 同上书，第92页。
⑥ 同上书，第94页。

选择，仅仅因为这种解释更完善、更丰富、更深刻，即更符合美学标准的要求。同样却尔认为，美学标准本身并不能成为意义的根据，之所以能充当决定意义的标准，还是因为美学标准与作者意图相符合。当美学标准与作者意图相违背时，就不会成为决定意义的标准。却尔说："批评家有时引证美学理由来支持一个可以被意图论者接受的解释，因为美学理由能否成立往往依赖于它们是作者意图的证据的假定；在美学理由与作者意图的证据发生冲突的情况下，这些美学理由不会被人们接受。并且，它们也不会成为作者意图的证据。"①

在却尔看来，所有的文学意义的根据都可以最终归结到作者意图上，作者意图是终极的意义保证。"很明显，各种文学作品意义的证据都有一个共同点：因为它们都是作者所要表达的意思的证据，所以，它们也是作者意图的证据，并且也是作品所要表达意思的证据。"②却尔的论证详细充分，所得出的结论也合情合理。但是同样是文本内证据的隐喻、统一性、复杂性等文本特点，为何新批评用来割裂作者与文本的联系，而却尔却能够反过来证明作者与文本的关联？同一个东西为何会成为两种相对立观点的论据？其中的原因就在于，却尔的"作者意图"与新批评所反对的"作者意图"并非同样的概念。在新批评中，作者意图主要是指真实的作者主体所明确表达的意见与看法。而在却尔这里，作者意图已经悄悄地发生了改变，变成另一种"假定的意图"，即假定作者所能具有的意图。却尔在其著作的绪论中就对"意图"进行了界定。

因为我所持的观点源于"意图论"，所以，我是在本义上使用"意图"这个术语的，在谈到一个作者想通过自己的作品表达某种思想时，我并不是指他打算写出或打算传达的思想。我不是在含义宽泛的"动机"一词的意义上使用"意图"这一术语的，因为广义的"动机"可以包括作家成名成家的愿望以及其他与之有联系的种种欲念。在我这里，"意图"也不意味着"持续的集中作用"或者一部作品本文上的一致性。恰恰相反，我是在当作者写下某一序列词的时候所抱持的打算这一意义上使用"意图"这个术语的——就是说，是在作者通过所使用的词表示的意思这一意义上使用这一术语的。③

---

① ［美］却尔：《解释：文学批评的哲学》，吴启之、顾洪洁译，文化艺术出版社1991年版，第127页。
② 同上书，第127–128页。
③ 同上书，第10页。

却尔在这里把"意图"与"动机"作了区分。作者可能会有多种动机,成名的愿望是其中之一,也可能是未来的经济利益,或影射某人,或宣扬某种观点,等等。这些动机有些在作品中能够看到影子,有些则完全看不到。意图也不完全是作者有意识要传达或写出的思想。因为文学作品中有大量的意义是作者所不可能想到的。文学作品中有无数的细节,每一个细节都有可能负载着各种意义,作者不可能在写作时设计好每一个细节及每一个解释的方向。对于这些由文本特点产生的,作者又完全意识不到的部分,是否该称为作者意图呢?新批评与却尔在这里又发生了分歧,新批评认为这是由文本产生的意义,而却尔仍然把这部分归属到作者意图之下。实际上,却尔的作者意图已经不完全是真实作者的真实意图了,而是批评家的批评实践或读者阅读过程中"假定"作者会具有的意图。却尔认为作者意图包括了作品全部可能的细节。"虽然诗人通常不预先谋划一首诗的细节,写诗的时候也不考虑一个词或一个短语可能引起的种种联想,但是,这既不能说明这些细节是无意中产生的,也不能说明诗人不想暗示这些词汇或短语所联系的各种事物。这些联想完全可能被看作一首诗中的某些短语或形象的意义的组成部分,并与作者的意图联系起来。"[①] 作品中所有的细节意义,虽然作者可能并没有实际意识到、想到,但都可以假定为作者想到、意识到的,假定为作者所想要表达的意义。我们看到这种"作者意图"与新批评的差异并不太大,而且与我们所说的隐含作者也有很大的相似之处。

却尔的"作者意图"概念实际上还是十分含混的。他既不愿意彻底丢掉真实作者的束缚,又想使作者能够对作品的所有细节负责。所以,在"意图"这一概念上,塞入了大量的内容。把其他人认为不属于作者意图的内容,也归入作者意图之中。

在如何看待隐含作者的问题上,却尔的立场是否定的。他认为隐含作者没有存在的必要,"我们对作品中的表达或提出的主张的理解,并不是由'我们对暗含的作者的认识'决定的,而是由我们对真实的、历史的人物的认识决定的"。[②] 作品所要表达或提出的思想、态度或价值准则完全来自实际的作者。却尔的这一

---

① [美]却尔:《解释:文学批评的哲学》,吴启之、顾洪洁译,文化艺术出版社1991年版,第113页。
② 同上书,第134页。

立场并不奇怪，是他的"意图"概念自然导致的结果。因为在却尔看来，作者的意图已经包括了作品所有明显的或隐含的、整体的或局部的、已经为人所知的和等待批评家发掘的所有意义，那么显然只需要真实作者一人就可以了，没有必要再多出一个隐含作者主体来。对于布斯用来证明隐含作者必要性的一个事实，即作品所暗示的某些主张可能与真实作者的思想相违背，却尔说，这并不能作为提出隐含作者的理由。他认为，真实作者的意图就可以包含作品中所有表达出的意义，即使是违背他的思想的意义。真实作者与作品的意义不存在必然的对应关系。

我并不认为，如果一部作品表达或传递了某种主张——在一般的意义上讲——这部作品的作者就一定赞同这些主张。也就是说，我并不认为，如果一部作品表达了某种主张（在已指出的意义上），那么，其作者就具有这些思想或对这些思想的真实性负有责任。①

真实作者可以通过作品表达任何思想，而真实作者不必非要赞同这些思想，不必非要对这些思想负责。却尔实际上并没有否定布斯用隐含作者所强调的某些文学事实，只不过他通过对"作者意图"的扩大，使"作者"能够涵盖布斯的隐含作者。却尔希望在两个方向上同时兼顾。一方面要紧紧抓住真实作者这个根基不放，另一方面又要兼顾文学作品的多样性、虚构性、流动性这些性质。所以，他就通过扩大"作者""作者意图"等概念所涵盖的范围来调和不同方面。这样做的结果是使他的"作者"和"作者意图"等概念变得模糊。不过，其中也包含了一些独到的、深刻的见解。例如对"意图"与"意义"关系的解释就涉及主体与话语意义的关系问题。却尔认为求助于文本特点、语境、语言规则和美学根据等种种标准，最终都是求助于"作者意图"，这点明了意义与主体的不可分割关系，意义必然要联系于主体性才能获得。这一点我们在第二节还要详细讨论。

二、读者意图

读者意图论者所持的观点与作者意图论者正好相反，他们不再将意义系于作者身上而求得稳固，而是将作者放逐，把意义的生产交付给读者。意义是读者阅

---

① [美] 却尔：《解释：文学批评的哲学》，吴启之、顾洪洁译，文化艺术出版社1991年版，第134页。

读过程中的产物，读者的阅读行为不可能受到作者控制，读者所解读出的意义也就不会受制于作者。不过读者意图论内部也存在不同的倾向，我们大致可将其分为两类，一类强调阅读的个人性、创造性，主张意义生产的无限衍生性。这主要是解构主义者的观点，如罗兰·巴特、德里达、保罗·德曼等。另一类强调读者所解读出的意义应该具有一致性，主张通过群体的共识来限定个别读者的自由，保证意义的确定，如斯坦利·费什。这两派都主张读者是意义的生产者，但在如何生产、生产出什么样的意义上有所区别。

巴特前期曾经是结构主义的旗手，但在20世纪70年代以后转变成解构主义的鼓吹者，一反结构主义追求普遍、静止的文学意义的理想，转而认为意义总是读者阅读的即时产物，是不断产生不断消亡的过程。巴特对作者、文本和读者的阅读这三个方面都重新进行了改造。

首先提出"作者死亡"论。如我们前一章所述，巴特打出"作者死亡"的大旗，从而把读者推到前台。巴特说在古典传统中："数世纪以来，我们对作者感兴趣太甚，对读者则一点儿也不注意，大多数批评理论依照冲动、压抑、无法遏制之类，来尽力解释作者为什么写作品。……作者被视为其作品的永久主人，余下我们这些人——他的读者，则纯粹被看作是只拥有用益权的人。此系统显然隐含着一个权限主题：认为作者具有某种君临读者之上的权利，他强迫读者接受作品内某种特定的意义，这当然是正确、真实的意义。由此产生了一种权利意义的批评伦理……人们力求确立作者所意谓者，毫不顾及读者所理解者。"[①] "作者死了"就是打破这种作者特权，解放读者，使读者拥有决定文本意义的权利。这是巴特赋予读者的阅读的另一种意义。

在古典传统中，读者的阅读就是亦步亦趋地跟随作者的印迹，搜集作者的施舍物。对此巴特说："阅读不是寄生行为，不是对某种写作的反应性补足。"[②] 阅读是一种积极主动地创造。在阅读的过程中意义形成，阅读可以创造前所未有的新意义，这一过程变幻莫测，游移不定。"阅读是一种工作……阅读是一种语言的劳作。阅读即发现意义，发现意义即命名意义。"[③] 阅读所发现与命名的意义也不

[①] [法] 罗兰·巴特：《S/Z》，屠友祥译，上海人民出版社2000年版，第51页。
[②] 同上书，第70页。
[③] 同上。

是固定的，不同人的阅读会形成不同的意义，即使是同一个读者的重读，也不是简单地重复，而是意义的再创造。这种意义的创造性的阅读行为实际上就是"写作"。巴特把阅读与写作联系起来，"写作并非从作者发向读者的某种信息的通信；写作按特性来说完全就是阅读的声音：在文之内，只有读者在说话。"① 写作就是阅读，阅读就是写作，两者具有同样的创造性特点。所以，阅读的读者在某种意义上就成了"写作者"，读者完全取代了作者的位置。

读者的胜利也导致了文本的变化。巴特区分了两类文本，"可读的文本"与"可写的文本"。"可读的文本"与作者权威相对应。可读之文是作者决定的文本，读者没有更改或创造的权利，对可读之文的理解总是要回溯到它的源头。巴特又把可读之文称为"古典之文"，他说："古典之文中，发话内容（énoncés）的主体已被指定起源，我们可识别其出处，辨认谁在说话，或（人物、作者的）意识，或文化（不具作者之名者，仍为一起源，一声音，我们在格言符码中听到的声音，即为一例）。"② 可读之文总是"充满"的，它里面的任何角落都已经被作者占据，"能引人阅读之文仿佛憎厌空白"。③ "任何古典之文（能引人阅读之文）都心照不宣的是种充满之文学的艺术，文学呈充满状，如食橱，意义搁置、堆叠、保存于其中（在此类文内，永不曾失去何物：意义回收一切）。"④ 可阅读之文已经是充满的，没有供读者发挥的空间。

与可读之文不同，可读之文则永远是空虚的，它诱导着读者去填补空白，去生产出各种各样的意义。"能引人写作之文，其模型属生产式的，而非再现式的，它取消一切批评，因为批评一经产生，即会与它混融起来：将能引人写作之文重写，只在于分离它，打散它，就在永不终止的差异的区域内进行。"⑤ "能引人写作之文，是无虚构的小说，无韵的韵文，无论述的论文，无风格的写作，无产品的生产，无结构体式的构造活动。"⑥ 可写之文是空的，是等待填补的，是生产式的。读者阅读的"写作"正好与之对应。

---

① [法] 罗兰·巴特：《S/Z》，屠友祥译，上海人民出版社2000年版，第253页。
② 同上书，第114页。
③ 同上书，第197页。
④ 同上书，第318页。
⑤ 同上书，第61页。
⑥ 同上书，第62页。

第四章　隐含作者与解释的有效性

德里达对意义的解构主义释读为"读者的诞生"并为其开辟了道路,启发了许多文论家对读者在意义生产中的作用进行思考。德里达的解构主义的核心思想就是反本质主义,具体到意义问题上来说,就是反对"先验所指"的本质主义意义观。这种观点认为,意义隐藏于表征意义的符号背后,是"能指"后面的"所指";意义总是处于一种深度模式中,我们通过意义的表象可以发现深层意义,掌控深层的意义。德里达认为,这实际上只是哲学史上一厢情愿的幻想。意义从来都不是某种"先验的所指",不存在意义的深度模式。"并不存在对符号或指代者进行还原以便使所指物最终在其显现的光辉中闪闪发光的现象性。所谓的'物自身'始终是一种逃避直观证据的单纯性的表象。表象只有通过产生指代者才能起作用,而这种指代者本身也是一种符号,如此类推,以至无穷。所指的自我同一性不断隐藏起来,并且不断推移。表象的特点在于,它既是自身又是它物,它构成了指称结构并且自我分离。表象的特点恰恰在于,它不是它自身,即绝对的自我贴近。被指代者始终是一种表象。"① 我们每个人都在使用语言,用语言来指代世界万物,表达我们内心的想法,但语言符号并不是世界本身,我们所接触的是语言,不是"物自体",物自体本身是不可触及的,只有通过它的替代者语言符号才能被"谈及",被"使用"。替代者"替补"被替代者,传统的意义观甚至想要甩开替代者抓住深层的被替代者,认为意义就在那儿。而德里达说,这一企图是虚妄的。即使人们真的这样做了,其结果也只是以另一个替代者来代替先前的替代者而已,"物自体"仍是匿而不见的,是始终不在场的。"在替补游戏中,人们始终能将替代物与它们的所指联系起来,后者仍然是一种能指。基本所指,被描述的存在物的意义(更不必说事物本身),绝不可能在符号之外或在游戏之外自动呈现出来。"② 在语言系统中,我们用能指来指代一个对象"所指",例如用"树"这个词来指代世界上所有的树。但不论在何种情况下,我们谈到"树",都不是世界上真正存在并生长着的树木,那些树木并没有在我们谈论的现场,而只是它们的替代者"树"这个词在场。如果我们想要丢掉这个词去追溯"树"本身,那是徒劳无益的,我们只能得到"橡树""榆树""大树""小树""山上的树""长

---

① [法]雅克·德里达:《论文字学》,汪堂家译,上海译文出版社1999年版,第68页。
② 同上书,第387页。

得好的树""歪脖子树""家乡的树"等更多的语言符号替代者。我们继续追溯,就会不断地滑入能指的链条中。树的本意似乎就在那儿,却不可触及。德里达把这种意义的状态称为"延异"(différance)。延异就是不断延迟、不断裂变的意思。在对意义的追寻中,意义在不断延迟不断裂变,而所谓的终极意义始终是不在场的。

德里达的反本质主义意义观对作者意图论给予了沉重的打击。因为作者意图论把"作者意图"设想为作品的意义终点,作品就是能指,作者的意图就是所指,阅读就是通过作品去发现作者意图。而按照德里达的观点,这一愿望是永远达不到的。作者意图根本不可能真正出场,寻找作者意图的过程会进入无限延异中。这样读者的阅读就会不断延迟不断裂变,终极的意义没有找到,却会产生出许多意想不到的新意义。这实际上是为"读者意图"的作用开辟了道路。而解构主义文论家正是沿着这一思想来发挥读者的创造性作用的。

保罗·德曼提出了一种"修辞学"的解构主义思想,他认为语言是具有修辞性的,文学语言、哲学语言的根本特性都是具有修辞性,修辞性要求阅读时开放文本中所包含的各种可能的方向,在文本中解读出不同的甚至是完全相互对立的意义。他在《阅读的寓言》一书中对此作了详细的论述。

首先,保罗·德曼区分了语法认识论和修辞认识论两种认知情形。语法是一个普遍性的生产系统,它可以生产各种新的模式,相互之间不存在否定的关系。"在一个完全朴素的层次上,我们倾向于把语法系统设想为趋向普遍性的系统,设想为具有朴素生成力的系统,即有能力从一个模式(这个模式可以控制转换和衍生)衍生出无数形式,而没有扰乱第一个模式的另外一个模式的介入。"① 修辞也是一种生产性的系统,但它不仅不能保证所生产出的意义的确定性和普遍性,而且往往会制造矛盾混乱,对同一个文本的修辞学认识会形成截然不同的结果。例如德曼举了一个例子:阿尔奇·邦克的妻子问他是想从鞋孔上面系他的保龄球鞋还是从下面系时。他说:"有什么区别?",对此,他的妻子耐心解释了两种系统的区别。邦克的"有什么区别?"从纯语法的角度来看是一个标准的问句,可以表示疑问,"两种系法有什么区别?";也可以表示一种反问的意思:"哪种系

---

① 美保尔·德曼:《阅读的寓言》,沈勇译,天津人民出版社2008年版,第8页。

法并不重要"。纯粹从语法上看,这两种都是可能的,但从修辞学来看,必须把这句话纳入具体的语境中,参照某个文本外的意图才能消除混乱。"只有通过一个文本外的意图的介入,才能消除意义的混乱。"① 如当邦克对他妻子的解释表示愤怒时,表明他的"有什么区别"这句话的意思不是询问区别,而是在否定区别。在这个例子中,参照某个文本外的意图可以排除意义的不确定性,而在文学中往往没有可靠的参照系统,因而难以排除这种意义的多样化状态。德曼以叶芝的《在学童中间》一诗为例,诗的结尾以一个带问号的句子结束:"我们怎能分辨舞蹈和舞蹈着的人?"这一句可以被理解为一个问句,意思是说我们无法区分舞蹈和舞蹈者,也没有区分的必要;也可以被理解为问句,表示一种催促的口吻,"请告诉我,我怎么能分辨舞蹈和舞蹈者?"② 这两种不同的解读不仅使对这句话本身的理解发生了变化,而且会影响对整首诗中其他许多象征性细节的理解,可能会导致截然相反的阅读结果。在诗歌中,并没有确定不疑的参照物可以确定哪一种解读是正确的,或哪一种解读更具有优势。"两种意义不得不互相直接对抗,因为一种读解恰恰是被另一种读解所斥责的罪过,并且不得不被它所消解。我们也不能以任何方式就两种读解的哪一个优于另一个的问题作出正确的决定;没有一种读解能够缺少另一种读解而存在。"③

语言的修辞性不仅表现在文学语言中,在以逻辑严谨著称的哲学话语中也同样存在。德曼认为尼采首先发现了哲学话语的修辞性,德曼援引了尼采关于"真实是什么"时的一段著名的话,真实:

是一群移动的隐喻、换喻和拟人说,总之是人类关系的总结。人们正从诗学和修辞学上对这些人类关系加以理想化、更换和美化,直至在长期反复应用之后,人们感到它们已经可靠、规范和不能废除。真实是其假象性已经被遗忘的假象,是已经被用尽、丧失其特征、现在仅作为金属品而不再作为硬币起作用的隐喻。④

尼采说真实或真理就是人们长期修辞的结果,人们用一系列隐喻、比喻手法来说明真理、表达真理、解释真理,最后这种修辞的过程本身被遗忘了,似乎真

---

① [美]保尔·德曼:《阅读的寓言》,沈勇译,天津人民出版社2008年版,第11页。
② 同上书,第13页。
③ 同上。
④ 同上书,第117页。

理就是真理了。德曼说这是修辞的语法化过程。"修辞的语法化似乎达到了真实,尽管是通过暴露一个错误的、虚假的存在的否定道路达到的。"① 语言并不是如某些人宣称的那样是精确的,是真理的表达途径。"文学和批评——它们之间的区别是骗人的——被宣告(或被赋予特权)说是永远最精确的语言,而结果却是最不可靠的语言,人类正是按照这个最不可靠的语言来称呼和改变自己。"②

修辞性是语言的本性,因而也是所有以语言为本体之物的本体,文学的最重要特征就是修辞性,德曼说:"我毫不迟疑地将语言的修辞的、比喻的潜在性视为文学本身。"③

文学的修辞性要求读者的阅读也必须是一种修辞性的阅读。这种阅读沿着文学文本内在的多种修辞性方向,开放诸种意义的可能性,解读出多样化的意义,甚至是完全相反的意义。这时,读者不再是被动地接受,读者取得了主动的地位。读者发现文本中修辞的痕迹,甚至主动建立各种修辞关系,去发现更多、更新的意义。这种阅读就是一种"解构",是对文本的解构。解构不是读者的任意添加,而是遵循文学语言修辞性质的"阅读",此时的读者与作者的功能是相当的。

阅读不是"我们的"阅读,因为阅读仅仅利用文本本身提供的语言成分;把作者与读者区别开来是阅读所证明的错误区别之一。解构不是我们把某种东西增加到文本中去,而是结构原来的文本。一个文学文本同时肯定和否定它自己的修辞方式的权力,并且通过阅读我们所结构的文本,我们只是试图像不得不首先以写句子为目的的作者一样,较为接近地成为一个严谨的读者。④

保罗·德曼的修辞性阅读观,赋予了读者与作者同样的地位,给读者在文学意义的创造上以决定性的地位,这正是解构主义的核心思想。巴特、德里达及德曼宣扬读者的自由,提升读者在意义生产上的地位。同时也造成了新的问题,即意义的无限增生导致文本的破裂,每一个读者都可以解读出他的意义,那么,如何能保证各种解读之间的一致呢?解构主义者似乎并没有关注这个问题,一致性也正是解构主义所要打破的对象。但另一派"读者意图论"者,在坚持读者的重

---

① [美]保尔·德曼:《阅读的寓言》,沈勇译,天津人民出版社2008年版,第18页。
② 同上书,第21页。
③ 同上书,第11页。
④ 同上书,第19页。

要性的同时，把意义的一致性问题也考虑进来，如斯坦利·费什。

斯坦利·费什提出一种"解释团体"理论。他认为"意义既不是确定的以及稳定的文本特征，也不是不受约束的或者说独立的读者所具备的属性，而是解释团体所共有的特性。解释团体既决定了一个读者（阅读）活动形态，也制约了这些活动所制造的文本。"①"解释团体"（interpretive communities）是斯坦利·费什发明的概念，它指的是共享同一套文化传统，遵守大致相同的习俗与惯例的社会群体。解释团体既决定读者，也制造读者所阅读的文本，同时决定读者如何解读文本，即决定文学的意义。费什的"解释团体"论主要包含以下5点。

（1）解释团体决定读者。费什认为，文学的读者是有知识的读者，即已经习得并掌握了既定的文学惯例，熟悉文学阅读与解释规则的读者。读者并不是一个一个单子状态的、孤立的个体，读者的意识被共享的观念充满。"我们的读者的意识或者说知觉是由一套习惯性的观念所构建的。"②费什反对赫施把"自我"理解为一个"孤立客体"的观点，他认为自我是一种"社会结构"，自我是具有集体性的，不可能离开集体的文化观念而存在。"自我绝不可能脱离群体的或习惯的思维范畴而存在，正是思维范畴使自我的运作（思考、观察、阅读）得以进行。我们一旦意识到，占据（我们）意识的观念，包括其本身的状况形成的任何观念都是由文化衍生而来的，那种认为存在着一个不受约束的自我，一个完全地而且具有危险性、无法控制意识的想法实在是不可理喻、缺乏根据的。"③所以，阅读中的读者不可能是绝对独立的、绝对个性化的读者。"'你'——进行解释性行为，使诗歌和作业以及名单为世人所认可的人是集体意义的'你'，而不是一个单独的人。"④

（2）阅读是一种社会性的行为。虽然每一个阅读行为都发生在具体的某个读者个体身上，但阅读仍然是社会性行为，这是因为读者本身不是孤立的，读者是被文化观念培养出来的读者。阅读行为也就是利用社会文化惯例的符号系统去解读文本的过程。"我们所能进行的思维行为是由我们已经牢固养成的规范和习

---

① ［美］斯坦利·费什：《读者反应批评：理论与实践》，文楚安译，中国社会科学出版社1998年版，第46页。
② 同上书，第58页。
③ 同上书，第61页。
④ 同上书，第57页。

惯所制约的，这些规范习惯的存在实际上先于我们的思维行为，只有置身于它们之中，我们方能觅到一条路径，以便获得由它们所确立起来的为公众普遍认可的而且合于习惯的意义。"① "一个有经验的实践者的阅读行为之所以行之有效，并不取决于'文本本身'，也不是由某一关于文本阅读的包罗万象的理论而决定的，而是取决于他现在所遵从或实践的传统。"② 阅读与解释都是"解释团体"内发生的社会行为，是在解释团体所共有的系统来进行的。"解释策略的根源并不在我们本身而是存在于一个适用于公众的理解系统中。"③

（3）解释团体决定文本。解释的团体不仅决定读者和读者的阅读，同时也决定文学文本。决定哪些文本可以被当作文学文本，决定文本的属性和解读的方法。费什的著名文章《看到一首诗，怎样确认它是诗》所说的就是这个问题。费什说，当我们面对一个文本，确认它是一首诗时，并不是因为文本本身的特点，而是解释的产物。一旦我们意识到我们所面对的是一首诗，我们就会调动头脑中所储存的有关诗歌文本的约定观点，去对待眼前的文本，从而把它确认为一首诗。在这一过程中，读者（解释团体）的阅读过程同时也产生着被阅读的对象文本。费什说："所有的客体是制作的，而不是被发现的，它们是我们所实施的解释策略的制成品。"④ 对于同一段文字，以不同的解释系统去看待会得出不同的文本。例如，对于飘落在地的纸片上的文字，可以读成某个产品的说明书、一封情书、一首诗歌、一段日记或法律文书中的一段，这都取决于我们采用何种解释策略。所以，文学文本是解释团体解释的结果，而不是前提。"解释并不是要逐字逐句去分析释义，相反，解释作为一种艺术意味着重新去构建意义。解释者并不将诗歌视为代码，并将其破译；解释者制造了诗歌本身。"⑤

（4）意义的主观性与客观性对立的取消。在一些人的理解中，文学的意义有主观与客观之分，主观的成分是由读者带来的，客观的成分是由文本带来的。似乎文本本身具有客观不变的某些含义，读者通过解释可以主观地随意附加上各种意义。这样就造成了意义的主观与客观的对立。费什认为这一对立实际上是无

---

① [美]斯坦利·费什：《读者反应批评：理论与实践》，文楚安译，中国社会科学出版社1998年版，第57页。
② 同上书，第2页。
③ 同上书，第57页。
④ 同上。
⑤ 同上书，第52页。

效的。因为它们假定的前提是和读者文本的相互对立，而在费什看来，它们并非彼此对立，而是共同决定于解释团体。文本本身是读者解释的产物，文本的意义就是读者依据解释团体的观念系统所解读的意义，两者并无区别。费什说："如果自我是由存在于社会组织中的思维方式以及理解观察方式所构建的，如果这些业已组织化的自我反过来又根据这些同样的方式制造文本，那么，文本和自我之间将不可能存在着对立的关系，因为它们都是同一认识可能性的产物，而且必然彼此相关。"① 费什认为取消了主观性与客观性的对立，会排除许多困扰文学的"伪问题"，有助于打开探索的大门。

（5）意义解释的一致性。解释的一致性问题是费什所重点关注和重点要解决的问题。解释团体为意义的一致性提供了保证，因为不论是哪一类读者的阅读，其所使用的解释策略都是共享的文学规则。所以，得出的结论总是可以彼此理解的。"没有谁作出的解释行为仅仅是为他所独有的，相反，他总是根据自己在某一社会化结构化了的情势中的位置去进行解释的，所以，他的解释行为总是被普遍认可的。"② "简言之，是依据同样的解释原则，那么，他们之间就会达成共识。"③

费什的"解释团体"理论既强调了读者在文学意义生产上的决定性作用，又避免陷入意义不确定的困境，为解决文学解释的有效性问题提供了许多有益的启示。

三、文本意图

在作者意图与读者意图之外，还有学者提出了"文本意图"说，其主要倡导者是意大利学者昂贝多·艾柯。他说："在'作者意图'……与'诠释者意图'……之间，还存在着第三种可能性，'本文的意图'。"④ 艾柯提出"文本意图"的前提是，在文学意义问题上，读者意图论有些偏激了，尤其是解构主义的某些观点，艾柯认为它们已经威胁到了解释的有效性。读者的作用被过分夸大，意义被弄得面目全非。艾柯说："在最近几十年文学研究的发展进程中，诠释者的权利

---

① [美]斯坦利·费什：《读者反应批评：理论与实践》，文楚安译，中国社会科学出版社1998年版，第62页。
② 同上书，第61页。
③ 同上书，第63页。
④ [意]昂贝多·艾柯：《诠释与历史》，见柯里尼编《诠释与过度诠释》，王宇根译，三联书店1997年版，第29—30页。

被强调得有点过了火。"① "某些当代批评理论声称，对本文唯一可信的解读是'误解'；本文唯一的存在方式是它对读者所激起的一系列反应。正如托多罗夫在引述别人的观点时所说，只是一次'野餐会'，作者带去语词，而由读者带去意义。"② 解构主义者放大了读者在意义生产中的作用，并且导致了意义的不确定性问题。这是艾柯所反对的，艾柯认为解释可以而且必须存在一定的标准。"一定存在着某种对诠释进行限定的标准。"③ 艾柯在考察了"作者意图"与"读者意图"两种论调之后，认为唯有"文本意图"才是对解释进行限定的标准。

在无法企及的作者意图与众说纷纭、争持难下的读者意图之间，显然还有个第三者即"本文意图"的存在，它使一些毫无根据的诠释立即露出马脚，不攻而自破。④

文本意图或作品意图可以对文本的解释行为进行限定，提供判别的标准。这种限定也许很难从正面展开，因为面对一个文本的成千上万种解释，很难说哪个是"好的"或"最好的"。但艾柯说，这并不影响判别，他借用波普尔的"证伪"说来解释文本意图对解释有效性的保证："我们可以借用波普尔的'证伪'原则来说明这一点：如果没有什么规则可以帮助我们断定哪些诠释是'好'的诠释，至少有某个规则可以帮助我们断定什么诠释是'不好'的诠释。我们无法断定开普勒的假说一定就是最好的假说，但我们可以断定托勒密对太阳系的解释是不正确的。"⑤ 文本意图虽然不能告诉我们哪一个诠释是"最好"的，但却可以判别哪些解释是"过度"的。具体地说，如何进行判别呢，艾柯也给予了说明。

怎样对"作品意图"的推测加以证明？唯一的方法是将其验之于本文的连贯性整体。还有一种观点也很古老，它来源于奥古斯丁的宗教学说（《论基督教义》）：对一个本文某一部分的诠释如果为同一本文的其他部分所证实的话，它就是可以接受的；如不能，则应舍弃。就此而言，本文的内在连贯性控制着，否则便无法

---

① [意]昂贝多·艾柯：《诠释与历史》，见柯里尼编《诠释与过度诠释》，王宇根译，三联书店1997年版，第28页。
② 同上。
③ 同上书，第48页。
④ [意]昂贝多·艾柯：《在作者与本文之间》，见柯里尼编《诠释与过度诠释》，王宇根译，三联书店1997年版，第96页。
⑤ [意]昂贝多·艾柯：《过度诠释本文》，见柯里尼编《诠释与过度诠释》，王宇根译，三联书店1997年版，第62页。

控制读者的诠释活动。①

根据文本意图来判别不同的解释结果，就是根据文本的连贯性进行整体判定。这其实并不是多么新鲜的观点，艾柯也承认在古老的宗教学说那里就已经存在了。用"文本的连贯性"来确定哪些诠释是"合格"的，哪些诠释是"不合格"的，是文学批评中的"常规动作"。艾柯何以对这样一种文学"常规"如此重视呢？实际上，联系艾柯对"文本意图""作者意图"与"读者意图"三者关系的界定，才能明白其所说的"连贯性整体"的新颖之处。文本意图与作者意图和读者意图之间是什么关系呢？对此艾柯用两对不等式和等式来解释：

文本意图与作者意图关系：

$$文本意图 \neq 经验作者意图$$
$$文本意图 = 标准作者意图$$

文本意图与读者意图关系：

$$文本意图 \neq 经验读者意图$$
$$文本意图 = 标准读者意图$$

在论及文本意图与作者意图关系时，艾柯对作者意图又进行了细分，把作者意图分为"经验作者意图"和"标准作者意图"。"经验作者"就是现实生活中的作者个人，而"标准作者"则是文本中所隐含着的作者形象，即布斯所说的隐含作者。艾柯认为，在文学解释中，经验作者的意图是靠不住的。艾柯在《在作者与本文之间》一文中，以他自己为例证明了经验作者对文本并不具有权威性。艾柯是畅销小说《玫瑰之名》和《福柯的钟摆》的作者。艾柯说读者和批评家对他的小说进行了各种各样的解释与评论，挖掘小说文本中隐匿的细节，构建隐秘的联系，发现了许多他本人并不知晓的作者意图。对于这些新发现，艾柯并没有以"我根本没有这样想过"为由去否定，相反，他认为这些是文本自身的效果。"本文就在那儿，它产生了其自身的效果。"② 这些超出"经验作者意图"的解释，并不能归为"无效的解释"或"错误的解释"。因为它们都有充足的文本特征为证据，

---

① [意]昂贝多·艾柯：《过度诠释文本》，见柯里尼编《诠释与过度诠释》，王宇根译，三联书店1997年版，第78页。
② [意]昂贝多·艾柯：《在作者与本文之间》，见柯里尼编《诠释与过度诠释》，王宇根译，三联书店1997年版，第91页。

所以，它们符合文本意图的"连贯性"要求。如果非要与作者拉上关系，那么，它们就是标准作者的意图。经验作者退出权力中心，文本登上王座。"作品本文就在那儿，经验作者必须保持沉默。"①

经验作者当然也可以打破沉默，对他自己的作品发表意见，但艾柯说，经验作者这个时候也只是以一名读者的身份进行文学解释活动。他的"解释"并不比其他读者的解释更权威。"作者的回答并不能用来为其本文诠释的有效性提供根据，而只能用来表明作者意图与本文意图之间的差异。"②

在文本意图与读者意图的关系上，艾柯也区分了两种读者意图。经验读者与经验作者相对应，是实际生活中每一次阅读过程中的有血有肉的个体读者；而标准读者则是一个抽象的主体，是掌握文学规则具有阅读能力的"人"。文本意图与经验读者的意图无关，因此，不能把经验作者任意的联想或一闪念的思想都认为是文本的意义，只有当经验读者明确了标准读者的身份时，他的意图才构成文本的意义。

经验读者与标准读者是演员与角色的关系。经验读者不受文本的限定，他带有大量不确定的因素，而标准读者则如同一个角色，时时刻刻受到文本的限定。阅读的过程就是经验读者（演员）进入标准读者（角色）的过程。经验读者摆脱日常生活状态的种种杂念，进入"角色"中去，用"角色"的身份去感受、思考和判断。"'经验读者'只是一个演员，他对文本所暗含的标准读者的类型进行推测。"③

标准读者的意图与文本意图是同一的关系。文本意图并不能直接从文本的表面看出来，文本意图实际上离不开标准读者，它是标准读者推测的结果。"'文本的意图'并不能从文本的表面直接看出来。或者说，即使能从表面直接看出来，它也像爱伦·坡小说中《失窃的信》那样暗藏着许多杀机。因此，文本的意图只是读者站在自己的位置上推测出来的。读者的积极作用主要就在于对文本的意图进行推测。"④

---

① ［意］昂贝多·艾柯：《在作者与本文之间》，见柯里尼编《诠释与过度诠释》，王宇根译，三联书店 1997 年版，第 97 页。
② 同上书，第 89 页。
③ ［意］昂贝多·艾柯：《过度诠释本文》，见柯里尼编《诠释与过度诠释》，王宇根译，三联书店 1997 年版，第 77 页。
④ 同上。

艾柯在这里将文本意图与标准读者的意图等同起来，文本意图就是标准读者所推测出来的文本的意图。而标准读者又是文本所要求的具有正确解释文本能力的读者，这样就进入了一种循环过程。一方面文本生产标准读者（读者），另一方面标准读者生产文本（文本意图）。艾柯承认了这种循环，并认为这是好事，而非坏事。他认为这是"解释的循环"的必然结果。通过这一循环，文本意图作为解释有效性的保证得以确立起来。"文本就不只是一个用以判断诠释合法性的工具，而是诠释在论证自己合法性的过程中逐渐建立起来的一个客体。这是一个循环的过程：被证明的东西已经成为证明的前提。我这样来界定那个古老然而却仍然有用的'诠释学循环'，一点儿也不感到勉强。"[①]

文本意图之所以能保证解释有效，是因为它来自有效解释者（标准读者）的解释。为什么标准读者的解读就是有效的解释？艾柯作了与斯坦利·费什相似的论证，即通过读者群体来保证解释能够被共同分享。

当本文不是面对某一特定的接受者而是面对一个读者群时，作者会明白，其本文诠释的标准将不是他或她本人的意图，而是相互作用的许多标准的复杂综合体，包括读者以及读者掌握（作为社会宝库的）语言的能力。我所说的作为社会宝库的语言不仅指具有一套完整的语法规则的约定俗成的语言本身，同时还包括这种语言所生发、所产生的整个话语系统，即这种语言所产生的"文化成规"（cultural conventions）以及从读者的角度出发对本文进行诠释的全部历史。[②]

标准读者就是在文学传统的熏陶中，掌握文学规则，能够运用这些共享的规则去解读文学文本的人。这是一种抽象的主体，是理想化的"读者"，现实中的每一次阅读过程都是经验读者向标准读者尽量靠近的过程。以读者群体的"文化规约"来保证解释的有效性，这与费什的观点几乎没有什么两样了。

通过以上分析我们看到，在文论史上，学者围绕文学的意义问题，投入了大量的精力进行研究，从作者、读者、文本等重要的角度来挖掘解释有效性的根据。为了使文学的意义落到坚实的基础上，学者分别找到了"作者意图""读者意图"

---

① ［意］昂贝多·艾柯：《过度诠释本文》，见柯里尼编《诠释与过度诠释》，王宇根译，三联书店1997年版，第78页。
② ［意］昂贝多·艾柯：《在作者与文本之间》，见柯里尼编《诠释与过度诠释》，王宇根译，三联书店1997年版，第82页。

与"文本意图"作为文学阅读和解释的保证。这三种观点长期以来处于或明或暗的斗争状态中。作者意图论者可能会有意无意地压制读者和文本的作用,读者意图论者常常"牺牲"掉"作者",文本意图论者又对"作者意图"和"读者意图"给予一定的打击。意义的三种来源似乎构成了不可调和的对立。如果真是这样,如何解释文学的意义就成了不可解决的难题,解释的有效性将是可望而不可即的幻景。但是,通过详细的分析我们发现,这三种论调除去公开的对立,私下里彼此间却有着千丝万缕的联系。正是这些隐隐约约存在的联系使我们见到了解决问题的希望,也许沿着这些暗藏的线索就可以从中找解决的办法。

从上面的论述中我们看到,作者意图论、读者意图论与文本意图论之间都发生了彼此间相互僭越领地的情况。赫施的"作者意图"的"范型"需要求助于读者,是读者的一种建构,因而与读者意图论发生关联。却尔的"作者意图"已经悄悄扩大,把"经验作者"和"隐含作者"都包括在"作者意图"之下。所以,其"作者意图"与"文本意图"产生了重合。读者意图论中,巴特等人把读者与作者等同起来,读者的阅读也是一种写作行为,这在某种程度上沟通了作者意图与读者意图。费什的"解释团体"与文本的关系十分紧密,这些读者主体都可以归为"隐含读者",他们一方面是文本的产物,是具备解读文本能力掌握文学规约的人;另一方面又生产着文本,他们依据共有的文学规约来解读文本时,又生产着文学的文本。艾柯的"文本意图"进一步沟通了作者与读者的关系,他把文本意图与标准读者和标准读者的意图合二为一,体现了三种意图论的内在关联。

艾柯的做法已经触及了问题的核心,他以文本意图为桥梁来连接作者与读者。文本意图实际上就是隐含作者的意图,隐含作者也就成为连接作者与读者的桥梁。在文学解释中,隐含作者必将对解释的有效性产生重要影响。对此,艾柯虽然有所论述,但仍然不够充分。对于其中的一些关键环节仍然缺乏令人信服的论证。但他的做法,以及前辈学者关于意义与解释问题的研究,为我们大体指引了一个方向:通过对隐含作者在阅读中的作用机制的研究,可以解决解释的有效性问题。

第二节 隐含作者作为解释有效性的保证

"一千个读者眼中就有一千个哈姆雷特",这是人们形容文学解释的多元化情况时常说的一句话。这句话同样可以应用到所有伟大的文学作品上,例如对于《红楼梦》历来就存在不同的解读。鲁迅曾针对这一现象说:"单是命意,就因读者的眼光而有种种,经学家看见《易》,道学家看见淫,才子看见缠绵,革命家看见排满,流言家看见宫闱秘事。"[①] 文学作品一经生产出来,似乎就成了任人打扮得"小姑娘"。任何人都可以对她指手画脚,每一次阅读都可以在既有的解释中增添新的解释。作为阅读结果的文学意义也就陷入了"无限衍生"的境地,永远可以读出新的意义。然而,是否所有的解释都是有效的,所有的"意义"都是有意义的?如何区分有效的解释与无效的解释?能否找到对无节制的"误读"加以限定的力量呢?回答这些问题首先需要对意义有明确的认识,只有先确定了文学的意义是什么,然后才能谈如何使解释有效的问题。

一、文学的意义是什么?

文学的意义是什么?这是文学研究中一个传统的命题。无数文学研究者和文学爱好者都发表过自己的见解,形成了数量庞大的答案。现代学人同样对文学的意义问题十分关注,不论是形式主义的文论系统(如俄国形式主义强调的"陌生化"效果,英美新批评主张的文本生成意义,结构主义主张的意义隐藏于深层结构),还是各种非形式主义的文论(如马克思主义主张文学意义在于对社会现实的反映,弗洛伊德主义认为文学的意义在于对人内心无意识欲望的象征性表达)。文学意义问题一直是研究者关注的核心。对文学意义的不同理解也是区分不同文学思想派别的重要标志。

一般来说,意义总是某个话语的意义,而话语总是某个人所使用的话语。所以,使用者主体对意义是否有影响,成为区别不同意义观的一个重要标准。一类观点认为意义与话语的使用者没有关系,意义就是语言符号所对应的某个对象,不论是客观的事物还是某种精神性的思想、情感。这种观点通常被称为指称论意

---

① 鲁迅:《〈绛洞花主〉小引》,《鲁迅全集》第八卷,人民文学出版社2005年版。

义观。另一类观点则认为,话语的意义离不开其使用者,话语的意义在说话人对话语的使用过程中产生。这一观点被称作使用论的意义观。语言的使用者在语言的理解中到底是否起作用呢?我们可以通过以下5个例子看得更清楚:

①古生物博物馆内的说明牌:"这是一头侏罗纪恐龙化石。"

②一篇发表于权威科学杂志的学术论文中写道:"月球正以每年3厘米的速度远离地球。"

③某处墙上只写一个字:"拆!"

④一个恋爱中的女孩对男孩说:"我恨死你了!"

⑤海滩上一个男子向一个女子说:"今天天气真不错啊,阳光明媚。"

例①中的话简单明了,任何走进博物馆的参观者看到这句话,马上就会准确无误地明白它的意思:牌子后面立着的庞然大物是一具几亿年前恐龙的化石。很少有人看到这个牌子会问:谁写的?例②中的话与例①有些相像,都是一种科学话语,但在接受者那里,却会有细微的不同反应。博物馆的参观者很少问牌子上的话是谁写的。但阅读科学杂志上文章的人,可能会留心文章的作者是谁。是一个年轻的博士生写的,还是一位老教授写的?他有什么样的研究背景?虽然这些作者信息并不足以支持或推翻"月球正以每年约3厘米的速度远离地球"这一论断,但它们确实会影响读者对这一论断的信任程度。读者通常会更信服"权威"老教授的话,而在面对没有影响力的年轻的博士生所写的论文时,则更有可能会问:"真是这样的吗?"对于例③中的一个字"拆",看到的人肯定会问:"是'谁'写上去的?"因为这至关重要。如果是政府规划部门写的,则具有法律强制效力,表示写着"拆!"字的建筑是违法的或是应该废弃的。但也有可能是个小学生随意涂画留下的,这时的"拆!"则不具备上述的法律意义。也有可能它是某个人的恶作剧,目的为愚弄一下房子的主人。房子的主人突然看到这个"拆!"字出现在自己的屋墙上,第一反应肯定是问:"谁写的?"只有先确定了谁写的,才能知道它到底是"强制的拆除""练字的痕迹"还是"恶作剧"。此时,话语的使用者会影响到话语的意义。例④中使用者对意义的影响更加明显,女孩表面上说的是"恨",可是心底里却是"喜欢"。例⑤中使用者的决定性作用更强。谈天气,这里面可能包含着许多意思:男子欲向女子示好?男子在回避女子?或者他真的觉得天气很怡人？或者表示自己是个很感性的人？等等。这些需要向说话者求证才能明白其中真正的意思。

在这些例子中我们看到，日常生活中的语言大多数是需要参考话语的使用者才能确定其意义的，而只有少部分不需要参考。不过，简单的二元对立模式在实际应用中似乎很困难，因为还有一些处于中间状态的情形。在这些情况下，话语的使用者起到了一些参考作用，但不是决定性的。所以，我们建议用一种渐进式模式来代替二元对立模式。在所有的日常生活话语中，使用者对话语意义的影响，处于一个由强到弱的渐变线上。如上面的 5 句话，由例①到例⑤使用者对话语意义的决定作用逐渐增强，反之，则是渐弱。这样我们可以用一种"模糊思维"来确认使用者的影响，如例②与例①相比，可以认为例②的使用者有明显的影响；但若与其他几个话语相比，则也可以认为没有明显影响。对于例①，它是使用者作用弱化的一个极点，使用者对它也有影响，不过这种影响作用已经很小，小到可以忽略不计，所以可以视为没有作用。所以总的来说，话语的使用者对话语的意义是有影响的，但在不同类型的话语中，影响作用的程度不同。

本维尼斯特的话语理论可以更清楚地说明使用者在话语意义中的作用。本维尼斯特认为，系统语言只作为一种抽象性的存在，语言的实际存在只有通过某个主体的使用才能实现。正是使用者主体的参与，才使抽象的语言系统具体化为个别的话语。孤零零的一句话，如果不考虑其使用的情况，仅仅是一个语法教科书的例句，便只具有语法分析的功用，不具备现实的意义。话语总是一次性地由某个主体生产的，所以，话语的意义离不开其使用者。

本维尼斯特还谈到一种使用者作用的极端强化的话语，他称为"交际性谈话"。如日常的寒暄、对健康状态的提问、对天气的评价和对显而易见的某种状态的确定。这些话语的功能不是传递信息，而是建立一种人与人之间的关系。

交际性谈话中的词语是不是主要用来传递一个意指、一个象征性地属于这些词语本身的意指呢？肯定不是。它们具有一种社会功能，这是它们的主要目的，但它们并非是头脑思考的结果，也不一定会引发受话者的思考。我们只能再次说，语言在这里不是作为思想的传递手段而发挥作用的。[①]

---

① ［法］埃米尔·本维尼斯特：《普通语言学问题》，王东亮等译，三联书店 2008 年版，第 168 页。

交际性的话语也有意义,但这种话语的意义并不是词语所具有的词典意义、字面意义,说话者的目的也不在于向对话者传递信息,而是为建立两个主体的关系营造一种"社交性氛围",话语的意义就是这种融洽的人与人的关系。

文学话语是诸多话语类型的一种,文学话语对言语主体具有较强的依赖性。文学话语是一个发送者主体(作者/隐含作者)与一个接受者主体(读者/隐含读者)之间进行交流的符号关联行为,文学话语意义的形成与确定也就必须诉诸这些主体。但是,由于长期以来语言的客观化及由此带来的反映论、指称论意义观的统治性地位,使得人们在文学意义问题上也陷入了反映论、指称论的误区。这导致了两种不准确的看法,一是把文学话语视为一种独立的客体,二是意义问题上的深度模式。

把文学话语视为一种独立的客体,即把文学文本与它的使用者(作者与读者)隔离开来,文本成为一个孤立自主的客观存在物。一本文学著作在书架上的存在就如同一块石头在荒野中的存在一样独立自足。这种思想在20世纪的形式主义结构主义文论传统中发展到了极点,产生了极为深远的影响。

尽管影响深远,但并非完美无瑕,客体论的文本观并不正确。现象学通过对文学客体的深入分析,给我们理解文学文本的属性以深刻的启发。乔治·布莱认为文学作品具有两种性质:物质性和精神性。物质性表现为文学作品总是以一定的物质形式得以存在和流传的,不论是写在泥版上、树叶上、羊皮上还是纸张上,或是储存在电子介质中,它们只是一本文学作品存在的必要条件而非全部条件,文学作品存在的更重要的保证是它的精神性。当一本文学著作被一个读者从书架上拿下来阅读时,物质性便暂时退去,书中的精神力量被激活,读者体验到丰满鲜活的精神世界,此时文学作品成为一种精神性客体。罗曼·茵加登认为文学作品是一种"意向性客体"。"文学作品是一个纯粹意向性构成(a purely intentional formation),它存在的根源是作家意识的创造活动,它存在的物理基础是以书面形式记录的文本或通过其他可能的物理复制手段(例如录音磁带)。由于它的语言具有双重层次,它既是主体间际可接近的又是可以复制的,所以作品成为主体间际的意向客体(intersubjective intentional object),同一个读者社会相联系。这样它就不是一种心理现象,而是超越了所有的意识经验,既包括作家的也包括读者的。"① 现象学美学对文学作品属性的认识纠正了"客体论"的错误,文学作品作为话语形式的一种,它的存在必然以生产它使用它的主体为前提,离开人类主体,文学也随之消失。因而,对文学作品意义的探讨也应该联系于主体才能获得确切的说明。

与客体论相关的是在意义问题上的"深度模式"。客体论把文学作品视为一种贮存的容器,一种信息的载体,它装载了文学意义。读者的作用是揭开覆盖在容器上的盖子,探取存储在里面的"意义"。文学作品通常是隐晦的,因而这一"探取"的过程也不会轻松。通常认为文学作品总是在一个表面之下隐藏着深层意义,似乎作品就是一个迷宫,它让进入作品的读者完成猜谜的游戏,只有选对了方向才能到达唯一的出口。意义是有的,真理就藏在层层叠叠的语言障碍之后,等待有耐心、有能力的读者去挖掘。

文学作品作为一种精神性的存在物,它的意义产生于主体间的交流过程中。斯坦利·费什有一个准确的说法:意义即事件。

我所要表明的是,一个句子(段落、一部小说、一首诗)的意义同句子中间的意义并无直接关系,或者换一句并不那么咄咄逼人的话来说,一个句子所传达的消息,亦即一句话的信息构成了其意义的一部分,但决不完全等同于意义本身。不是别的其他什么,正是一个句子的全部经验——不是指对它本身的描述,包括我要作出的任何评述——才是它的意义。②

一段话、一部作品的语句带有一定的信息,这是其字面意义或语法意义,但这些信息充其量只是文学意义的一个小的组成部分。文学意义产生于读者阅读过程中的经验,是读者全部经验的总和。面对一句话时,费什认为,我们应该关注的不是"这句话是什么意思",而应该关注这句话的说话者用它做了什么,听话人产生了什么样的反应,即"这句话做了什么?"应该换一种提问方式,不是问:"那……是什么意思?"(What does……mean?)而要问:"那……做什么?"(What does……do?)。文学作品的意义,就是作品的发送者主体(作者/隐含作者)与接受者主体(读者/隐含读者)的交流关系,这种关系的形成是即时的,不断

---

① [波兰]罗曼·英伽登:《对文学的艺术作品的认识》,陈燕谷译,中国文联出版社1988年版,第12页。
② [美]斯坦利·费什:《读者反应批评:理论与实践》,文楚安译,中国社会科学出版社1998年版,第144页。

产生不断变化，意义也在不断地产生和变化。

具体说来（就概念而言），不外乎是严格而又坚定不移地提出以下问题：这个词、短语、句子、段落、章节，这部小说、剧本，这首诗做什么？实际运用时，则必须对读者在逐字逐句的阅读中不断作出的反应进行分析。每一句陈述中的每一个词都是有其特殊的强调意义。这种分析务必是一种不间断的反应式的分析，以便使其同着重在原子分析法的文体批评理论相区别开来。读者对一行诗或一个句子中的原生单词所作的反应，在很大程度上是对第一、第二、第三、第四个词反应的结果。①

一部文学作品的意义，并不仅是指读完作品之后所做的一个"本书中心思想"的总结。意义并不是一个重点、一个目的，意义是一个流动的过程，随着读者的眼睛扫过的每一个词而产生、变化，读者对词句的经验就是词句"做了什么"，这就是话语的意义。因而，意义并非什么深藏不露的"宝贝"，意义就在作品的表面，在作品与读者的最直接的关联中形成。文学话语"不再是一个客体，一个独立存在的事物，而成为一个事件（event），某种对读者说来已经发生而且有读者参与其中的事件。正是这事件，这发生的事情本身——绝不是其他任何对它所叙述的内容的评述，也不是读者从中得到的任何信息（information）——在我看来，才是这个句子所表达的意思。（当然，以此而言，它没有传达任何信息）"②

二、隐含作者对解释有效性的保证

何谓有效的解释？何又谓无效的解释？如何才能有效地解释一部文学作品？对一部文学作品的有效的解释起码需要满足三个条件：首先，作品是可以有效解释的，作品具有内在的统一性，可以让解释行为合理地发生和进行；其次，阅读作品的人（读者）与这种具有内在统一性的作品之间可以进行相互沟通，读者能够领会到这种统一性，在领会和体验中产生作品的意义；最后，这种释读出的意义，需要得到他人的认可，或假定为他人能够认可。虽然某些一闪即逝的顿悟、

---

① ［美］斯坦利·费什：《读者反应批评：理论与实践》，文楚安译，中国社会科学出版社1998年版，第137页。
② 同上书，第135页。

第四章　隐含作者与解释的有效性

联想，可能是极为个人化的，也许同一个读者也很难再捕捉到同样的感觉体验，但仍然不能排除另一个读者体验到这种感觉的可能性和权利。满足了这三个条件的解释，就可以成为有效的解释了。隐含作者可以使这三个条件得到满足。

1. 隐含作者与文本的可解释性

美国中情局总部前有一座有意思的雕塑，那是一张波浪形的铜片，上面雕刻了 865 个杂乱的字符，它隐藏了一些加了密的信息。这是雕刻家吉姆·桑伯恩和中情局退休的工作人员爱德华·沙伊特合作完成的作品。雕塑名为"克里普托斯"。雕塑 1990 年建立起来，多年来吸引了全世界无数的爱好者去破译，但至今也未能完整破译。人们之所以乐此不疲地"解释"这个看上去杂乱无章的文本，是因为人们相信在表面的杂乱无章之下，隐藏着一种有序的组合，它使杂乱的密码文本具有意义，能够被释读。找到这种有序的组合就可以成功、有效地解释这个文本。这种内在的有序性是设计者设计好的，正是这种有序性吸引了成千上万人的破译热情。但是，也完全可能是这样的：其实雕塑的两位创作者只是胡乱凑了一段密码文本，并没有设计一种内在的有序性组合，他们拿全世界人开了个大玩笑。即使真的如此，只要他们没有公布真相，人们仍然会保持对密码文本破译的兴趣，因为人们相信了有序性的存在，这种相信也许只是人们一厢情愿的假定。在假定的有序性的诱惑下，人们依然可以继续对可能无序的文本进行解释，而且不排除真的有所发现的可能。有不少人都声称揭开了谜团，但被创作者否定了。然而一个原本没有秩序的乱码，何以能被解释为有序的有意义的文本呢？这是有人赋予了乱码一种秩序，尽管这种秩序是文本的设计者所否定的，但只要它能得到多数人的认可，便可以成为"事实"。这种现象在人类历史上并不鲜见。例如，巫师对龟壳上随机出现的裂纹的解释，星相学家对流星与人的命运的解释，都是把假定的秩序赋予偶然现象的行为，甚至历史的书写在相当大的程度上也掺入了这种因素。在文学领域中，这样的情形就更加普遍。

文学作品在某种程度也是加密的文本，表面看上去零散杂乱，需要找到密码钥匙才能正确地解读。尽管作者创作作品时，肯定是设计了一种密码钥匙，但作者的设计意图并不一定能被读者所了解。这时读者并不会因此而停止阅读，实际上只要读者假定了文本具有内在统一性，就可以主动去发现或发明一种统一性来作为解释的"密码钥匙"。例如诗歌中,有些诗歌的意思一眼可看穿,但有些"朦胧诗"却十分晦涩。李商隐的"无题诗"就是缺乏解释的密码钥匙的诗歌。如他的《锦瑟》,它是表达的是爱情的缠绵与煎熬?还是亲情或友情的浓郁与分离的思念?或是表达了仕途的艰难与蹉跎?再或是表达了某种人生信念与看法?抑或仅仅是对一段往事或某种积存心底的强烈感受的回忆?李商隐写这首诗的时候,肯定抱着一种明确的意图,可能是我们上述猜测中的一种,也可能是其他的。但今天的读者已经无从知晓。但我们仍然知道或"假定"这首诗歌具有内在统一性,它意欲表达诗人的某种思想。因此,我们就去寻找这种内在统一性,然后把它解释为诗人的意图。此时的"诗人"已经不能等同于历史上那个真实存在的李商隐,而是一种文本化的"李商隐",是诗歌中的隐含作者,而不是真实作者本人。这个"李商隐"经过读者一千多年的想象与加工,经过无数次与其他诗歌文本的比较,他的形象已经与那个真实的人有了极大的区别。而且,我们当代人所读的"李商隐"也与唐人、宋人或明清时期的人的感受也不同。历史上的李商隐只有一个,但诗歌中的李商隐却有无数个。我们每假定一种文本的统一性,就给隐含作者李商隐增加了一种主体属性。正是由于隐含作者的存在,看似难解的文本便具有了统一性。

诗歌中如此,小说中也不例外,读小说的人也常常以假设的隐含作者来作为解读小说的钥匙。例如对卡夫卡的《城堡》这部充满象征意味的作品,有人认为它隐喻了人生本质上的一种困境:为达到某种虚无缥缈的目的而奋斗,却终其一生也未曾到过目的地;有人说它是对资本主义官僚体制和社会黑暗的漫画式表达;有人说它象征着基督教信仰的危机;有人说它影射了犹太人渴望得到西方文明承认而不得的困境;也有人说它是卡夫卡执着而"失败"的一生的缩影。[①]作者卡夫卡可能明确想过要表达其中的一个或几个意图。不过,是否真是他创作时的意图并不重要,重要的是,依据这些假定的意图,读者可以有效地展开阅读,读出有意味的意义来。因而,这几种解读均被现代的读者群体所认可,因为《城堡》本身就是一部象征式的作品,允许进行各种方向的释读。这种多元化的现象

---

① 卡夫卡一生执着于写作,但在现实生活中他又是懦弱的,在与父亲、爱人的关系上,在事业上可以说是个"失败者"。

不仅在象征式的作品中存在，在一些很确切的现实主义小说中也可以存在，如中国伟大的现实主义小说《红楼梦》。两百多年来对它的解释不计其数。但其中的某些解释之间却相互对立。例如在"作品写的是什么样的一个故事"的问题上，就存在多种答案。通常的说法是：《红楼梦》是江宁织造府的没落贵族曹雪芹的一部具有自传性质的小说，描写了封建大家族由盛转衰的过程。但索隐派考证出不同的"真相"。有人认为《红楼梦》写的是"明珠家事"，有的考证出《红楼梦》是对皇宫秘闻的隐射，写的是董鄂妃与顺治帝的爱情故事。这些说法都假定是作者"曹雪芹"的意图，是曹雪芹设计了这些"谜底"。但是，同一个作者怎么会设置相互矛盾的谜底呢？实际上，索隐派眼中的"曹雪芹"与真实的曹雪芹并没有多大联系。只是他们假定的一个负责文本统一性的隐含作者而已。真实作者的缺席，并不妨碍读者的阅读照常进行。不过，这些不同解释仅仅满足了有效解释的前两个条件，能否称为有效的解释，还需要得到其他人的认可，正是在这里发生了分歧，对此后面才详论。

文学文本通常假定其有一种统一性，这种统一性过去往往被归于真实作者的意图：密码设计者的意图、诗人的意图、小说家的意图。但实际上，他们多数情况下，只是读者所假定的作者的意图，也就是隐含作者的意图。所以，隐含作者的存在是文本具备统一性、可读性的前提。

文本的统一性必须是一个主体，而不是某种客观的排列组合。这与我们前面所得出的关于文学意义的结论是一致的。意义是事件，文学的意义是在隐含作者与读者的交流中产生的主体性关系。因而，对于文学作品的解释必须诉诸某个主体的意图才能得到最终的保证。正是在这个意义上，却尔的论断是有意义的。却尔证明，不论我们求助于哪种标准（文本的特点、上下文的语境、公共的阅读习惯与规则、某种美学上的标准），对意义的判定最终都是求助于作者意图，即求助于文学话语的主体才能确定意义。只不过却尔没有区分真实作者与隐含作者，在这一点上存在模糊。但他的论点切中了要害，点明了话语的意义与话语的主体之间的关系，意义的生成和展开依赖于主体的行为。

这一点从本维尼斯特对话语的界定中也可以看出来。本维尼斯特说，使用话语的主体是使话语凝而不散的核心。这个主体是言语主体，而非言说主体。类推文学文本，正是隐含作者这一言语主体使得文学话语凝聚起来，而非真实的作者个人。隐含作者是文学作品凝结的磁场，他能使任何文学作品具备内在的统一性，成为可释读的对象。隐含作者的这一神奇功能，还可以从一种极端的文学现象中得到证实。有一类文学文本，它们没有作者，没有某个具体的真实个人创造了它，但它们进入了文学接受的流程，可以按照正常的文学作品来阅读，可以读出丰富的意义。

无作者文本并不是匿名作者的文本，虽然我们尚不清楚《红楼梦》的真实作者究竟是谁，但我们知道历史上肯定有一个人撰写了它。但对于无作者文本，我们确切地知道没有人创造了它。例如一只猴子在键盘上随意敲打，形成一段文本，恰巧组成了合乎语法的句子。把它拿给一个不知情的人，说这是一首诗，他一定会真的当作一首诗来读，也许会比真人写的读起来更有味。当然，即使他知道是猴子"敲"的，也仍然可以认为它是一首诗，并假定它有一个"作者"（即隐含作者），然后像读真的诗歌一样欣赏它。这只是一个假想的实验，基本不具备实现的可能，因为让猴子敲出合乎语法的句子几乎是不可能的。但是，借助于计算机技术，却真的可以实现"无人创作"。例如运行一个作诗软件，就可以瞬间写成一首诗，可以创造出无数首诗。它们的作者是谁？计算机？程序？写程序的人？还是点击运行程序的人？哪一个都不是传统意义上的"作者"。这样形成的诗就是"无作者诗歌"，但它完全合乎语法规则和通常所认可的诗歌规则。即使将它混编到一本诗集中，也没有人会发现它是没有作者的。读者读到它，会假定它有内在的统一性，假定它表达了一个"诗人"的某种意图，并读出丰富的诗歌意义来。此时的"诗人"只能是隐含作者了。

2. 读者何以能理解作品

隐含作者保证了文学话语的统一，为有效的解释奠定了基础，但仅得到文本统一性还不够，隐含作者必须能够被读者理解，才能进入阅读和解释的过程中。隐含作者与读者是否可以互通？如果把隐含作者与读者看成两个相互独立的单子，那么，从理论上看，是不存在互通的可能的，就像人们常常怀疑人与人之间究竟能否相互理解一样。但是，如果我们抛开这种单子论主体观，而代之以"主体间性"的认识，就可以明白，两个主体的互通，是在他们主体性建立时就确立的，是每一个个体主体性形成的必要条件。

在第一章我们讨论了符号与主体的问题，主体性的形成是在人与人的符号关系中完成的，符号关系建立着、表征着、改变着人的主体性。所以任何一个主体都不能被视为绝对孤立的单子。人与人之间是互为前提的，一个人类主体的形成和存在是以其他人的存在为前提的。所以，人是社会性的动物，这就是一种"间性主体"（intersubject）认识，它比单子论显然更符合对人的主体性的实际描述。

主体间性在人与人交流的话语中形成和显示。本维尼斯特的语言学思想中很重要的一点就是解释了人在语言中的主体间性特征。例如一句日常的话："明天到我家来吃饭，我们全家都期待你的光临。"按照本维尼斯特的理论，这句话的两个主体"我"和"你"就因为这句话而建立联系，他们共享了一个时间（明天）、一个地点（家）、一种事件（做客）、一种态度（热情友好）、一种对未来的预期（一件美好的事会发生在明天）。总之，"我"与"你"因为一句话而暂时处于"同一个世界中"，共享着某些东西。这种关系既标识出"我"与"你"两种主体的位置，也建立着他们之间的联系。"我"与"你"即是"主体间性"状态。

"我"与"你"都是话语中的主体，以本维尼斯特的术语来说，"我"是言语主体，"你"是被言说主体。言语主体和被言说主体是所有话语中都存在的两种主体位置，他们彼此之间互为前提，相互标明，呈现"间性"关系。现实中的说话人与听话人分别进入话语的两个主体位置中，这样原本毫无关联的两个人，就会因一句话而发生密不可分的关系。如在上面的一句话中，说话者发出了热情的邀请，听话者立刻感受到了这种热情，也许原本不熟悉的两个人在此刻都感受到一种人与人之间的暖意，体会到某种幸福感。这正是人存在于世的标志，是人的主体性的确证。同样，在文学话语中，这种主体间性关系也存在，而且更加普遍，更加复杂，更有意味。

文学话语中的"我"和"你"就是隐含作者与隐含读者，他们彼此之间相互标明、相互生成。隐含作者与隐含读者共享着作品内的世界，他们完全洞悉这个世界的一切，也彼此洞悉对方的心灵。真实的读者个体虽然千差万别，但当他进入隐含读者的位置，便会占有了隐含读者的主体性。把隐含读者的主体性质投射到自己身上，从而，他与隐含作者形成主体间性的关系。这就是读者能够理解作品的关键。由于文学话语与日常话语不同,文学话语的"言说主体"即真实作者常常脱离了文学交流的现场。所以,真实作者与真实读者很难谋面,读者往往也只能由隐含作者来推测真实作者的形象。

隐含作者与隐含读者及真实读者之间通过文学话语建立的主体间性关系,是读者阅读和理解文学作品的关键。日内瓦学派的乔治·布莱对此有过深入的分析。

布莱观察到文学阅读中一种奇特现象,即一个人能完全进入另一个人的思想意识中。"他人的意识对我是开放的,并使我能将目光直射入他的内部,甚至使我(这真是闻所未闻的特权)能够想他之所想,感他之所感。"[1]布莱进一步追问这种奇特现象所造成的效果,其结果是,别人的思想占据了我,或者说我成了别人思想的主体。

在我现在的阅读的这种情况下,却完全是另外一回事。由于他人的思想对我这个人的这种奇怪的入侵,我成了必须思考我所陌生的一种思想的另一个我了。我成了非我的思想的主体了。我的意识像一个非我的意识那样行事。[2]

布莱认为,这些别人的思想,在阅读的时候,它们却似乎全变成了"我"的思想,是"我"在进行思考、体验。阅读中的"我"似乎被掏空然后又被填满,"我"既是我,又是另外一个人。

阅读是这样一种行为,通过它,我称之为我的那个主体本源在并不中止其活动的情况下发生了变化,变得严格地说我无权再将其视为我的我了。我被借给另一个人,这另一个人在我心中思想、感觉、痛苦、骚动……当我全神贯注于阅读的时候,第二个我就控制了我,替我来体验。[3]

阅读就是一种"让出位置",让别人的思想进入我的心灵,成为我的思想,让另一个主体成为我的主体。布莱进一步追问:"这个占据我的主体位置的人是谁?""这个占据前台的僭越者是谁?这个充满了我的意识的精神是什么?当我说我的时候,这个我说的我是谁?"[4]布莱认为,不能简单地把这个主体等同于"写这本书的那个人",即真实的作者个人。这个主体只能是作品中的主体。"存在于

---

[1] [比利时]乔治·布莱:《批评意识》,郭宏安译,广西师范大学出版社2002年版,第239页。
[2] 同上书,第241页。
[3] 同上书,第243页。
[4] 同上。

作品中的、阅读显露给我的那个主体不是作者，从他的内部和外部经验的模糊总体上说不是，甚至从他的全部作品的更具一致性的总和来说也不是。掌握着作品的主体只能存在于作品之中。"① 虽然布莱不知道隐含作者这一术语，但此处他所谓的"存在于作品中的主体"实际上就是隐含作者，占据读者心灵的正是隐含作者。

布莱进一步说，虽然这个"存在于作品中的主体"可以占据读者的心灵，但并不意味着读者完全被控制。"我的意识被他人（作品形成的他人）占据并不意味着我的意识的某种全部丧失。相反，一切都仿佛是，从我被阅读'控制'那个时刻起，我就和我努力加以界定的那个人共用我的意识，那个人是隐藏在作品深处的有意识的主体。"② 两个主体的意识是共享的，但不是完全的同化，是认同而不是消灭。这就是读者、隐含读者与隐含作者之间的主体间性关系，两种主体既相互区别，又相互联系，相互重合。

布莱对读者阅读体验的描绘印证了主体间性在阅读中的关键性作用，正是由于隐含作者与隐含读者和读者相互共有主体性，所以他们之间才能进行沟通，读者才能够阅读理解作品，才能够对作品进行有效的解释。

3. 隐含作者与解释的普遍性

由于隐含作者的作用，文学文本具备了可供解释的内在统一性，读者也能够进入文本、理解文本。但是，是否任何一个解读出的"意义"都是有效的解释呢？若有人突然宣称《红楼梦》表达了资产阶级的反封建精神，直觉会告诉我们这种解释太过牵强。我们何以能立即判定这就是一个不恰当的解释呢？因为这种解释虽然也符合有效解释的前两个条件，但却不符合最后一个条件，即意义的普遍性。一个解释最后要成为有效的，必须得到"我们"即读者群体的认可，当"我们"都认为《红楼梦》表达了反封建的资本主义思想时，这一解释就是有效的。但关键是"我们"几乎不可能会这样认为。因为作为读者群体的"我们"从《红楼梦》文本中所建构的隐含作者，根本就不包括这种思想。在这里，隐含作者显然具有了使某一解释具有普遍性的能力。

---

① ［美］乔治·布莱：《批评意识》，郭宏安译，广西师范大学出版社2002年版，第244页。
② 同上书，第245页。

为什么说隐含作者具有这种能力呢？是因为隐含作者本身就具有普遍性属性。隐含作者不是凭空诞生的，根据前文，隐含作者总是在一定的语境中形成的，隐含作者具有强烈的语境依赖性。这些语境因素包括社会的经济文化背景、文学思潮的发展趋势、语言规则、文学规则、社会心理等。语境实际上就是全体社会成员在某一个时期所共享的一些文化要素。但这并不意味着每一个人都会同等的拥有这些要素，而是就概率与可能性来说，每一个生活于语境中的人都可以拥有这些要素，都应该具备这些要素。具体到文学上来说，在不同语境中，读者所掌握的文学规则或文学能力是不同的。但对同一个时期，同一个语境下的读者来说，他们应该掌握的文学文化规约是大致相同的。这也是就总体的平均值而言，具体到某一个读者个体，他所习得的文学能力与规则可能会有所差别。隐含作者是在文学解释的过程中存在的主体，是读者依据文学文本和语境所做出的假定，这种假定不是个别的或任意的。某一个读者不能随意地假定某部作品的隐含作者，就像前面所提到的例子，不能随意地假设《红楼梦》的隐含作者具有共产主义觉悟。因为这不符合当时的读者群体所共有的文学常识。《红楼梦》的隐含作者是基于读者群体所共有的文学常识而形成的，"我们"对《红楼梦》的隐含作者有一个基本的、一致的认识。从社会政治层面来看，隐含作者是一个认识到封建制度腐朽的一面，而又无法提出解决之道的人；隐含作者有痛恨封建制度的一面，但同时也对它有着同情和惋惜。说他具有共产主义的反封建思想，显然与这一基本认识不一致。当一个读者读某部作品时，他就不能仅仅作为一个个体去读，而要作为一个群体去读，他是在运用他所掌握的文化与文学的知识和规则去解读作品，他已经被平均化为一个读者群体的代表者，只有这样，他才能理解隐含作者所表达的意图。

康德在《判断力批判》中提出美的四个性质，即他所说的"四个契机"，其中之一就是"无概念的普遍性"。无概念的普遍性实际上就是对解释有效性的要求，它要求在文学与艺术活动中，任何一个解释都必须被别人所认同，即具有普遍性，哪怕只是假定为别人所认可。但是康德把这种普遍性的保证归因于人的先验能力，认为人与人之间先验地具有相同的概念结构，因而应该在艺术理解中具有一致性。我们认为康德对审美活动的普遍性要求是合理的，值得肯定的，但他把普遍性的保证归为某种先验的因素是不可取的。

隐含作者作为意义的普遍性的保证,并不是一个求助于先验要素的过程,而是通过实实在在的实践活动达到的。隐含作者的形成是在众多的读者和批评家相互讨论、相互批评中逐步形成的。一部作品的隐含作者是随着读者群体批评与阅读实践的丰富而丰满起来,并且也会随着读者群体批评实践的变化而变化。隐含作者所具有的普遍性完全是基于可操作的大量文学实践活动,而不是不可求证的神秘的先验能力。

隐含作者保证了解释的普遍性,但人们常常会遇到这样的情况,一部作品有多种不同的解释,不同的解释长期并存。这是文学中常见的"意义多元化"现象。隐含作者对意义的普遍性要求是否与意义的多元化现象构成矛盾?我们要对多元化进行详细的分析,有两种多元化是应该区别对待的。

第一种是可以兼容并存的多元化。对一部作品的解释可以从不同的侧面切入,形成不同的理解,这些不同的理解都可以合理地归于隐含作者,这时,这种多元化的解释并没有否定隐含作者对意义的普遍性要求。例如对于卡夫卡的《城堡》《审判》等小说,百年来读者从社会制度、宗教思想、种族关系、人性本质、家庭伦理等多个角度去解读它,形成多种主题:对资本主义官僚体制的讽刺;表达对一种信仰的超脱而不得的困惑;表达犹太人无法融入欧洲文明的处境;表达人类共同的一种荒诞性存在;作为卡夫卡个人命运的缩影;解释了小人物生存的艰难;等等。但是,这些多样的解释彼此之间可以共存,并不构成冲突,它们都可以看成是隐含作者的意图,所以基本都具有普遍性。因此,在这种情况下,隐含作者并没有与意义的多元化相冲突。

第二情况是两种解释相互冲突,不能够并存。例如对于《金瓶梅》一书,历来存在两种对立的观点,一种认为它是一部诲淫诲盗的书籍,应该禁掉最好焚毁。另一种观点认为它是一部讽时刺世的书籍,它将世间的恶揭露出来,从而警醒世人,使人脱恶向善。这两种解释都有相当数量的支持者,隐含作者如何能消除这种矛盾呢?实际上,虽然这种情形在文学史上并不鲜见,但它也没有否定隐含作者的普遍性性质。因为在这里两派的读者群体都各自假定了一个隐含作者,每一派都声称自己的隐含作者是唯一正确的,而对方是错误的。就是说每一派的隐含作者都具有普遍性。而且不论是哪一个读者，他阅读时只能选择一种隐含作者去解释作品，一旦选定他就会依照这一个隐含作者的意图去完成作品的解释，他所解读出的意义也具有普遍性，从阅读的实际过程来看，隐含作者仍然是意义普遍性的保证。前文我们也论证过隐含作者的语境性，隐含作者会随着阅读语境的改变而改变，隐含作者对意义的普遍性保证，并不是说隐含作者本身是一成不变的，而是在每一种语境下的阅读中具有普遍性质。

第五章 隐含作者与话语内主体

前面我们分别讨论了隐含作者与真实作者和读者及隐含读者的关系。从话语理论来看，真实作者和真实读者都位于话语外，隐含读者和隐含作者相似，处于话语内外的交界处。除了这两类主体，隐含作者还与另一类重要的主体发生关系，即话语内主体。就文学作品来说，话语内主体就是文学作品的虚构世界内的主体。隐含作者同时与文本内外的主体发生关联，这是隐含作者的一个特殊性质和能力。通过隐含作者的沟通，文本内与文本外可以关联起来，读者可以进入虚构的世界，虚构的世界向读者开放。本章我们就着重讨论隐含作者与文学文本内主体的关系。

首先，我们讨论如何识别隐含作者的声音问题。文本内的主体不论是叙述者还是人物，都可以自己开口说话，但隐含作者却没有明显的话语标志，如何来判断隐含作者的声音呢？在此基础上，我们进一步从两个方面来展开分析：第一，隐含作者与其他话语内主体的关系。隐含作者相对于文本内叙述者与人物来说，处于什么样的位置？在不同的文学文本中是否有所不同？这又具有怎样的文学意义？第二，重点讨论一下隐含作者与叙述者的关系。这将涉及叙事学中一个重要的问题：不可靠叙述。

第一节 聆听隐含作者的声音

一、虚构叙事作品中隐含作者的声音

查特曼认为叙事文本的隐含作者没有声音，"隐含作者没有'声音'。隐含作者只让别人'说话'，隐含作者（与代理的说话人即叙述者不同）是无声的信息

来源。隐含作者什么也不'说'。"① 这种认识也通常被人们所接受。查特曼所说也有他的根据。因为从叙事文本中各类主体的言说情况来看，叙述者的首要功能是讲述，即"说话"，叙述者的话语通常是叙事中最多的声音；叙事中的人物也常常会开口讲话，不同人物会发出不同的声音。相对于叙述者和人物的"话语"来说，隐含作者很少有直接"开口"说话的机会。隐含作者似乎总是沉默的旁观者，他冷静地观察着文本世界内各种主体的一言一行，他似乎是完全中立的，他不置一词，不发一言。在阅读过程中，读者的头脑被叙述者和人物的话语占据着，很难捕捉到隐含作者的话语。从这个意义上说，隐含作者的声音是最弱的甚至为零。但从另一个角度来看，情况似乎截然相反。因为隐含作者是整个文本的统一性力量所在，是整个文本所有主体中最具权威性的主体。这显然与"沉默寡言"的声音状态不符。从隐含作者在文本中的地位来说，他的声音应该是最强的、最广泛的。隐含作者到底是"有声"还是"无声"？他的声音是"最强"还是"最弱"？

"声音"从字面意义来看就是人口中发出的"声响"，具有信息传递功能的声音就是语言。在文学中，"声音"就是指文学中某个主体所说的话语。如《红楼梦》中一段：

袭人笑道："你们这起烂了嘴的！得了空就拿我取笑打牙儿。一个个不知怎么死呢。"秋纹笑道："原来姐姐得了，我实在不知道。我陪个不是罢。"袭人笑道："少轻狂罢。你们谁取了碟子来是正经。"麝月道："那瓶得空儿也该收来。老太太屋里还罢了，太太屋里人多手杂。别人还可以，赵姨奶奶一伙的人见是这屋里的东西，又该使黑心弄坏了才罢。太太也不大管这些，不如早些收来正经。"晴雯听说，便掷下针黹道："这话倒是，等我取去。"秋纹道："还是我取罢，你取你的碟子去。"晴雯笑道："我偏取一遭儿去。是巧宗儿你们都得了，难道不许我得一遭儿？"麝月笑道："通共秋丫头得了一遭儿衣裳，那里今儿又巧了，你也遇见找衣裳不成。"晴雯笑道："虽然不碰见衣裳，或者太太看见我勤谨，一个月把太太的公费里分出二两银子来给我，也定不得。"说着，又笑道："你们别和我装神弄鬼的，什么事我不知道。"②

---

① Seymour Chatman. *Story and Discourse: Narrative Structure in Fiction and Film*. Ithaca: Cornell University Press, 1978, p.148.
② 曹雪芹：《红楼梦》，岳麓书社1987年版，第279页。

这一段是贾宝玉屋里四个丫头之间的对话，取笑打趣，话里有话。话题主要是谁去取瓶子碟子。因为袭人曾因取物件得了赏赐，所以，话题围绕"好处"展开。袭人什么都知道，却有口难言；秋纹不知情，一个劲地问；麝月知道来龙去脉；晴雯说话故意含沙射影、煽风点火。袭人的隐忍与宽容，秋纹、麝月的憨直，晴雯的尖刻，通过各自的话语显露无遗。每个人的话语构成了每个人的形象，各人的声音建构了各个主体的性质。

在这里，人物声音通常以"笑道""问道"等语言标志为特征。这段话里主要是人物的声音，叙述者的声音表现为各人话语之间的描述，如"秋纹笑道""袭人笑道""晴雯听说，便掷下针黹道"等描述个人表情、欣慰的语句都是叙述者的话语，是叙述者的声音。除此之外，小说中还有更明显的叙述者话语，即以"要知端的，且听下回分解"作为上一章叙述的结束，以"话说……"作为下一章叙述的开端。

在上面这段话中，只有叙述者和人物的话语是显露的，隐含作者没有说一句话。那么，是否隐含作者就没有声音呢？实际上，我们仍然能感受到隐含作者的作用，这一段对话安排得十分巧妙、自然，在嬉笑打闹中，把贾府中的等级制度、人物关系和丫头们各自的心思都折射了出来。从几个丫头的嬉笑打闹中，不露痕迹地绘制了贾府的一个截面图。正是通过一粒沙子见到整个世界。这种精巧的安排显然是隐含作者的杰作，也正是隐含作者所想要通过人物的声音告诉读者的。在这里，隐含作者虽然没有说一句话，但他的意思却通过人物的对话传达了出来，并影响了读者对这段话的理解与接受。这就是隐含作者的声音。

不过，隐含作者的声音不能同人物或叙述者的声音一样来理解。隐含作者的声音没有"道""说""问"等言说的语言标识，隐含作者的声音是潜在的，隐藏在人物和叙述者的声音之中。隐含作者的声音虽然不具有明显的话语实体，但却表征着隐含作者主体的存在，指向隐含作者的统一性作用。"声音"应该指的是主体，而不仅仅是具体的话语，只要具有不同的主体性特征，就可以具有声音。换句话说，声音是主体性的同义词。

由此我们看到，前面所说的关于隐含作者声音的有无、强弱的观点对立，实际上是由于对声音概念的不同理解造成的。说隐含作者没有声音，是把声音理解为具体言说的话语，这种理解是不确切的，声音应该以主体性为最终依据，存在不同的主体性就有不同的声音。

隐含作者与文本的关系就像福楼拜对作家的要求那样,他应该像上帝与世界的关系一样,上帝不在世界万物的任何一处,但却无处不体现了上帝的意志。同样,虽然可能文本中没有一句话是隐含作者说的,但隐含作者的声音却浸满了全文。用老子的一句话来形容隐含作者在文本中的声音非常贴切,即"大音希声,大象无形"。隐含作者的声音不是一字一句的话语,而是更抽象、更深层次的主体性根基,隐含作者往往没有音容笑貌等具象的方面,但却能在读者的心中留下鲜明的印象。隐含作者虽然"大音希声",但也是有迹可循的。下面我们就对可以获知隐含作者声音的5个途径分别加以探讨。

(一)次文本信息(paratextual information)

次文本是相对于正文而言的文本部分,如一篇小说的序言、题记、标题、跋、注释等,这些不属于叙事的正文,因为它们既不属于叙述者的话语,也不属于人物的话语。在文本之内,只有隐含作者才能成为这些话语的负责人。很多情况下,我们忽略了这些次文本的重要性,而实际上,这些部分虽然所占的比重可能很小,但由于它们是隐含作者声音的直接表露渠道,所以它们对于理解隐含作者的声音起到至关重要的作用。

标题虽然往往只有几个字,但却是整部作品的关键所在,一部作品的标题通常透露了隐含作者最为关心、最想表达的思想。例如,鲁迅的一篇名为《一件小事》的短篇小说,小说写了一个车夫撞到一个老妇人后,极为关切地搀扶她去医院的事。使用这个标题意在表明在劳动群众中所保存的珍贵的善良人性。虽然是一件小事,但实际上具有极重的分量。这正是隐含作者的意图所在。司汤达的小说《名利场》,"名利场"一词浓缩了作品的主题:资本主义拜金社会下腐朽的人与人之间的关系。《红楼梦》的第一回就对书名来源做了交代,"因空见色,由色生情,传情入色,自色悟空,空空道人遂易名为情僧,改《石头记》为《情僧录》。东鲁孔梅溪则题曰《风月宝鉴》。后因曹雪芹于悼红轩中披阅十载,增删五次,纂成目录,分出章回,则题曰《金陵十二钗》。"[①] 实际上每一个题目都传达

---

① 曹雪芹:《红楼梦》,岳麓书社1987年版,第3页。

了隐含作者的某种意图。《石头记》是从仙界下凡历劫的石头角度对故事的概括，是石头历完劫返回后的自称，在这个标题下可以把此书看成一部神话传奇。空空道人以佛家的眼光来看这段故事，从中看到由色生情、因情悟空的佛理，所以改成具有佛教劝诫色彩的《情僧录》。东鲁孔梅溪显然是儒家圣人孔子的嫡系后裔，他代表的是世俗的儒家思想，他眼中的这段故事具有讽世刺人的教化功能，所以他从儒家思想的角度改题为《风月宝鉴》。而曹雪芹既不拟一个概括性的中性标题，也不用书中相对立的两种力量佛家与儒家中的一种来命名，而是用书中一个人物群体"金陵十二钗"来命名，显然曹雪芹更关注的是这些女性的美好品德。欲使"闺阁昭传""不使其泯灭"是曹雪芹所要表达的重点意思。这些女子所透露的"多情""纯洁""善良""美好"是佛家的"空无"与儒家的"道德"所不能涵盖的。金陵十二钗的命运遭际，她们的情、学、识、才是隐含作者所要赞美和珍惜的，而不是宣扬佛家的空无论，或儒家的道德教化思想。

除了总标题，书中每一章节的标题也是透露隐含作者信息的窗口。如《红楼梦》每一回都拟有两句一对的标题，它们或概括本回的主要事情，或点出主要人物的某些特征，虽然仅有两句话，但隐含作者却通过它传达出对故事内人物与事件的看法。例如，第八回"比通灵金莺微露意，探宝钗黛玉半含酸"，"半含酸"点出了黛玉的性格。第十二回"王熙凤毒设相思局，贾天祥正照风月鉴"，点出王熙凤的"毒"。第二十一回"贤袭人娇嗔箴宝玉，俏平儿软语救贾琏"，点出袭人之"贤"、平儿之"俏"。第五十二回"俏平儿情掩虾须镯，勇晴雯病补雀金裘"，点出晴雯的特点"勇"。第六十六回"情小妹耻情归地府，冷二郎一冷入空门"，点出尤三姐的"情"与柳湘莲的"冷"。第七十八回"老学士闲征姽婳词，痴公子杜撰芙蓉诔"，点出宝玉的主要特点"痴"。通过这些字眼，隐含作者对书中重要人物的性格特点一一做了概括点评，给读者的阅读理解提供了明确的引导。

序、跋、题记等是位于正文之前或之后的文字，其中也包含了对正文内容的评论和看法，是隐含作者声音直接显露的文本部分，如在《红楼梦》正文开始前有一段"作者自云"：

作者自云：因曾历过一番梦幻之后，故将真事隐去，而借"通灵"之说，撰此《石头记》一书也。故曰"甄士隐"云云。但书中所记何事何人？自又云："今风尘碌碌,一事无成,忽念及当日所有之女子,一一细考较去,觉其行止见识,皆出于我之上。何我堂堂须眉,诚不若彼裙钗哉?实愧则有余,悔又无益之大无可如何之日也!当此,则自欲将以往所赖天恩祖德,锦衣纨绔之时,饫甘餍肥之日,背父兄教育之恩,负师友规训之德,以至今日一技无成,半生潦倒之罪,编述一集,以告天下:我之罪固不免,然闺阁中本自历历有人,万不可因我之不肖,自护己短,一并使其泯灭也。虽今日之茅椽蓬牖,瓦灶绳床,其晨夕风露,阶柳庭花,亦未有妨我之襟怀笔墨者。虽我末学,下笔无文,又何妨用假语村言,敷演出一段故事来,亦可使闺阁昭传,复可悦世之目,破人愁闷,不亦宜乎?"故曰"贾雨村"云云。①

这段文字是"作者自云",是"作者"(隐含作者)的话语,此段之后才是"列位看官"进入叙述者的话语,前后之间有明显的区别。"作者自云"段是作者对写作的动机与目的、所要表达思想的表述,是隐含作者意图的直接表达。这段文字尚在现实生活的语境之中,没有进入虚构的故事语境中。从"列位看官"之后,匿名的叙述者代替了隐含作者进行陈述,讲述了这本书的来源,原来是"石头"历劫后的自述,后经过一个叫曹雪芹的人编纂而成。显然,这两处文字对《红楼梦》的形成过程的说明存在矛盾。前者说《红楼梦》一书是"作者"以一种委婉笔法创作的,而后者却说它是来自一枚遥远的无可查找的"石头"历劫后的自述。显然对于读者而言,前者是"现实"的,后者是"虚构"的。所以,我们把"作者自云"段视为隐含作者的一段自白。

这段文字所要透露的思想既不是佛家的"空无",也不是儒家的"经济文章",而是对闺阁中诸女子的怀念,这与前面分析书的标题所透露出的隐含作者的思想是一致的,也充分说明了《红楼梦》的隐含作者虽然对大观园里的女性以"千红一窟(哭),万艳同杯(悲)"来概括,以"空无"来结束她们的故事,但隐含作者并没否定这些女性的存在价值,相反,隐含作者对这些女性所留下的点点滴滴的痕迹是十分珍惜的。他希望,这些闺阁中人、闺阁中事能够流传于世。这正是《红楼梦》一书的主题所在。若是真的读成《情僧录》或《风月宝鉴》,那就偏离了隐含作者的意图。另外,书前的题诗也再一次醒目地提示着隐含作者的意图:

---

① 曹雪芹:《红楼梦》,岳麓书社1987年版。

满纸荒唐言，一把辛酸泪。都云作者痴，谁解其中味！

这一题诗要求读者能够透过满纸荒唐言看到真相，明白其中的真味。真味就是隐含作者自云一段中所流露的思想。

标题、序跋、注释等次文本信息是隐含作者直接表达声音的途径之一，这些信息位于正文之外，但却对正文的理解起到关键性的引导作用。通常通过这些信息，读者可以获得关于作品的大致判断，获知隐含作者的主要观点与立场。隐含作者的直接表达除次文本信息外，在正文之中也有可能，隐含作者可以在叙述者的叙述过程中插话，发表自己的看法。这就是公开的评论。

（二）隐含作者的公开评论

隐含作者直接对叙事中的人物与事件发表意见与看法，这种现象在中国古代小说中很常见，中国小说受到史传传统的影响，在虚构的故事讲述之后或中间，作者会对故事的内容和寓意发表看法。典型的如《聊斋志异》对《史记》的模仿。在很多故事之后，都有一段"异史氏曰"的话语，表达了隐含作者希望通过这段故事让世人明白的道理。如《画皮》故事结束之后，异史氏曰："愚哉，世人！明明妖也，而以为美，迷哉，愚人！明明忠也，而以为妄。然爱人之色而渔之，妻亦将食人之唾而甘之矣。天道好还，但愚而迷者不悟耳，可哀也夫！"[1]

（三）隐含作者通过叙述者或人物的声音隐含地传达他的声音

这是表达隐含作者声音最重要的途径之一。文本中的某些话语虽然看起来是从叙述者或人物口中说出来的，但却含有另一层意思。这一深层的意思是叙述者或人物意识不到的，也就是说它们不是叙述者或人物的意图，这一深层的声音只能是隐含作者的意图。《红楼梦》便大量使用了这一手法来传递隐含作者的声音。如"千红一窟，万艳同杯"一句，表面上说的是大观园里畅饮夜宴的事，却在深层里发出隐含作者对她们命运悲悯的声音："千红一哭，万艳同悲。"如在第六十三回"寿怡红群芳开夜宴"时，各人抽到的签文表面上看只是一句诗而已，但实际上却是隐含作者对各人命运的概括。探春的"日边红杏依云栽"暗示她日后要嫁得贵婿。黛玉的"只恐夜深花睡去"暗示黛玉在孤寂的深夜凄凉离世的惨

---

[1] 蒲松龄：《聊斋志异》，天津古籍出版社2004年版，第37页。

淡命运。李纨的"竹篱茅舍自甘心"暗示李纨槁朽的一生。袭人的"桃红又是一年春"预示她后来离开宝玉后嫁给蒋玉菡重获幸福。这种通过隐喻的手法表达隐含作者的声音在《红楼梦》中比比皆是。再如第五回"游幻境指迷十二钗,饮仙醪曲演红楼梦",以宝玉梦游太虚幻境的所见所闻来暗示整部书的人物命运和主体基调。元春、迎春、探春、惜春四人的名字合起来的谐音是"原应叹息",表达隐含作者对故事中女子命运的悲悯。

(四)隐含作者与叙述者或人物声音的重叠

在这种情况下,叙述者与人物的话语就是隐含作者的话语,两个主体的声音是同一的。也可以这样说,隐含作者通过叙述者或人物来传达他的观点、看法。例如,隐含作者可以通过叙述者之口来表达观点。如在莫言的《红高粱》中,叙述者"我"在小说的开篇说过一段话,"秋风苍凉,阳光很旺,瓦蓝的天上游荡着一朵朵丰满的白云,高粱上滑动着一朵朵丰满的白云的紫红色影子。一队队暗红色的人在高粱棵子里穿梭拉网,几十年如一日。他们杀人越货,精忠报国,他们演出过一幕幕英勇悲壮的舞剧,使我们这些活着的不肖子孙相形见绌,在进步的同时,我真切感到种的退化。"[①] 这段话也是隐含作者所要说的意思,是《红高粱》这部小说的中心思想,即表达了对"种"的退化的担忧,对充满生命力的先辈的怀念。隐含作者也可以通过人物之口表达观点。如在海明威的小说《老人与海》中,老渔夫历经艰辛捕获了一条巨型马林鱼,在携鱼返航时遭到鲨鱼群的袭击。老人明知自己斗不过鲨鱼群,但还是义无反顾地展开了搏斗,面对注定要失败的战斗,老人说:"然而人不是为失败而生的,一个人可以被毁灭,但不能给打败。"[②] 这句话浓缩了整个作品的思想,也正是隐含作者通过这个故事所要表达的主题。这句话既是老渔夫的话,同时也是隐含作者的声音。从这句话中,读者明显能感受到一种双人合唱的效果,不同的主体同时发出一种声音。

(五)在裂隙中显露隐含作者的声音

这是隐含作者表达声音的另一个重要的渠道。一部文学作品中,不同主体发

---

① 莫言:《红高粱家族》,上海文艺出版社2006年版,第2页。
② [美]海明威:《老人与海》,吴劳译,上海译文出版社2006年版,第79页。

出的声音有时会相互冲突，使得同一文本出现裂隙，隐含作者就在这个裂隙中出现，他的声音将填补裂隙，使作品重新统一起来。在不同的主体之间都可能出现裂隙，如人物与人物之间，叙述者与叙述者之间，叙述者与隐含作者之间。

隐含作者在人物与人物的裂隙中发出声音。如《红楼梦》中对于宝玉的出场描写就是从不同人物的视角来展开的。在贾政看来他是个"酒色之徒"；贾雨村将他分析为"天地之正气"与"天地之邪气"之杂合的化身；黛玉母亲对宝玉的形容是"顽劣异常，极恶读书，最喜在内帏厮混"；王夫人说他是"混世魔王""疯疯傻傻"。在这些人物的话语中，贾宝玉都是一个负面形象。在黛玉见到宝玉之前，心中的贾宝玉形象也完全是负面的，"不知是怎生个惫懒人物，懵懂顽童。倒不见那蠢物也罢了"。但是当黛玉真的见到宝玉的时候，却全然是另一种感觉。"面若中秋之月，色如春晓之花，鬓若刀裁，眉如墨画，面如桃瓣，目若秋波。""面如敷粉，唇若施脂；转盼多情，语言常笑。天然一段风韵，全在眉梢；平生万种情思，悉堆眼角。"对贾宝玉的这两种描述形成极大的反差，也构成了作品中始终存在的两种对立因素。隐含作者设置这一组对立的意图是明显的，他就是要读者主动去思考：贾宝玉到底是怎样的人？何以对他会出现如此不同的看法？到底哪一个更接近真相？对这些问题的思考要追溯到隐含作者的意图才能获知答案。隐含作者是认同林黛玉的立场的，而反对众人对贾宝玉的指责。通过这种对立，更强化了隐含作者的意图。

隐含作者在不同叙述者的裂隙中发出声音。例如福克纳的小说《喧哗与骚动》。作品打破了以往小说中单一叙述者的模式，采用了多重叙述方式。作品由四个相对独立的叙事组成。第一部分是对康普生家智障的小儿子班吉的叙述，他的叙述是混乱的。班吉的叙述在他所有的记忆片段中随意跳跃，时而是当前的事情，时而是童年的事情，死去的人、远走的人、逝去的东西在班吉的叙述中都出现在同一个平面上，不同人物的话语也交织在班吉的话语中。通过班吉混乱的话语，反映出康普生一家颓败、没落的气氛。第二部分是对康普生家的大儿子昆丁的叙述。昆丁饱读诗书，上了哈佛大学，他是整个家族的希望，他也背负着整个家族荣誉的重担。但是，妹妹凯蒂的失贞给了他致命的打击，彻底摧毁了他不堪重负的心灵。面对家族衰败的大势，他自觉无力回天，最后投河自尽。昆丁的死影射了美国南方旧的社会机制和伦理体系的崩溃。第三部分是对康普生家的二儿子杰生的叙述。杰生与昆丁正好相反,他丝毫没有考虑过要为家庭担负一点点责任,他完全脱离了旧的家族体系,彻头彻尾地奉行唯利是图的思想。他痛恨父亲为了让昆丁上大学而卖掉农场。他也痛恨凯蒂的失贞,但不是像昆丁那样将自己与家庭的荣誉捆绑在一起,而是因为凯蒂的失贞使他失去了在银行工作的机会。他私吞外甥女的抚养费。他时时刻刻算计着如何能摆脱这一家人的束缚,获得"自由"。第四部分是以黑人老仆迪尔西为主线的第三人称叙述。与康普生家三兄弟相比,黑人老仆迪尔西具有勤劳、忍耐、善良、宽容、坚韧、诚实、勇敢等优秀的品质,在迪尔西的身上闪耀着未来的希望。这四个部分分别呈现的是四个不同主体的声音,相互之间存在巨大的差异。在这种对立的差异中,显露了隐含作者的声音。通过四种声音的对立和交织,隐含作者勾勒了美国南方社会历史性变迁的一幕,这既是一曲挽歌,也是新生的希望。历史的逻辑是残酷的、悲壮的,但更是无可阻挡的。正是在这几种声音的交织中,整部作品的历史性主题被凸显出来,这也正是隐含作者所要发出的最重要的声音。整部作品仿佛一部交响曲,四个声部相互对立,相互交织,同时发声。但在这种声音的混响中,始终有一个基调,一个统一性的声音,即隐含作者的声音。它是整个交响曲的主题,是整个曲子的统一性力量,它使得对立的四个声部能够统一起来。

在叙述者与人物的裂隙中存在的隐含作者声音。例如《狂人日记》文前有一段叙述者的话,叙述了某君从发病到痊愈的过程。"某君昆仲,今隐其名,皆余昔日在中学校时良友;分隔多年,消息渐阙。日前偶闻其一大病;适归故乡,迂道往访,则仅晤一人,言病者其弟也。劳君远道来视,然已早愈,赴某地候补矣。因大笑,出示日记二册,谓可见当日病状,不妨献诸旧友。持归阅一过,知所患盖'迫害狂'之类。语颇错杂无伦次,又多荒唐之言;亦不著月日,惟墨色字体不一,知非一时所书。间亦有略具联络者,今撮录一篇,以供医家研究。记中语误,一字不易;惟人名虽皆村人,不为世间所知,无关大体,然亦悉易去。至于书名,则本人愈后所题,不复改也。七年四月二日识。"[①] 后面接的是主人公发疯状态中的话语。叙述者与主人公的两种话语形成了尖锐的冲突。在语言风格上,叙述者

---

① 鲁迅:《狂人日记》,见《鲁迅小说全编》,人民文学出版社2006年版,第1页。

的话语是清晰的、流畅的、逻辑通顺的,并且使用了文雅的"文言文";而主人公的话语是混乱的、跳跃的、没有逻辑的"疯语"。在内容上,两种话语的意思也完全对立,叙述者把主人公的话语限定为"疯子的话",认为主人公处于疯狂状态,不具备正常人的认知能力,因而他的话不足为信,只能博人一笑。而主人公的话语则认为周围所有的人都在阴谋吃人,当然也包括叙述者在内。在主人公的话语中,叙述者是阴险的、邪恶的、无人性的,也就是疯狂的。这两种声音构成了强烈的反差,到底孰是孰非?此时只有诉诸隐含作者。隐含作者作为调停者,出现在了对立双方的中间地带。是隐含作者安排了这种对立,并通过这样的对立来传达他的意图:主人公虽然从病理上来看是疯了,但他的疯语却道出了封建社会吃人的真相。叙述者的话语虽然从病理上看是正常的,但在思想上却是疯狂的。因为正是这些"正常"的人在维持着几千年"吃人"的疯狂制度。

叙述者与隐含作者发生矛盾时隐含作者的声音。在有些情况下,叙述者的叙述存在明显的缺陷,使读者不能够相信或认同他所说的话,读者需要对叙述者的话进行判别。这时隐含作者的声音就出现了,隐含作者为读者判断叙述者的话语提供了依据。例如《喧哗与骚动》中,班吉的叙述颠三倒四,混乱不清,读者需要从混乱的外表下厘清潜在的意思。如开头一段文字:"透过栅栏,穿过攀绕的花枝的空当,我看见他们在打球。他们朝插着小旗的地方走过来,我顺着栅栏朝前走。勒斯特在那棵开花的树旁草地里找东西。他们把小旗拔出来,打球了。接着他们又把小旗插回去,来到高地上,这人打了一下,另外那人也打了一下。"[1] 班吉所叙述的是他眼中看到的印象,这实际上是几个人在玩打高尔夫球的游戏。再如第三部分,杰生的叙述,杰生是个利欲熏心的人,但他的行为经过他自己的嘴说出来,似乎都变得有理有据、合情合理了。如对于老仆人迪尔西的态度,他说:"她太老了,除了还能艰难地走动走动,别的什么也干不了。不过这倒也没什么,反正厨房里需要有个人把年轻人吃剩的东西消灭掉。"[2] 对情人,"我给自己立下一个原则:绝对不保留女人给我的片纸只字,我也从不给她们写信"[3]。对于家里人,他认为他们是一帮疯子,"这家人一个是傻子,另一个投河自尽了,姑娘又被自

---

[1] [美]威廉·福克纳:《喧哗与骚动》,李文俊译,上海译文出版社2007年版,第1页。
[2] 同上书,第179-180页。
[3] 同上书,第187页。

己的丈夫给甩了"[1]。"我早就觉得这家人全都是疯疯癫癫的"[2]。对于这些言辞，如果仅从叙述者杰生的立场来看，似乎都是可理解的，似乎杰生倒是值得同情的受害者，他被一家人拖累着。然而，我们更要从隐含作者的立场去观察、评判杰生。杰生的抱怨、痛恨与诡计并不是因为别人的故意伤害所致，而是他自私自利的私心所导致的。他觉得所有人都在伤害他、拖累他。隐含作者实际上对杰生持批判态度，而不是杰生自己的叙述所流露出的同情态度。当叙述者与隐含作者两个主体发生差异时，隐含作者的声音就被凸显了出来，显示了隐含作者主体的作用。叙述者与隐含作者的不一致问题，在叙事学中有过大量的讨论，这就是不可靠叙述的问题。我们将在第三节着重讨论这一问题。

二、非虚构叙事作品中隐含作者的声音

自1962年韦恩·布斯在《小说修辞学》中首次提出隐含作者概念以来，学术界对于隐含作者理论的讨论持续半个多世纪。时至今日，隐含作者理论仍被广泛应用于小说电影等虚构作品的分析中。然而，学术界都把注意力集中在研究虚构叙事作品（如小说、电影）上，而对于非虚构叙事作品缺乏应有的研究。对于非虚构作品如纪录片中隐含作者的分析，更是较少涉及。上文中，我们通过对虚构叙事作品中隐含作者声音可辨性的研究提出，在虚构叙事作品中隐含作者的声音可以通过多种不同的途径表达出来，如次文本信息、公开的评论，通过其他主体的话语表达，从不同主体声音的裂隙中表达等。

那么，在非虚构叙事作品中，隐含作者的声音是如何呈现的呢？

国内学者赵毅衡从符号学理论视野出发，提出"普遍隐含作者"的概念。既然所有的文本都可以归纳体现出其意义——价值观的隐含作者，那么，可以找出隐含作者，是所有符号文本的必然条件。普遍隐含作者概念的提出，拓宽了我们研究非虚构性作品的视野，特别是对于纪录片文本中隐含作者的研究。在纪录片文本中，隐含作者并非作者，而是纪录片文本价值观的拟人格。

隐含作者既是"读者在阅读的过程中，根据文本建立起来的"，同时又是"通

---

[1] [美]威廉·福克纳：《喧哗与骚动》，李文俊译，上海译文出版社2007年版，第223-224页。
[2] 同上书，第224页。

过作品的整体构思,通过各种叙事策略,通过文本的意识形态和价值标准来显示自己的存在"①,申丹称之为隐含作者的编码与解码。②隐含作者的这一性质,得到国内学者的普遍认同。笔者认为,在纪录片中,隐含作者的这一性质不变。在纪录片中,受众通过观看纪录片文本,可以构建出文本中的隐含作者,同样,隐含作者通过组织纪录片文本的修辞策略来显示自己的声音,让观众在潜移默化中受到意识形态与价值观的影响,并在情感的认同和共鸣下,达到纪录片的传播效果。

在纪录片中,隐含作者采用什么样的修辞策略,用何种方式讲好故事,是决定纪录片能否实现其价值诉求的关键。赵毅衡认为,在分析新闻、历史等纪实性叙述时,容易在分析中得出修辞性"执行作者"。③这种修辞性"执行作者"的人格就是纪录片中的隐含作者,它通过各种修辞策略来彰显自身的存在。这是隐含作者在纪录片中发出自己独特"声音"的重要途径。笔者认为,隐含作者在纪录片中通过各种修辞策略,来让自己的声音融入纪录片叙事中。接下来,我们以纪录片《我的青春在丝路》为例,来考察非虚构叙事作品中隐含作者的声音。

在众多的"一带一路"倡议题材纪录片中,由芒果TV出品,共青团中央宣传部和湖南广播电视新闻中心联合摄制的主旋律纪录片《我的青春在丝路》,以其灵活的架构、鲜明的青春气息使它在大制作大框架的同类纪录片中脱颖而出,并成功入选庆祝新中国成立70周年推荐展播纪录片目录。《我的青春在丝路》自2018年成功推出第一、二季之后,应观众要求,2019年又推出第三季。三季共展播了24个"一带一路"国家、29位中国青年和当地居民的故事。纪录片《我的青春在丝路》交出了一份让观众满意的答卷。我们从纪录片中隐含作者叙事的"故事"和"话语"两个层面切入,对《我的青春在丝路》中隐含作者的叙事策略做深入探析。该片在故事层面以"故事化"策略为叙事框架,在话语层面,运用多角度叙事话语,让隐含作者的叙事修辞目的得到充分实现。接下来,我们在考察纪录片《我的青春在丝路》中,思考隐含作者如何通过组织这些修辞策略来彰显自己的声音。

---

① 罗钢:《叙事学导论》,云南人民出版社1994年版,第214页。
② 申丹:《再论隐含作者》,《江西社会科学》2009年第2期,第27页。
③ 赵毅衡:《广义叙述学》,四川大学出版社2013年版,第231页。

（一）隐含作者以"故事化"策略构建纪录片的叙事框架

申丹在论述隐含作者时提出，只有综合考虑编码（创作时的作者）和解码（作品隐含的这一作者形象），才能既保持隐含作者的主体性，又保持隐含作者的文本性。[①] 尽管申丹的论述是在小说的研究中展开，但笔者认为，这一结构同样适用于讨论纪录片隐含作者。纪录片《我的青春在丝路》总导演傅卓在该片的发布会上说过："我刚开始做这个片子不想做得特别大，因为你想体现大主题时，反而需要从最小层面着手。"《我的青春在丝路》虽然是宏大题材，却没有采用宏大故事的叙事模式，而是将广阔的世界格局以具体的小故事来呈现。通过以小见大的方式，呈现"一带一路"倡议这一宏大的时代主题，让观众感到亲切、真实，易于引起观众的共鸣。

《我的青春在丝路》中用青春洋溢的人物讲述在异国他乡奋斗的故事。这些故事底色是"一带一路"建设的宏大主题。但是，故事的讲述中，隐含作者并没有将"一带一路"建设的宏大主题以说教的方式展现在观众的面前。而是通过一个个生动具体、可触及的中国青年在异国他乡的真实经历，来让观众产生共鸣。"一带一路"建设是中国在大时代的伟大壮举，在这一壮举下的一个个鲜活的生命，一张张年轻的面孔，一件件真实的案例，在《我的青春在丝路》中一一展开。《我的青春在丝路》三季中，足迹遍布孟加拉国、巴基斯坦、哈萨克斯坦、巴西、东帝汶、尼日利亚、摩洛哥、津巴布韦、马达加斯加、阿富汗等20多个国家。从第一季巴基斯坦种水稻，尼泊尔引水隧道的修建，哈萨克斯坦油井的修建，吴哥古迹茶胶寺的修建，吉亚铁路的修建，到第二季摩洛哥努奥光热电站的修建，塞拉利昂医疗队的援建，尼日利亚阿布贡铁路的修建，莫桑比克马普托大桥的修建，等等。隐含作者让这些故事用有血有肉有情感的人来讲述，而不是用标签化的宣传，更不是用空洞的说教来讲"一带一路"建设这一宏大主题。《我的青春在丝路》故事化叙事中，隐含作者的修辞主要从两个方面展开。

1.巧设悬念让作品具有强大的戏剧张力和吸引力

《我的青春在丝路》中以纪实的手法，记录了29位青年建设者在异国他乡

[①] 申丹：《何为"隐含作者"》，《北京大学学报（哲学社会科学版）》2008年第2期，第140页。

的故事。这些建设者的故事引人入胜的一个最重要的原因就是悬念手法的娴熟运用。聂欣如将自然的悬念,通过人物情绪的传递构建出来,在纪录片中的悬念,主要有自然的悬念和通过人物情绪的传递来构建的悬念[①]。例如在第三季中,中国医疗援助队员张广军在马达加斯加阻击麻疹疫情。叙事就是从紧张的抢救中拉开序幕。凌晨5点,送来一位急救病人。才8个月大的男婴被送进张广军所在的安布文贝医院。能不能成功救助婴儿?到底还有多少个孩子生病?药物缺乏该如何应对?能不能成功阻击疫情蔓延?疫情不等人该怎么办?受众在这一系列悬念形成的紧张气氛中,随着隐含作者的结构安排,或喜或忧。直到片尾阻击疫情成功,孩子们露出纯真的笑脸,这才松了口气。

自然事件中的悬念在《我的青春在丝路》中运用最多。如在《东帝汶麝香猫的秘密》一集中,在节目一开始就以解说的形式设置悬念:"此时,正是八月,两周后季风即将登陆。每年雨季,没有采摘的咖啡豆,将遭遇灭顶之灾。能否赶在雨季前,收购到足够的猫屎咖啡,李满雄心里根本没底。"来自云南,到东帝汶从事咖啡贸易已经13年的李满雄在接下来的收购中能否如愿,成为受众的期待。这样的悬念就是自然的悬念。这是在我们生活中大多数人可能遇见的问题:能否完成预期的目标和任务?不论是在阿富汗援建大学的李沛龙,还是在津巴布韦与野生动物盗猎分子斗争的张广瑞,或是在印度尼西亚为恢复海底珊瑚礁与炸鱼的村民周旋的罗杰。隐含作者在讲述这些青春故事时,都是从设置悬念开始的,这些自然悬念的设置随着故事的展开,一层层拨开真相。

《我的青春在丝路》在故事化讲述的过程中,隐含作者常常通过人物情绪的传递来构建悬念。纪录片导演李亚玮曾指出,"一带一路"倡议话语体系的表达传播,既要显其大,也要见其小;既要有高度,也要有温度;既能发人深省,亦能激励人心[②]。《我的青春在丝路》中,隐含作者通过对这些鲜活的人物的故事的讲述,拉近宏大主题的表达与普通老百姓的距离。这些故事的讲述,不是冷冰冰的,而是有温度的,有困惑、痛苦、迷惘的情感体验的人的故事。值得注意的是,隐含作者在纪录片的悬念设置中,通过人物情绪的传递来构建悬念,这在纪录片

[①] 聂欣如:《纪录片概论》,复旦大学出版社2010年版,第296页。
[②] 李丹阳:《记录"一带一路" 讲好中国故事——对话纪录片〈一带一路〉总导演李亚玮》,《现代视听》2017年第7期,第31页。

中并不多见。例如在第三季中，在乌干达卡鲁玛水电站项目机电工区任主管的黄捷在水电站即将建成，面临乌干达员工不再续聘的问题时，十分苦恼。当黄捷宣布完不再续聘的名单时，工友们的失望和伤心一直影响着他，特别是与他有着深厚友谊的亚当。解说词从第三人称视角，作了一个补充说明："一连几天，黄捷的心情都十分低落。"这一情绪悬念的捕捉，让受众在期待接下来的剧情的同时，也看到了有情有义有担当的中国青年黄捷。

围绕"一带一路"倡议构想的实施，产生的猜忌、指责、误解及抵触等负面话语也应被纳入纪录片的话语体系中，这不仅仅关乎事实层面的完整，更代表了一种客观记录和传达的勇气和智慧。①《我的青春在丝路》中，没有完美的人物形象的塑造，这些年轻人在"一带一路"建设中，面临文化差异沟通困难等各种问题，个性鲜明的人物及性格迥异的对象，他们的困惑迷茫甚至急躁的情绪往往成为纪录片叙事进程的动力，成为隐含作者在叙事进程中设置的悬念。如在巴西建世界最长的电力"高速路"的卢军，遭遇施工时的误会，愤怒的农场主马尔在通往塔位的道路上设障，让坐落在其农场的四座塔座无法施工；豪放的东北小伙铁思佳在迪拜建电站，却要小心翼翼地"伺候"珊瑚。铁思佳对着镜头讲述："只要环保组织不满意，他们就有权利，让我们这个5 000多人的项目说停就停。"紧蹙的眉头，让我们透过屏幕也感受到了他的焦虑和紧张。能否顺利通过验收？这个悬念就这样通过铁思佳的情绪传递给了受众。而在孟加拉国负责修建帕德玛大桥的潘洁，年仅27岁，作为年轻的工程部部长，面临巨大的压力。在工地上因为施工问题经常火冒三丈。严格谨慎的管理，认真负责的潘洁，却因脾气太大，让工友们不愿与他同乘一条船。潘洁的急躁，让受众似乎看到了面对困难和压力时的自己。这个人物离观众如此之近，他的愤怒急躁和真诚牵动受众的心。隐含作者通过人物情绪构建的悬念，让这些大时代中的小人物真实立体，让这些宏大主题故事走到老百姓的身边。这些建设者年轻的生命，炙热的情怀，似乎触手可及。

2. 注重细节修辞让故事血肉丰满富有感染力

注重细节是《我的青春在丝路》故事化叙事的重要手段之一。伯纳德说："在

---

① 刘国强：《"一带一路"主题纪录片的表达创新与传播策略》，《陕西理工大学学报（社会科学版）》2018年第6期，第73页。

画面信息不够充分的情况下,细节可以用作背景。"①然而,在《我的青春在丝路》中,细节不仅仅是背景,不仅仅用于补充画面信息。在这里,隐含作者通过细节的捕捉和强调,以视听语言为载体,挖掘出大量隐藏信息或情绪,成为推动故事化叙事进程的有力手段。例如,在乌干达卡鲁玛水电站援建的黄捷,在去当地员工亚当的家时,纪录片捕捉到了一个细节:家徒四壁的亚当希望拥有一台电视机,二手电视已买,却没有电。而此时的亚当还有一个月就会失去这份工作。"如果还有工作的话,可以慢慢买太阳能板和卫星电池",亚当对着镜头说出的这番话,其中的辛酸,让人唏嘘。这个细节的捕捉,让受众一方面看到贫穷的亚当内心的希望和梦想,另一方面也感受到了乌干达水电站建设对于民生的重大意义。

《我的青春在丝路》中,特别是"突发"的细节的展现,让故事化叙事有了纪实性的风格。例如,在津巴布韦寻找大象嗨皮的夜晚,张广瑞带领的志愿者们在河滩上就地扎营,凌晨了点摄制组被志愿者叫醒。守夜的志愿者阳光,发现了树林里不同寻常的灯光信号:"你疯了,把灯灭了!""把灯灭了!""关不上!""别动,别动,进里面去!"摄制组和志愿者黑夜中慌乱的对话,让在没有配备武器的野外与盗猎者相遇的危险,毫无保留地呈现在画面中。在阿富汗,李沛龙对营地里里外外展开巡查时,排雷公司在即将开工的工地上发现了地雷疑似物,摄制组正准备去拍地雷,被李沛龙一把拉住。李沛龙毫不犹豫地把摄制组赶出了雷区。李沛龙面对摄制组要去雷区拍摄时的紧张,这一神态的细节捕捉及阻拦时坚定的语气让受众似乎能隔着屏幕感受到阿富汗土地上隐藏的、不可预知的危险。正如伯纳德所言,一个被放置得恰到好处的细节能够传达数量惊人的故事信息。②而这些故事信息的传达,又是建立在细节真实的基础之上。约翰·格里尔逊曾说,"纪录片之美,在于真实"。这里的"真实",不是别的什么东西,这是一种思想、一种观念,这种思想观念的确立就在于"我们相信",除此以外别无他物。③在故事化叙事的过程中,过分强调戏剧化,容易让纪录片失去真实的依托。受众的观看如果变成猎奇,就很难认同纪录片的情感导向,同样也不易与纪录片中的人物共情,极大地影响纪录片的传播效果。

---

① [美]希拉·柯伦·伯纳德:《纪录片也要讲故事》,北京联合出版公司2015年版,第233—234页。
② 同上。
③ 聂欣如:《纪录片概论》,复旦大学出版社2010年版,第48页。

纪录片《我的青春在丝路》的热播，让受众一致认可的一个重要原因，就是隐含作者在故事化叙事中，这些真实的细节的展示，让受众产生移情。这样的细节在《我的青春在丝路》中时常呈现。如李满雄在东帝汶收购猫屎咖啡时，有他拒收不合格猫屎咖啡时的果断决绝，却又有给了咖农路费的细节。这一细节凸显了李满雄理性讲原则却又不失温暖的个性特点；在马达加斯加狙击麻疹疫情一集中，重病婴儿法布鲁的一家25口人一整天只靠一把豆子充饥的细节，让受众无比同情持续高烧六天没钱医治的法布鲁，这些通过画面展现出来的极端贫穷让人难以忘怀。

（二）隐含作者通过多角度话语叙事传达丰富的信息

所谓话语，是指用来讲故事的一套手法，包括视觉（谁在看），声音（谁在说话），持续时间（讲述某事所需的时间），频率（一次讲述还是重复讲述），速度（一段话语涵盖多少故事时间）①。纪录片叙事话语的生成和建构来自隐含作者的主体意识，在文本中，往往体现为故事叙述的修辞方式的使用。在《我的青春在丝路》中，隐含作者的话语修辞主要包括以下4个方面。

1. 视觉修辞——注重环境镜头的叙事能力

《我的青春在丝路》中主要通过两类镜头来展开环境描述，对宏观环境描述的长镜头和对特定环境刻画的特写镜头，这两类镜头都极具视觉冲击力和感染力。《我的青春在丝路》中，"一带一路"倡议建设工程涉及20多个国家，跨越草原、热带雨林、沙漠、海底、高原等不同环境。这些宏壮瑰丽的环境镜头，在每一集的开头以序幕的形式展开。航拍全景的壮阔雄伟，与"一带一路"倡议建设工程的浩大壮观相呼应，立体化再现了"一带一路"倡议建设工程的壮丽景观，强大的视觉冲击力给受众带来极大的震撼。这些环境镜头，特别是长镜头的叙事能力极强。如在李满雄东帝汶收购猫屎咖啡一集中，纪录片一开始用长镜头航拍，俯瞰地处东帝汶西部正中的勒特佛霍山，随后跟拍36岁的李满雄乘坐的货车，在蜿蜒曲折的小路上，开往咖啡豆收购地点伊斯塔杜村。环境之美与路途之艰辛在镜头下一览无余，壮美的山脊与村落的贫困形成极大反差。瑰丽的自然环境与村

---

① [美] 詹姆斯·费伦：《作为修辞的叙事》，北京大学出版社2002年版，第170页。

民亟待改善的生存环境形成强烈对比，叙事便从这种视觉上的反差开始。

除了通过长镜头对环境进行宏观描绘，还有一些特写镜头，也极具震撼力量。在"一带一路"倡议建设中，这些年轻人在异国他乡遭遇各种困难和压力，有文化沟通的难题，甚至面临生命危险。李满雄带领村民上山寻找猫屎咖啡，偶遇巨蛇，镜头下巨蛇的头部特写，让人不寒而栗。《我的青春在丝路》中，有很多这样的特写镜头，比如在乌干达卡鲁玛水电站建设中，工地上出现过鳄鱼、蛇等动物，特写镜头中满嘴獠牙的河马的展现，让工作环境的恶劣呼之欲出。是什么样的力量，让这些年轻的生命坚守在这样的岗位上？每一集的最后，主人公直面镜头，告诉大家心中对于"青春"的理解。正是有这样的叙事镜头的展现，这些回答才能深入受众内心，让人信服赞叹。

2. 解说词的力量——客观的叙述和充足的信息增强说服力

在所有的修辞策略中，解说词是纪录片中最能体现隐含作者主体意识的内容。纪录片中解说词的使用，不仅能阐释或补充纪录片中的画面信息，对"揭示画面（乃至整个作品）深层内涵发挥作用——对丰富、完善视听形象叙事、说理的效果起到不可低估的作用。"①《我的青春在丝路》中，解说词用大量精确的数据对画面的信息进行补充说明。例如，在阿富汗修建喀布尔大学一集中，摄制组被李沛龙赶出雷区，紧接着解说词："这里每一寸土地都可能隐藏着不可预知的危险，由于战乱持续了40年，阿富汗是当今世界地雷密度最高的国家，总量达到了令人吃惊的970万枚。算下来，平均每平方公里就有15枚地雷。"这样的解说词，使画面中阿富汗可以直观的危险更加具体客观。这样理性的数据辅助炸弹爆炸及受伤群众的镜头，让画面表达的内容更加清晰明确，更有说服力。在乌干达修建卡鲁玛水电站一集中，对于乌干达缺电的现状，解说词用精确的数字进行说明："地处东非高原的乌干达，目前全国一年的发电量仅800兆瓦，许多村庄尚未通电。"接着，解说词告诉受众卡鲁玛水电站的作用："2019年12月，总投资约17亿美元的卡鲁玛水电站将正式发电。届时，乌干达的发电量有望增长一倍，不但能够缓解目前的缺电局面，还将有富余的电力，出口到邻国肯尼亚。"在巴西建设特高压线路一集中，解说词使用精确的数据加以说明："巴西美丽山二期项目，由中

---

① 朱景和：《纪录片创作》，中国人民大学出版社2015年版，第233页。

国国家电网公司投建,是世界上距离最长的±800 kV高压直流输电工程,全长2 539千米,输电能力400万 kW,能够满足2 800万人口的用电需求。"这些准确的数字,让受众真切体会到"一带一路"倡议建设不是一句简单的口号,而是中国建设者脚踏实地的辛勤工作,为非洲乃至人类的发展作出了贡献。

总之,在《我的青春在丝路》中,解说词使用大量客观准确的数据,补充画面中无法表达的信息。特别是对于"一带一路"倡议建设工程的展示、所在国家现状的说明,解说词都能尽量做到用数据说话、用事实说话、用真情说话,极大地避免了空话套话。这样的理性话语修辞,使影片有了让人信服的力量。

3. 分屏手法的运用——强化镜头语言的叙事功能和表意功能

分屏手法,又称分屏蒙太奇手法,作为一种影像剪辑手法,是指利用双屏或多屏的形式,同时处理两个或多个镜头内容,使多镜头同步呈现于一个画面之中。分屏手法的运用,在电影中并不罕见,作为一种特殊的剪辑方式,在纪录片中却极少运用。虽然早在20世纪30年代,约翰·格里尔逊就曾提出纪录片要"创造性地处理现实"。在传统的纪录片中,隐含作者的声音更多的是通过对镜头的取舍、主题的设计、背景音乐的选择等视听语言来实现的。而在《我的青春在丝路》中,隐含作者的主体意识还体现在对于真实情境的捕捉及艺术化手法"创造性地处理现实"上。这种创造性处理,其中一个重要的手段就是分屏手法的运用。

在马达加斯加狙击疫情一集中,隐含作者用分屏的形式多角度呈现疫情中婴儿的哭泣,援救医生的忙碌紧张和缺医少药的困局。两组动态分屏画面的连续使用,极大增强了画面的修辞感染力。多个镜头的画面给受众带来直观的视觉冲击和情感上的震撼。在《津巴布韦:大象的守望者》一集中,为了寻找大象嗨皮,张广瑞一行人乘充气船,沿着赞比西河航行,航行需要通过河马聚集的河面。尽管张广瑞一再小心,但状况还是发生了,踩到油管,船停了下来。这时,隐含作者用分屏的形式同步在画面中展现两个动态镜头,一边是正在逼近的河马群,一边是充气船上慌乱的人群。这组镜头同时映入受众眼帘,带领受众进入叙事情境中。画面采用分屏的形式展现的动态镜头,让受众获得了身临其境的体验感。而接下来的一瞬间,五只河马全部下潜,向船只逼近。船依然没法启动,当地卫队的随行者立刻举枪上膛。这样紧张的氛围,让恐惧的情绪隔着屏幕开始蔓延。在

《迪拜：一半是海水，一半是火焰》一集中，隐含作者连续使用两组分屏的画面，同步展现迪拜海底待检测的珊瑚的美丽动人，以及铁思佳和同事对于严苛的监测产生焦虑情绪的特写镜头。这样诉诸视觉的对比，使纪录片的客观影像与情感结合起来，增强镜头语言的叙事功能和表意功能。

4. 隐喻修辞——潜移默化地激发观众的情感共鸣

隐喻的修辞策略在《我的青春在丝路》中被大量使用。隐喻是指把两种不相关的现象联系在一起，暗示它们之间隐含的相似性。①《我的青春在丝路》中，隐含作者通过隐喻的修辞手法，引导受众通过视听画面的暗示，更深层次地思考纪录片要表达的思想或情绪。《我的青春在丝路》中，有的隐喻通过直接的视觉体验产生，如在《弹坑上的象牙塔》一集中，爆炸后失去双臂的孩子的镜头，让人触目惊心；在马达加斯加狙击麻疹疫情的片头，幸福地依偎在母亲身上小动物的镜头，与接下来疫情中母亲怀中痛苦的儿童的镜头形成对比，给受众带来强烈的视觉冲击。"我们是否接受纪录电影所提出的观点或论证，很大程度上有赖于影片的风格和修辞是否具有说服力，以及我们潜在的动机。"②在纪录片中，如果隐含作者一味地强势介入作品中，过多地使用客观的第三人称的上帝式的解说词，容易与受众拉开距离。而隐喻的使用，让隐含作者主体意识不露痕迹地融入纪录片的视听语言中。正如尼科尔斯所言："用隐喻方式进行表达，往往是使我们相信某一观点优于其他观点的最有意义最具说服力的方式。"③例如，在马达加斯加狙击麻疹疫情一集中，尽管医生竭尽全力，八个月大的男婴还是没能救活。慢镜头中呈现枯黄的野草和燃烧的野火，这一画面既能暗示对没能救活婴儿，参与救援的医生内心的巨大痛苦；更能直观地喻示麻疹疫情，就像野火一样摧残生命，让受众久久沉浸于悲伤之中。

如果说在《我的青春在丝路》中，解说词的力量体现在隐含作者在话语层面的强势介入与表达，那么隐喻修辞的力量则表现为隐含作者在话语层面的暧昧含蓄的欲说还休式的表达。这些带有暗示性的镜头及音乐，使纪录片有了更深层次的意蕴，让纪录片的表达不仅仅停留在解说词的精确信息层面，也让受众不仅仅

---

① ［美］比尔·尼科尔斯：《纪录片导论》，中国电影出版社2016年版，第83页。
② 同上书，第110页。
③ 同上。

文学隐含作者论

是信息的接收者,更是意义的生产者。

综上,"一带一路"倡议题材纪录片《我的青春在丝路》中隐含作者采用以"故事化"策略构建纪录片的叙事框架,从小问题入手,展现大主题,同时使用多角度的话语修辞,来传达丰富的信息,带领受众在潜移默化中形成移情的修辞效果。《我的青春在丝路》中隐含作者的这些修辞策略,让隐含作者的声音得以彰显,让这些遥远的"中国故事"离受众越来越近。

第二节　隐含作者与话语内主体的关系

上一节我们着重考察了如何发现隐含作者的声音这一个问题。在文学文本内,隐含作者并不像人们通常所认为的那样"沉默不言"。相反,隐含作者的声音无处不在,无时不在,隐含作者声音的存在是非常重要的一个文学因素。那么,隐含作者这一主体与作品内其他主体的关系是什么样的呢?

本维尼斯特在讨论话语与主体的关系时,只着重讨论了三类主体,即言说主体、言语主体和被言说主体。没有深入讨论话语内主体的问题,大概是因为作为一个语言学家,他所举的例子多是篇幅短小的一两句话,话语内主体没有形成重要的主体性力量。但是在文学话语中,篇幅长了,话语内主体的地位也由配角上升为主角,尤其是在叙事性的文学作品中,话语内主体的表现是叙事的重要内容。我们需要对隐含作者与话语内主体的关系进行深入的研究。

一、隐含作者对话语内主体的调节

不论是隐含作者、叙述者还是人物,他们都是依靠话语建立起来的主体。虽然他们共享同一套话语,但却有各自独特的主体性。对这些不同主体性之间的关系的认识和理解将决定读者如何去阅读和理解文学作品。通常情况下,叙述者和人物是直接活跃于纸面上的,读者一看便知哪个是叙述者的声音,哪个是人物的话语。但是,读者能否直接与叙述者和人物照面呢?读者与人物和叙述者可以进行交流,但这种交流并不是像表面看上去的那样简单、直接。在读者与叙述者和人物之间还存在另一重中介:隐含作者。读者只有通过隐含作者的渠道才能认识和理解叙述者与人物的话语。同样,叙述者和人物的声音也只有经过隐含作者的中转才能发送给虚构世界之外的读者。隐含作者主体在这里就像一面有色的透镜,它是虚构世界内外的通道,但同时,又对经过它的信息进行过滤。经过隐含作者这一中介的作用,读者才能接触到故事世界,才能理解叙事文本内主体的思想,才能有符合文学规则的理解和判断。我们以鲁迅先生的小说《孤独者》为例,来看看隐含作者的中介作用。

小说中魏连殳在人们目光的聚焦中出场。首先是S城的"人们"说他有些古怪。"他所学的是动物学,却到中学堂去做历史教员;对人总是爱理不理的,却常喜欢管别人的闲事;常说家庭应该破坏,一领薪水立即寄给他的祖母,一日也不拖延。"在S城的人们看来,魏连殳是个古怪的人,他的古怪行为为人们茶余饭后贡献了"谈资"。其次是魏连殳的本家亲戚,他们也都无法理解魏连殳的言行。"仿佛将他当作一个外国人看待,说是'同我们都异样的'。"[①] 在村里人看来,"他确是一个异类"[②]。在祖母的葬礼问题上,本家亲戚们聚在一起,事先商量着如何一致对付魏连殳,防止他在葬礼上"改变新花样"。但魏连殳并没有对他们的谋划提出异议,葬礼一切如旧,按照老规矩"井井有条"地完成了。但这并不表示魏连殳认同了他们的旧思想。虽然他按照旧例走完了葬礼的全过程,但他"始终没有落过一滴泪"。直到大殓结束,"大家都怏怏地走散"时,他才突然放声大哭。"像一匹受伤的狼,当深夜在旷野中嗥叫,惨伤里夹杂着愤怒和悲哀。"[③] 如此一哭倒让"大家都手足无措了",因为这是"老例上所没有的"。魏连殳的哭除了对祖母的悲恸,也是对"老例"的反抗。

拿魏连殳当"谈资"的人,是遵循老例的本家亲戚,是看热闹的村里人,这些人虽然与魏连殳发生冲突,但还没有造成直接严重的后果。另一些攻击他的人则与魏连殳发生了激烈的冲突,并且造成了严重的后果。攻击他的人来自四面八方。小报上有人匿名攻击他,学界有关于他的流言,他所供职的学校把他辞退了。面对四面八方的攻击,魏连殳毫不退缩。衣食无着就典卖器物,甚至连他最珍爱

---

① 鲁迅:《孤独者》,见《鲁迅小说全编》,人民文学出版社2006年版,第239页。
② 同上。
③ 同上书,第241页。

的三本书都卖了。他曾开口请"我"给他介绍份工作,但最终无果。后来他似乎是屈服了,他当了"杜师长"的顾问,每月有八十六元大洋的"高薪"。并且与 S 城的"公正士绅"们相互唱和,似乎已经完全融入了他们。相比于葬礼上与本家亲戚们的冲突,这场战斗中,魏连殳所面临的对手要强大得多。报界的、学界的、军政界的、教育界的,S 城所有的上层力量合力对魏连殳展开了围剿。面对如此强大的敌人,魏连殳真的是"走投无路"了。他"投降"了。但和前一次斗争一样,投降只是表面的现象。实际上,他在进行一种飞蛾扑火的"自杀式"袭击。当了顾问有了钱,但"他就是胡闹,不想办一点正经事"①。"他就不肯积蓄一点,水似的花钱。"② 他不娶妻生子、不成家立业,没有未来的规划,完全是一副自虐的生活态度。这就是魏连殳的反抗方式,如他自己所说"我已经真的失败——然而我胜利了"③。

除本家亲戚、名流士绅,这些与魏连殳敌对的人物外,"我"是另一个与魏连殳发生密切关系的人。虽然"我"与他相识只是他死之前的一段时间,但似乎只有"我"才真正与魏连殳交往过,有过几次推心置腹的谈话。"我"与魏连殳是什么样的关系?"我"是魏连殳的朋友、战友、敌人还是路人?小说是从"我"的视角来展开叙述的,"我"的视角影响着读者对魏连殳的理解。

"我"与魏连殳的关系,虽然不像其他人那样是敌对的,但也很难说是志同道合的战友。虽然"我"同情魏连殳的遭遇,关心他的生活状况,试图帮助他解决生计问题,但"我"的叙述在很多地方暴露出"我"与他之间的距离和分歧。"我"一开始对魏连殳的印象是:"只要和连殳一熟识,是很可以谈谈的。他的议论非常多,而且往往颇奇警。""我"只是觉得魏连殳的议论"多"而"奇警",实际上并没从心底里理解与认同这些议论。"我"是个什么样的人呢?"我"一直忙的事情是为生计在奔波,从 S 城到山阳,到历城,又到太谷,最后又回到 S 城。魏连殳被辞退后曾求"我"帮助,"我"出于同情,也曾"设法向各处推荐一番"。然而"我"的举动很快也受到攻击。小报上有人攻击"我""挑剔学潮""呼

---

① 鲁迅:《孤独者》,见《鲁迅小说全编》,人民文学出版社 2006 年版,第 260 页。
② 同上。
③ 同上书,第 254 页。

朋引类"。这是"我"没料到的,所以倍加小心起来。"我只好一动不动,除上课外,便关起门来躲着,有时连烟卷的烟钻出窗隙去,也怕犯了挑剔学潮的嫌疑。""我"只图自保,魏连殳所托之事自然不了了之。虽然"我"极小心,但仍未能幸免。"但我也终于敷衍不到暑假,五月底,便离开了山阳。"① 实际上是被赶出了山阳。"我"辗转几个城市谋生,最后回到 S 城。"我"同情魏连殳,也很想帮助他,但自身难保,力量有限。"我"并不想得罪那些掌握"我"饭碗的人。在魏连殳被辞退后,"我"曾劝过他要乐天知命。"我以为你太自寻苦恼了。你看得人间太坏……""你实在亲手造了独头茧,将自己裹在里面了。你应该将世间看得光明些。"②

"我"的这种思想显然是魏连殳所不能接受的。"我"与魏连殳的关系非敌非友,难以简单概括。所以魏连殳写给"我"的信中,在称谓的部分留下了"空白"。他也不知道该如何称呼这个他与之通信的人,是"申飞君""申飞同志""申飞先生"还是"申飞"?但可以肯定的是,魏连殳并不将"我"视为同类。对于"我",他可以肯定的是"我们大概究竟不是一路的"③。

除围攻他的人和"我"这个关系不明的人外,与魏连殳发生关系的还有一类人,是与他较为亲近的人。首先是他的祖母,祖母并不是他的亲祖母,因为祖母是他父亲的继母。祖母算是寿终正寝,"正无须我来下泪",但魏连殳还是大哭了一场,因为祖母和他一样是个孤独的人。祖母总是冷冷的,一生都遭受到别人的欺凌。当魏连殳想到这里,便勾起了他自己的处境,因而放声大哭起来。祖母的去世使他更加孤独了。其次是一帮"志同道合"的朋友。他的客厅里常常来些客人,这些人"大抵是读过《沉沦》的罢,时常自命为'不幸的青年'或是'零余者',螃蟹一般懒散而骄傲地堆在大椅子上,一面唉声叹气,一面皱着眉头吸烟"④。这些人似乎与魏连殳站在同一个阵线上,他们也反对旧思想。然而,当敌对力量真的联手发动攻击时,他们全部销声匿迹了。魏连殳被辞退后,客厅便荒凉了起来,原先来的客人大多因为怕受牵连而遁去了。魏连殳感受到了彻底的孤独,现在"你看,有一个愿意我活几天的,那力量就这么大。然而现在是没有了,连这一个也

---

① 鲁迅:《孤独者》,见《鲁迅小说全编》,人民文学出版社 2006 年版,第 256 页。
② 同上书,第 249 页。
③ 同上书,第 255 页。
④ 同上书,第 244 页。

没有了"①。事实表明,这些人都是懦弱的,虽然有革命的念头,但没有革命的胆量和意志。这正是魏连殳不同于他们的地方。除"祖母"和"朋友"外,魏连殳还有一个爱好,喜欢孩子。他认为"孩子总是好的,他们全是天真的"②。似乎唯有不懂事的孩子与他站在一起,才能略微安抚他孤独的心。敌人四面八方涌来,祖母死了,朋友逃跑了或投降了,孩子们也无法给他支援,他成了唯一一个在战斗的人,一个彻头彻尾的孤独者。他不能投降,所以,只能杀身成仁。"我已经躬行了我先前所憎恶、所反对的一切,拒斥我先前所崇仰、所主张的一切了。"③他从肉体上消灭了自己,或者说是被消灭,但他的精神依然在战斗。人们还在谈论他"交运"后的怪异行为,他愤怒和悲哀的嗥叫也依旧回响着。

魏连殳的死亡是必然的,因为对手太强大了,而他又太弱小了,而且得不到支援。"我"在魏连殳的死亡中,无意中扮演了一个关键角色。魏连殳向"我"求助,然而"我"却慑于流言蜚语只图自保,没有向他伸出援手,然后魏连殳就做了杜师长的顾问。"我"是魏连殳客厅里最后一个客人,是他最后的一点希望,然而"我"的怯懦自私直接将他推入了火坑。

魏连殳被迫成为"孤独者",这是隐含作者所要表达的意思。只有从隐含作者的立场才能明白,魏连殳为何是孤独者,他为何又必然会死亡。从其他任何人的口中,读者都无法理解他的孤独和死亡。在士绅权贵看来,他是挑剔学潮的危险分子;在本家亲戚看来,他是不尊老例的逆子;在普通大众看来,他只是"谈资"的来源;在叙述者"我"看来,他是一个尚未学会为人处世的怪人。这些主体的眼光都折射出了魏连殳的某一个方面,但读者却不能完全依照这些眼光来解读魏连殳这个人物。在这些主体之上,还有隐含作者的声音,只有从隐含作者的意图角度才能理解魏连殳的孤独和死亡。我们上面的分析就显示了隐含作者视角在判断人物、理解人物关系中的重要作用。

我们前文论述过,人的主体性不是孤立的,主体性要在人与人的关系中才能形成。魏连殳的主体性特征表现为"孤独的、意志坚定的、有爱心的革命者"。

---

① 鲁迅:《孤独者》,见《鲁迅小说全编》,人民文学出版社2006年版,第254页。
② 同上书,第244页。
③ 同上书,第254页。

这种主体性是在与其他各种主体的交往关系中形成的，隐含作者安排了这些人物关系，并将他的意图通过这些主体关系表达出来。隐含作者的视角是最高的主体性力量，其他各个主体的视角信息，只有经过隐含作者视角的中介才能被读者恰当地理解。隐含作者调节着、控制着文本内各种主体的关系。隐含作者是文本内主体（叙述者、人物）与文本外主体（读者）交流的通道，是调节文本内外关系的中介性主体。

德国叙事学家安斯加·纽宁曾经对叙事中各个主体间的关系做过详细的研究，他提出一种"视角结构"理论。叙事中每一个主体都有自己的视角，每个人物都有属于他的思想、情感、行为特征、信念、知识结构，每个人物的视角所投射的范围就构成了一个世界，它是包含在整个叙事世界内的一个微观世界。一个叙事中人物越多，这样的小世界就越多。不同主体的视角领地并非界限分明的，而是相互交错的。有的相互冲突，有的存在重叠。有的一个小世界内又包含其他世界。纽宁把这种"投射于一个文本中的不同个体的视角之间的关系"称为"视角结构"。

但是纽宁只考察了叙事文本中两类主体的视角之间的关系，即叙述者与人物的视角。在他的论述中没有提到隐含作者的问题。而实际上，隐含作者在每一部叙事作品的视角结构中都是不可或缺的。因为他是处于最外层的主体。从视角结构这一理论，我们可以更清楚地理解《孤独者》中的主体间关系。《孤独者》中存在的每一个主体或每一类主体都有自己的主体性视角，高层的士绅权贵与底层的本家亲戚都是封建旧礼教旧制度的捍卫者，而魏连殳却是旧制度的反抗者和破坏者。前者视后者为异端、另类，后者则视前者为腐朽、残忍。"我"的视角并不构成超越性的力量，"我"与双方都有交锋，但立场始终游移不定。"我"既没有完全站到权贵们的阵营，也没有给予魏连殳真正的支援。"我"实际上与魏连殳的许多"客人"一样，是临阵脱逃的懦夫。但读者对"我"的判断不是从"我"的叙述话语中察觉出来的，而是从隐含作者的角度来认识和判断的。没有隐含作者作为最后一个判断的依据，读者就无法认清不同主体之间的关系。纽宁所说的"视角结构"也就是叙事作品中不同主体之间的关系结构。但纽宁忽视了隐含作者是个严重的缺陷。隐含作者主体是一部作品完整的视角结构的基础，是作品中最重要的统一性力量。

二、隐含作者的统一性与对话性

隐含作者的主体性是作品的统一性力量，是读者理解和判断的依据。但是我们会碰到另一种情况，这些作品中隐含作者的立场不确定，或隐含作者的意见相对于人物或叙述者来说并没有压倒性。有时，隐含作者似乎担负不了统一的重任。这种作品巴赫金称为"复调"作品。隐含作者与主人公似乎处于同一个平等位置上，两者是平等的对话关系，谁也说服不了谁。那么，如何理解隐含作者的统一性与对话性呢？

巴赫金并不知道隐含作者概念，而是笼统地使用"作者"来论述。但这并不意味着巴赫金对隐含作者一词所指称的事实一无所知。实际上，巴赫金在相当大程度上已经接近于提出隐含作者思想了。虽然行文中巴赫金只用了一个"作者"，但在一些地方，对"作者"所包含的两种方向，即真实作者与隐含作者做了区分。不过巴赫金并没有使用这两个术语，而是用了一些描述性的短语来指称两者，如"作为思想家的陀思妥耶夫斯基"与"作为艺术家的陀思妥耶夫斯基"，或"作者本人"与"创作作品的作者"，又或"作品之外的作者"与"作品内的思想形象"。巴赫金说：

> 的确如此，作为思想家的陀思妥耶夫斯基的思想，一旦进入他的复调小说，便会改变自己存在的形式，成为艺术性的思想形象。它们同人物形象（如索尼娅、梅思金、佐西马）结合成不可分割的统一体。……绝对不可把独白小说中作者思想所起的完成论定的作用，强加于这些思想形象身上。它们在这里根本不起作用，只是大型对话中平等的参与者。如果说作为政论家的陀思妥耶夫斯基对个别思想和形象有所偏好，而这也偶尔反映到他的小说中去，那么这种偏好也只表现在表面的因素上（如《罪与罚》中带有假定性的独白型尾声），却不会破坏复调小说的强大的艺术逻辑。艺术家陀思妥耶夫斯基总是战胜政论家陀思妥耶夫斯基。
>
> 总之，陀思妥耶夫斯基本人在其创作的文艺作品之外以独白形式发表的思想（如在文章、书信和口头交谈中），仅仅是他小说中某些思想形象的原型而已。因此绝对不可用评论这些独白型的思想原型来取代对陀思妥耶夫斯基复调的艺术思

想的真正分析。①

作为思想家、政论家的陀思妥耶夫斯基会公开发表一些文章，表达他一定的哲学、宗教和社会政治等方面的看法。这些文章里的思想无疑是独白的，是陀思妥耶夫斯基这个个体所具有的真实的思想。但在他的小说中的"艺术家陀思妥耶夫斯基"只是一种"思想形象"，它与其他人物的主体发生密切的关系，依靠这些关系而存在于作品中。巴赫金说："作者我们可以在作品之外找到，这时他是一个过着自己传记生活的人。但我们又可以在作品当中遇见他，这时他是作品的创造者。"②作品之外的作者与作品之内的"作者"是不同的，不能把"创造作品的作者同作者其人混为一谈"③。这里巴赫金已经对真实作者与隐含作者的不同有所认识，只不过没有更深入下去进行分析，而且由于仍然笼统地使用"作者"一词来指称两者，所以很容易会使人产生误解。不过，经过详细的梳理，我们明白参与到对话中的不是真实作者，而是隐含作者。那么，隐含作者能否对话呢？对话性与隐含作者所拥有的统一性力量是否矛盾呢？首先我们看一下巴赫金对这种对话关系的描述：

总之，在陀思妥耶夫斯基的复调小说里，作者对主人公所取的新的艺术立场，是认真实现了的和彻底贯彻了的一种对话立场；这一立场确认主人公的独立性、内在的自由、未完成性和未论定性。对作者来说，主人公不是"他"，也不是"我"，而且不折不扣的"你"，也就是他人另一个货真价实的"我"（"自在之你"）。④

在陀思妥耶夫斯基的小说中，作者讲到主人公，是把他当作在场的、能听到他（作者）的话，并能作答的人。⑤

对话表现在"作者"（隐含作者）没有采用高高在上的姿态，而是以平等的眼光去看待主人公，主人公不是被动地被讲述、被描述的对象，而是独立的、自由的、未完成的、未论定的主体。巴赫金连用了四个词来描述对话中的主人公，其中只有"未论定"才是对话性小说中人物的特征。"未论定"并不是指读者无

---

① [苏联] 巴赫金：《陀思妥耶夫斯基诗学问题》，白春仁、顾亚玲译，三联书店1988年版，第138-139页。
② [苏联] 巴赫金：《小说理论》，白春仁、晓河译，河北教育出版社1998年版，第456页。
③ 同上书，第455页。
④ [苏联] 巴赫金：《陀思妥耶夫斯基诗学问题》，白春仁、顾亚玲译，三联书店1988年版，第103页。
⑤ 同上。

法对人物进行判断,而是说"作者"(隐含作者)没有对"人物"进行判断,隐含作者没有对某个人物下个定论。在《孤独者》里,隐含作者对主人公下了明确的定论——"孤独者"。但在《罪与罚》中,隐含作者没有明确的这样下定论的话语。隐含作者不作定论给读者的理解和判断带来困难,但并不会阻止读者作出判断。

实际上,对话性并没有否定掉隐含作者的统一性性质。隐含作者仍然是文本中最重要的统一性力量。因为不论是独白还是对话,都是隐含作者所采取的表达策略。独白性的主体关系可以表达明确无误的一种观点,而对话性的主体关系则适合表达比较复杂的思想。而且容易激发接受者的思考,收到更好的交流效果。对话性质并不意味着隐含作者完全放手不管了,实际上隐含作者仍然是文本控制者,只不过他给了主人公充分的独立和自由,这一点巴赫金也有所说明,他说:

这首先是主人公在小说结构内部,对作者保持着自由和独立,确切地说,是对作者通常所作的形诸于外的总结性评语,保持着自由和独立。这当然不是说,主人公超脱于作者艺术构思之外。不是这样。他的这种独立和自由,恰恰在作者的立意之中。这一构想似乎预先便许给了主人公以自由(自然是相对的自由),同时本身也是作品整体严整构思的一部分。①

作品的对话性质是在隐含作者整体构思下的一种叙事方式、表达策略。对话性并没有将文本的统一性打破,反而在更高的层次上形成了统一性的整体。巴赫金称为"复调小说的统一体"。"复调的实质恰恰在于:不同声音在这里仍保持各自的独立,作为独立的声音结合在一个统一体中,这已是比单声结构高出一层的统一体。"②这种统一体正如中国古典美学所说的"和而不同",不同的声音构成和谐的整体。这恰恰体现了隐含作者的统一性,只不过不是像独白型小说那样,以单一的声部来压倒其他声音,而是让各个声部交相辉映,奏出和声。

隐含作者依然发挥着统一性的作用,只不过这种统一性的实现方式可能不同。隐含作者可以选择独白性的方式表达他的声音,也可以通过对话的方式来表现他的存在。不管哪种方式都会影响到读者对故事世界的理解和判断。在独白性文本

---

① [苏联] 巴赫金:《陀思妥耶夫斯基诗学问题》,白春仁、顾亚玲译,三联书店1988年版,第38页。
② 同上书,第50页。

中，读者完全依照隐含作者的视角来理解和判断故事中的一切；而在对话性文本中，隐含作者没有提供这样简单判断的基础，他让读者用自己的头脑去思考、分析，尽可能做出自己的解答。这也正是对话性的隐含作者的意图所在。

第三节　不可靠叙述

第一节我们遗留了一个问题，叙述者与隐含作者的矛盾会导致不可靠叙述的产生。简单地说，就是并不是所有叙事文本中的叙述都可以让它的读者信服认同，有些叙述者的话语是不能相信的。这时的叙述话语就成了"不可靠叙述"。叙事学界对这一现象作了很多的研究，但仍然存在着不少分歧。其中主要集中于如何界定"可靠"与"不可靠"的叙述。主要存在两种对立的立场：修辞的与认知的。这两种立场对不可靠叙述的理解与定义不同，彼此之间也相互指责对方是错误的。但是在我们看来，这两种立场之间并不存在根本上的对立，反而它们的结合更能揭示双方之短，发扬各自之长，使我们对不可靠叙述的认识更加全面，更易于在文学批评中使用这一理论。

一、不可靠叙述的修辞论解释

修辞方法的第一个代表人物就是韦恩·布斯。他的《小说修辞学》首次提出了隐含作者概念，并在隐含作者的基础上形成不可靠叙述理论。他对不可靠叙述作了这样的定义：

当叙述者为作品的思想规范（亦即隐含作者的思想规范）辩护或接近这一准则行动时，我把这样的叙述者称之为可信的，反之，我称之不可信的。[1]

布斯的这个定义简单明了，可靠和不可靠叙述只涉及两个主体：隐含作者与叙述者。隐含作者的规范是参照的基础，如果叙述者的认识、理解、思想与隐含作者一致，那么他的叙述就是可靠的叙述；如果叙述者的叙述与隐含作者的立场不一致，那么他的叙述就是不可靠的。这种差异会导致读者的不同接受反应，在

---

[1] [美]韦恩·布斯：《小说修辞学》，华明译，北京大学出版社1987年版，第178页。

可靠的叙述下，读者是认同叙述者的话语的。而在不可靠叙述的情况下，读者不会全然认同叙述者的话，而是要根据隐含作者主体的立场来甄别叙述者的话，然后形成自己的判断与理解。

布斯是芝加哥学派（新亚里士多德学派）的代表人物，是修辞叙事学的奠基者。他对不可靠叙述的定义表现出了强烈的修辞论色彩。20世纪中叶的美国文学批评界，被新批评所占据，新批评所主张的形式化内在研究成为文论界的压倒性声音。但是布斯一派的立场却是反形式化的，他们继承的是亚里士多德的修辞论思想。在古希腊人看来，修辞就是一种寻求最佳表达方式以影响人说服人的技能。就文学来看，文学也是一种修辞，要达到影响读者或观众的目的。所以，亚里士多德要求悲剧具有"净化"效果。

新批评的形式主义立场割断作品与作者、作品与读者的联系，把作品作为孤立的对象进行纯形式上的分解操作，因而，也就完全否定了文学作品影响人、感染人的修辞功能。新亚里士多德学派则反对这种观点，他们继承了亚里士多德的修辞思想，坚持认为文学重在产生影响人的作用。布斯的《小说修辞学》就是这种观点的代表。

《小说修辞学》写作的动机，就是反对20世纪初以来弥漫在小说创作和小说批评界的"非个人化"思潮。非个人化思想倡导作家从作品中消失，作家不在作品中发表评论；甚至不透露一点自己的思想倾向，从而达到客观化的效果；让作品真实客观地反映现实，作家不做判断。布斯认为，"非个人化"和"客观性"只是一种无法达到的愿望，他用修辞学的方法进行详细的分析，认为即使在那些号称纯客观的作品中，作者仍然通过各种各样的手段在影响和控制着读者的反应。布斯认为作者的控制力量从未在作品中消失过。

要使技巧的自然本身成为一个目的，也许根本就是一种不可能的目标。无论一部作品具有什么样的逼真，这个逼真总是在更大的人为性技巧中起作用的；每一部成功的作品都以自己的方式显示是自然和人为的。现在我们很容易看出在本世纪初还看不大清楚的东西：不论一位非人格化的小说家是隐藏在叙述者后面，还是观察者后面，是像《尤利西斯》或者《当我弥留之际》那样的多重视角，还是像《青春期》或康普顿·伯内特的《父母与孩子》那样的客观表面性，作者的声音从未真正沉默。事实上，它正是我们读小说所要求的东西（第七章），除非作者为自己认为是更优越的自然规定了大量应做之事，我们是不会为它感到不安的。①

布斯认为作家的声音从未真正从作品中消失过，作家的影响力也从未消失过。"作者的声音仍然起主导作用。随着议论的取消，保留下显示判断和引起反应的许多手法。"②作家可以不公开发表评论，但仍然有足够多的修辞手段来传达他的声音，发挥他的影响力。这是无法避免的。"作者不能选择是否使用修辞性的升华，他唯一可以选择的是他所使用的修辞类型。"③

不过，虽然布斯在这里都用的是"作者"两字，但布斯所说的"作者"并不是指生活中的作家个人，而是作品中的隐含作者。作家的控制能力就是隐含作者的控制能力。隐含作者是整个作品修辞过程的发起者和实际控制者。不可靠的叙述是隐含作者影响读者的一种典型修辞手段。不可靠叙述可以激发读者主动思考叙述者的话语，对作品中的各种信息加以分析、形成判断，不可靠叙述形成反讽、同情等阅读效果。所以，不可靠叙述是一种主要的叙事修辞方法。

布斯之后，另一个重要的修辞叙事学家是詹姆斯·费伦。他是布斯的学生。在不可靠叙述的问题上，他一方面继承了布斯的修辞立场，另一方面又对不可靠叙述理论进行了发展。首先他对可靠与不可靠叙述的定义与布斯基本一致。

可靠的叙述指叙述者对事实的讲述和评判符合隐含作者的视角和准则。不可靠的叙述指叙述者对事实的报告不同于隐含作者的报告的叙述，或叙述者对事件和人物的判断不同于隐含作者的判断的叙述。第二种不可靠性比较常见。④

费伦的这一定义基本上是对布斯的重复，都是以叙述者是否与隐含作者相一致为区分的标准，隐含作者是最终的参照物。费伦又扩展了布斯的理论，对叙事中的不可靠现象进行了分类。费伦认为不可靠叙述可以在三个维度上存在。"根据不可靠性轴的提法，可以进一步区分不可靠性的类型：发生在事实/事件轴上的不可靠报道，发生在伦理/评价轴上的不可靠评价，发生在知识/感知轴上的

---

① [美]韦恩·布斯：《小说修辞学》，华明译，北京大学出版社1987年版，第63-64页。
② 同上书，第302页。
③ 同上书，第127页。
④ [美]詹姆斯·费伦：《作为修辞的叙事：技巧、读者、伦理、意识形态》，陈永国译，北京大学出版社2002年版，第173页。

不可靠读解。"[1] 在"事实/事件"轴上,叙述者发挥的是"报道"事实的功能,他所报道的事实可能与隐含作者一致或不一致。在"伦理/评价"轴上,叙述者发挥的是"评价"功能,对故事内的人物或事件从伦理、价值等方面作出评价,他的评价与隐含作者可能一致或不一致。最后在"知识/感知"轴上,叙述者发挥的是"解读"的功能,叙述者对故事内的因素作出一定阐释,他的阐释与隐含作者可能一致也可能不一致。

费伦进一步考虑了读者在面对不可靠叙述时候的两种反应。"从读者来说,他们一旦确定不能对叙述者径信其辞,就会采取两种根本不同的行动:抛弃那些言辞,尽可能重建一个更为满意的叙述;像我们对待威茅斯选段一样,接受叙述者的讲述,但是加以增补。"[2] 也就是说读者在面对不可靠的叙述者时可能采取两种不同的解读方式:一是完全抛弃掉叙述者的叙述;二是部分相信叙述者的叙述,但认为叙述者的叙述是不充分的,需要加以补充。从读者的不同反应来看,不可靠叙述在三个轴上都存在两种情形,即第一种行动是错误的,第二种行动是不充分的。所以费伦说:"把叙述者与读者的活动结合起来,可以得到六种不可靠性类型:误报、误读、误评、不充分报道、不充分读解、不充分评价。"[3]

三轴六种的不可靠叙述模式,使我们对不可靠叙述现象有了更深的认识,在实际的批评中也更适用。不可靠叙述可以同时发生在三条轴上,也可以只在其中一条或两条轴上存在。这样叙事文本的可靠性就更加微妙复杂,所形成的修辞效果也更加变化多端。

在这里,我们也看到费伦与布斯在修辞方法上存在一些差异。布斯谈到可靠与不可靠时,读者是被忽略的,因为他认为读者完全受控于隐含作者,读者只是被动接受隐含作者的修辞手段所产生的作用。而费伦把叙述者的活动与读者的反应结合起来,从读者反应的角度对不可靠性进行分析和理解。读者的地位在费伦的修辞模式中得到重视。费伦也说到他所用的修辞模式存在一个转变:

本书各章的进展的确表明了在把叙事作为修辞加以考虑的过程中我在思想上

---

[1] [美] 詹姆斯·费伦、玛丽·帕特里夏·玛汀:《威茅斯经验:同故事叙述、不可靠性、伦理与〈人约黄昏时〉》,见戴卫·赫尔曼编《新叙事学》,马海良译,北京大学出版社2002年版,第42页。
[2] 同上。
[3] 同上。

的一些转变：尤其值得提出的是，在我借以开始研究，但后来又逐渐脱离的一个模式中，修辞含有一个作者，通过叙事文本，要求读者进行多维度的（审美的、情感的、观念的、伦理的、政治的）阅读，反过来，读者试图公正对待这种多维度阅读的复杂性，然后做出反应。在我所转向的模式中，阅读的这种多维度性仍然保留着，但作者、读者和文本之间的界限模糊了。在修改后的模式中，修辞是作者代理、文本现象和读者反应之间的协同作用。①

前一个修辞模式与布斯的基本相同，重在作者一边，强调作者（隐含作者）的主动作用，而在转向后的模式中，费伦认识到文学的修辞并不仅仅是作者表演的过程，读者也是修辞过程的重要参与者，是修辞效果的形成因素之一，所以他把修辞理解为隐含作者、文本与读者相互作用的一个过程。由于修辞模式的转变，使得费伦在隐含作者与不可靠叙述的问题上与布斯的观点产生了分歧。费伦自己曾明确表达过这种分歧：

我对作者的兴趣在一个方面是与布斯极有影响的修辞方法相悖的。布斯强调作者是文本的建构者，他对叙事因素的选择大致上控制着读者的反应。这一强调决定了布斯的著作必然是以保护作者为取向的，并突出作者意图在决定文本意义方面的重要性。我并不认为作者的意图是完全可以复原的，并控制着读者的反应；即便我坚持认为，当我们从修辞的角度阅读时，我们所遇到的是自身之外的东西。我所提倡的方法把重点从作为控制者的作者转向了在作者代理、文本现象和读者反应中间循环往复的关系，转向了我们对其中每一个因素的注意是怎样既影响了另外两种因素，同时又受到这两种因素的影响的。②

费伦在这里将他与布斯的修辞观的差异说得很明确了，布斯只考虑了修辞的一个因素即作者/隐含作者的作用，而费伦把修辞理解为作者/隐含作者与文本现象（叙述者）与读者之间的互动过程。每一个因素都会受到其他两者的影响，同时也影响到其他两者。费伦认为在修辞模式上的这一转变，"有助于开阔修辞方法的视野，使其接触到许多其他方法"③。的确，费伦的不可靠叙述修辞模式更

---

① ［美］詹姆斯·费伦：《作为修辞的叙事：技巧、读者、伦理、意识形态》，陈永国译，北京大学出版社2002年版，第5页。
② 同上书，第24页。
③ 同上。

具包容性,在后面我们将看到费伦的模式为修辞方法与认知方法的和解奠定了基础。费伦虽然身处修辞论阵营,但已经向对手伸出了橄榄枝。

二、不可靠叙述的认知论解释

布斯对不可靠叙述问题的修辞论解释,一直被奉为经典,但20世纪80年代以来,兴起了认知的解释角度。认知的解释一开始就直接以修辞解释为驳斥的对象,力求取而代之。在不可靠叙述的认知研究上,首创者是特拉维夫大学的叙事学家塔玛·雅克比。他从20世纪80年代初开始,就一直持续关注和研究不可靠叙述问题。他的基本观点是,可靠或不可靠叙述是读者阅读"整合机制"之一,它们所依赖的不是作者或隐含作者与叙述者之间的差异,而是读者阅读时所采用的一种解释策略,是为了整合文本中的分歧而采用的手段,简言之,可靠或不可靠取决于读者而不是作者或隐含作者。显然,这一观点看上去与布斯水火不容。雅克比在2005年的文章《作者的修辞、叙述者的(不)可靠性,相异的解读:托尔斯泰的〈克莱采奏鸣曲〉》中总结了他的观点:

很久以来,我一直把不可靠性看作一种阅读假设:为解决文本问题(从难以解释的细节到自相矛盾等各种问题)而提出的假设,以牺牲某种与作者相冲突的中介的、感知的或交际的代理者,尤其是全方位的说话人为代价。我想再次着重说明一下这一阐释举措的假设性质,它像任何猜想一样,是完全可以调整、颠倒甚至被另一假设所取代的。虚构作品的不可靠性并不是附着于(可然性的)叙述者形象的一种性格特点,而是读者依据相关关系临时归属或提取的一种特征,它取决于(具有同样假定性质的)在语境中作用的规范。在包括阅读语境以及作者和文类框架在内的一个语境里视为"可靠"的东西,在另一语境里就可能是不可靠的,甚至可以跳出叙述者的缺陷这一范围进行解释。①

雅克比在这段话里表述了三层意思。第一,不可靠性是读者阅读时候的一种假设,是一种阅读策略。当读者在阅读中碰到某些矛盾的细节时,不可靠性假设

---

① [美]塔玛·雅克比:《作者的修辞、叙述者的(不)可靠性,相异的解读:托尔斯泰的〈克莱采奏鸣曲〉》,见[美]詹姆斯·费伦、彼得·拉比诺维茨编《当代叙事理论指南》,申丹译,北京大学出版社2007年版,第104页。

可以整合这些矛盾分歧，使文本变得统一可理解。所以，不可靠叙述完全是读者阅读行为的需要。第二，不可靠性并不是叙述者天生所具有的一种属性。在现实生活中，我们可以说某个人说话可信，另一个爱吹牛的人说话不可信。可信与不可信构成了一个人的性格特点，具有相对的恒定性，会伴随着他的一生。但是叙事的可靠与不可靠并不是一种恒定的性格属性，而是读者依据某种语境而临时强加于叙述者身上的标签。由此导致第三点，同一个文本的叙述者，既可以被解读为可靠的，也可以被解读为不可靠的。例如，雅克比所举的托尔斯泰的小说《克莱采奏鸣曲》，在一百多年的接受史中，认为叙述者可靠与不可靠的两种解读一直存在。

雅克比的认知立场的核心就在于对读者的强调。读者因素是认知方法的关键之处。雅克比认为，读者在阅读一个叙事作品的时候，不可避免地会遇到许多相互矛盾的、混乱的、难以解释的细节，阅读要继续下去，要能达到对作品的理解，就必须解决这些矛盾因素。雅克比把读者解决阅读中的矛盾分歧的过程与方式称为"整合机制"。他认为存在五种重要的整合机制：存在机制、功能机制、文类原则、视角或不可靠性原则、生成机制。读者阅读时自觉或不自觉地运用这五种机制，就可以合理地整合文本中的矛盾分歧，实现对作品的有效理解。不可靠性就是五种机制之一。

雅克比的认知方法对不可靠叙述的解释产生了很大影响，其中德国叙事学家安斯加·纽宁就十分看重这种解释方法，他也曾提出与雅克比相类似的观点：

与查特曼和很多其他相信隐含作者的学者不同，我认为不可靠叙述的结构可用戏剧反讽或意识差异来解释。当出现不可靠叙述时，叙述者的意图和价值体系与读者的预知（foreknowledge）和规范之间的差异会产生戏剧反讽，对读者而言，叙述者话语的内部矛盾或叙述者的视角与读者自己的看法之间的冲突意味着叙述者的不可靠。

在这里纽宁的观点与雅克比的观点基本一致，都反对布斯把叙述者与隐含作者的比较关系作为可靠与不可靠的标准，而主张把叙述者与读者的比较关系确立为判断可靠与不可靠的依据。但是，纽宁后来立场有所变化，他认识到修辞与认知两种方法各有所短也各有所长，于是试图将两种方法结合起来。他的文章《重构"不可靠叙述"概念：认知方法与修辞方法的结合》就在这方面做出了努力。在这篇文章中，他不再将不可靠叙述限定为叙述者与读者之间的比较关系，而是兼顾了叙述者与读者及叙述者与作者这两组关系。他说："一个叙述者是否可靠，不仅要看叙述者的规范和价值标准与整个文本（或隐含作者）之间的差距，还要看叙述者的世界观与读者或批评家的世界模式和规范标准之间的差距。"

要投射出一个不可靠叙述者，并不是像认知叙事理论所讲的那样，仅仅依靠读者的参照框架或阅读惯例，因为文本和那些设计文本的人，即（隐含）作者，为推断叙述者的可靠性问题设置了多种限制。修辞叙事理论则提醒我们，一个不可靠叙述者绝不是随意投射出来的，而是预设存在着一个具有创造力的动因，这个动因把大量的具体信息和推测邀请赋予文本和叙述者，让读者注意到叙述者愚蠢的自我暴露和不可靠性。

在这篇文章中，纽宁认为，单单靠认知方法或修辞方法都不能很好地解释可靠性问题，相反，两者的结合可以相得益彰。纽宁采用了与费伦相类似的模式，把不可靠性界定为作者（隐含作者）、文本（叙述者）和读者三要素的综合作用的结果。"总而言之，决定一个叙述者是否可靠，最终是要看作品本身建立的、作者动因设计的结构和规范及读者的知识、心理状况和价值规范系统。"

三、两种方法的结合

通过上面的梳理，我们也可以看到，在不可靠叙述问题上，修辞方法与认知方法两种模式之间确实存在差异，但两者并非水火不容。实际上，双方都有人向对方伸出了友谊之手。费伦和纽宁分别代表双方相互靠拢。但也有学者认为这两种方法不可融合。如申丹认为"这两种方法在基本立场上难以调和"[1]。那么，认知方法与修辞方法两种不可靠性解释模式究竟有何差异？是否存在融合的可能？

认知方法是作为修辞方法的反对者角色出现的，所以它的主张都有很强的针对性，它在以下3个方面提出了与修辞方法相异的观点。

（1）反对把隐含作者与真实作者混为一谈。这主要是针对布斯的，因为在

---

[1] 申丹：《何为"不可靠叙述"？》，《外国文学评论》2006年第4期，第141页。

布斯看来隐含作者是真实作者的第二自我，是作者在文本中的反映。隐含作者的修辞功能就是真实作者的修辞意图的体现。认知派则认为，隐含作者与真实作者无关，隐含作者是读者阅读的建构产物，而不是真实作者的附属物。

这一点认知派确实抓住了布斯的软肋，隐含作者与真实作者并不存在简单直接的联系。但布斯的思想在后来的修辞学者那里已经被纠正了，在费伦那里，隐含作者不再依赖于真实作者，而是依赖于文本。所以，这一点上的对立可以消除。

（2）认知派认为修辞方法虽然用叙述者与隐含作者的差异定义了不可靠叙述，但是对读者如何辨认出不可靠性没有作出解释。这的确是修辞方法的一个缺陷。布斯几乎没有考虑到读者阅读时的主动性。费伦虽然对此有所纠正，但考虑到读者反应在不可靠叙述中的作用，仍然不够深入。相反，认知方法对读者阅读机制的解释，恰好可以弥补修辞方法在这方面的不足。

（3）对不可靠叙述的不同定义。布斯把不可靠叙述定义为"叙述者与隐含作者规范之间的距离"。雅克比则定义为"叙述者与读者规范之间的距离"。两种定义似乎针锋相对。这也是两种方法之间分歧的根本所在。但是，我们上面的分析表明，即使在这个表面水火不容的对立之下，仍然存在相通之处。修辞派越来越把读者的因素考虑进去，而认知派也没有否定作者（隐含作者）在不可靠叙述中的存在。如雅克比说："与真实生活里的交际不同的是，一个虚构的说话人的可靠性，其决定因素既不是某种客观真理（事实或思想）或诗学规则（艺术手段），也不是公平性（题材、证据、态度，等等），而是与假设的作者规范和目标的或和谐或冲突的关系。"① 雅克比仍然是把叙述者（虚构的说话人）与隐含作者（假设的作者规范和目标）的比较关系视为可靠性的基础。尽管他用了"假设的作者规范"而不是"隐含作者"一词，但事实上，雅克比也并没有否定掉布斯对不可靠叙述的经典定义。

实际上，布斯对不可靠性的经典定义不论是对修辞派还是对认知派来说都是有效的。认知派用"读者规范"替代隐含作者的规范来判别叙述者的可靠与不可靠。而如果我们放弃布斯严格的第二自我式的隐含作者，把隐含作者真正理解为

---

① [美]塔玛·雅克比：《作者的修辞、叙述者的（不）可靠性，相异的解读：托尔斯泰的〈克莱采奏鸣曲〉》，见[美]詹姆斯·费伦、彼得·拉比诺维茨编《当代叙事理论指南》，申丹译，北京大学出版社2007年版，第121页。

文本中唯一的统一性主体，依赖于文本而存在的主体，我们就看不出这两种规范之间有什么本质上的不同。根据第四章的论述，隐含作者就是读者群体的建构，隐含作者的规范就是读者所掌握和运用于阅读中的规范。所以，两者并不存在根本的分歧。唯一的分歧在于，认知派是否把隐含作者看作一个独立的主体，看作具有主动性的、有意图的主体。如纽宁就曾一度主张用"文本特征综合"来替代隐含作者。认为没有必要设立一个隐含作者主体。但事实上这种做法是行不通的。我们前文的论述表明，任何话语都必须以一个主体为中心，不存在没有主体的话语。隐含作者作为文学话语的中心力量是必然存在的，即使是作为假定存在而存在的。这就如同我们面对大自然纷繁复杂中的有机统一时所做的，我们真诚地假定是"上帝"创造了这个美妙的、和谐的世界。一旦我们假定了上帝的存在，上帝就不再是被动地等待填补的空白，上帝就具有了威严的力量，他完全掌握着主动权，无时无刻不影响着我们的言行和思想。隐含作者也一样，虽然他是读者的假设，但是一旦假设了这种主体，他就立即夺过了读者的权杖，成为拥有自主力量的主体。在文学交流中，隐含作者主体并不是在阅读的最后一刻才形成的一个结果，而是在阅读开始的第一秒钟就已经存在。在阅读的过程中，会发生局部的变化。但在阅读的全过程中，隐含作者都在影响着读者对作品的阅读，指引他对作品中所有方面的理解，当然也包括对叙述者的话语的理解。

在不可靠性问题上，认知方法与修辞方法实际上完全可以融合。申丹强调两者的对立，只是着眼于某些表层观点的差异。不过她同时也承认："在分析作品时，若能同时采用这两种方法，就能对不可靠叙述这一作者创造的叙事策略和其产生的各种语用效果达到较为全面的了解。"[①] 在阅读和批评实践中，隐含作者与读者始终处于互动的过程中。可靠与不可靠叙述是隐含作者、叙述者、读者三种主体在具体语境下相互作用的结果。

---

① 申丹：《何为"不可靠叙述"？》，《外国文学评论》2006年第4期，第141页。

结　语

在布斯发明隐含作者概念以前，人们在谈论文学中的主体时，通常会使用到"作者""读者""人物""叙述者"等术语，但在布斯之后，再谈论这一问题时，通常还会用到"隐含作者"。隐含作者的出现是不是像热奈特所说违背了"奥卡姆剃刀"原则？如何理解和认识隐含作者的性质与功能？围绕隐含作者所产生的争论成为叙事学研究的难点和热点之一，吸引了众多叙事学研究者参与其中。虽然众人的研究取得了不少有益的成果，但总体上看，仍然有一些重要的问题没有得到解决。如隐含作者的必要性、隐含作者与作者的关系、隐含作者的人格化性质、隐含作者在叙事交流中的地位、隐含作者与读者的阅读行为之间的关系等。这些都是不可回避的问题，要使隐含作者成为一个有用的文学批评概念，必须对这些问题做出确切的回答。本书以前人的研究成果为基础，以隐含作者研究中出现的问题与争论为导向，从符号交流与文学交流的一般性质、文学交流中的主体问题及文学理论发展趋势等角度展开对隐含作者的研究。

一、本书提出的主要观点

（1）"隐含作者"诞生的必然性。隐含作者的提出并非偶然，隐含作者思想的形成也不是某个人头脑中突然灵光闪现而迸发出来的。隐含作者的诞生具有广泛的思想文化基础。20世纪的哲学、语言学及文学中关于人的主体性问题的思考是隐含作者思想形成的大背景。由"人的死亡"引起文学中"作者的死亡"，"作者死亡"促使人们去思考作者死后所遗留的空白。隐含作者是作为填补这一空白的替代者身份出现的。所以从发生学的角度来看，隐含作者思想的出现是20世纪人文思想发展的一个合理结果，有其历史必然性。同时，现代语言学尤其是本维尼斯特的话语理论阐明了语言符号与人的主体性的联系。话语的实现离不开人类主体,人类主体的确立也离不开话语。这一理论应用到文学领域,可以解释隐含作者存在的逻辑必然性。所以,隐含作者并不是布斯一人偶然的发明,而是一个具有历史和逻辑必然性的思想。明确这一点就可以更好地理解隐含作者的性质和功能。

(2)在隐含作者与真实作者的关系上,文学中的真实作者是文学作品的生产者,却不是文学作品的负责者。真实作者与作品之间不能建立直接的联系,作品的真正负责者是隐含作者。隐含作者是使文学文本统一起来的主体,他是作品凝聚的核心。隐含作者与真实作者之间也可以发生联系。一方面,真实作者的信息可以影响到隐含作者形象的塑造;另一方面,隐含作者形象往往会被赋予真实作者的形象。但不论两者中的哪一个,这种联系都不是必然的、恒定的。两者之间的影响关系可以建立,也可以中断,可以发生变化,这些均依赖于具体的文学交流语境才能确定。

(3)在人格化性质上,隐含作者虽然不像真实作者那样"有血有肉",但是他同样具有某些人格化特点。如隐含作者具有一定的情感态度、知识结构、价值准则、道德修养、信仰信念等,这些人之为人的重要因素,隐含作者都具备。不过隐含作者的人格化特点与真实作者的个体人格特点有所不同,隐含作者身上个性偏少,共性偏多。因为隐含作者是一定的社会群体共同文化规范的化身,他身上体现的是特定群体的理想化人格形象,因而隐含作者的人格更具有集体性,所以有学者称为"类人格"。

(4)在叙事交流中,隐含作者是个确定无疑的交流参与主体。真实作者不一定会参与到每一次的文学交流中,但隐含作者却是文学交流的必要条件。从符号交流的一般条件来看,隐含作者是文学交流中最重要的一个行为主体,他是信息的发送者。隐含作者是文学信息的发送者主体,他将文学的意义以一定的方式编码于文学文本中,使得文本具有内在的统一性,具有可理解的和可阅读的性质。这样读者才能够进行阅读和理解。隐含作者调控着文本内的一切,文本内的信息只有经过隐含作者的中介才能到达读者那里,文本内信息只有经过隐含作者的过滤才能被读者正确地接受和理解。隐含作者并非像某些学者所认为的那样,仅仅是阅读的结果,隐含作者是文学交流过程中积极主动的参与者。

（5）在隐含作者与读者的关系上，首先要排除两种过于简单化的观点一是认为隐含作者是控制者，读者是被控制者，隐含作者通过种种修辞手段来影响、控制读者的阅读反应和理解判断。二是认为读者的阅读是完全主动的，隐含作者是读者阅读的结果，是读者阅读后的一种总结性假设。这两种观点都失之偏颇。前者忽略了读者在文学交流中的主动性，后者则否定了隐含作者的修辞功能。说隐含作者是读者的假定并没有错，但这种假定并非任意的，也不是个别的。对隐含作者的假定是在一定的社会集体的阅读实践中完成的，是读者群体共同作用的结果。所以，在这个意义上说，隐含作者形象的确立依赖于特定历史文化中的读者群体。个别的读者应该依据读者群体共同的文化与文学规范来假定其隐含作者，而不能任意地捏造。所以对于具体的某一次阅读来说，隐含作者具有相对稳定性，他代表的是社会群体的共同规范，在文学交流中实施对文学接受者的影响。所以在隐含作者与读者的关系上，并不能简单地说谁先谁后，谁决定谁，他们通过复杂的社会文化机制有机地统一起来。

二、本书的创新性

（1）开拓了隐含作者研究的视野。隐含作者的提出者是叙事学家，隐含作者研究中的重要学者也大多为叙事学家，几十年来对隐含作者的研究和争论也主要局限于叙事学范式内。不可否认，叙事学的研究范式取得了很多成果，奠定了隐含作者理论的基础。但是，有许多问题是叙事学范式解决不了的。如对隐含作者的必要性以及隐含作者作为一种文学主体的性质、地位与功能的理解等，诸位叙事学家往往各执一词，单独地看都颇有道理，放在一起却无法协调，这是造成隐含作者理论混乱的原因之一。对这些问题的理解与研究有必要突破叙事学范式的局限，采取更开阔的视野，借鉴其他有用的理论资源来研究隐含作者。本书进行了这方面的尝试，从20世纪的哲学、语言学和文学理论的大背景下来思考隐含作者，重新定位和界定隐含作者。

（2）从符号交流的角度论证隐含作者的性质，即从语言符号学角度对隐含作者的性质进行分析和界定。本书主要依据本维尼斯特的话语理论来理解隐含作者在文学中的性质。本维尼斯特认为，作为一种系统的"语言"不是实际存在的，

文学隐含作者论

它只是语言学家所作的理论抽象。语言必须被某个主体使用，成为人际交流中的话语才能存在。在这一过程中，话语和主体是相互依存的，话语依赖主体的使用而存在，使用者也依赖他所"言说"的话语来建立其主体性。文学话语也是话语交流的一种类型，文学话语与其主体隐含作者也是相互依存的关系。一方面，隐含作者的主体属性只能通过文学文本来建立；另一方面，文学文本必须依赖隐含作者的力量才能统一起来。隐含作者与真实作者、读者及文本内主体的关系都可以从这一角度得到更清晰的界定。

（3）将隐含作者与作者死亡论联系起来，既阐明了隐含作者提出的历史必然性，也深化了对作者死亡论的认识。"作者死亡"是20世纪文学领域的一个重要命题，它与20世纪哲学中"人的死亡"密切相关。作者死亡论广泛出现于各个文学思潮中，如小说理论、俄国形式主义、英美新批评、结构主义、解构主义等。作者死亡的实质并不是要一劳永逸地放逐"作者"，而是深化我们对文学作者的认识。作者死亡并不是一个终点，而是一个起点，它开启了对"作者"研究和理解的新阶段。隐含作者的诞生是作者死亡的必然结果。过去所使用的"作者"一词实际上兼指真实作者与隐含作者两种文学主体，对两者没有加以区分。作者死亡论的实质是否定真实作者与作品的本质关联，但并没有否定隐含作者的存在。实际上各个作者死亡论都自觉或不自觉地指向隐含作者。所以说，隐含作者思想的出现并非偶然，而是有着广泛的理论基础，其出现具有历史必然性。

（4）深入阐发了隐含作者在文学意义形成中的重要作用。文学的意义问题一直是文学研究中的难题，如何能达成对文学作品的有效解释，吸引了众多学者的研究目光。人们纷纷寻求各种解释有效性的保证，主要有三种方向，即求助"作者意图""读者意图"和"文本意图"来保证解释的有效。本书综合分析了这三种倾向的关联与差别，结合隐含作者在文学交流中的功能，提出隐含作者可以作为解释有效性的保证。其理由主要有三点：一是隐含作者使文学文本具备可解释的统一性；二是隐含作者保证读者可以进入和理解作品；三是隐含作者保证意义的普遍性。

（5）隐含作者声音的辨识。有学者认为隐含作者在作品中是"沉默"的，其实不然。隐含作者不仅具有声音，而且隐含作者的声音是作品中最重要的声音。

隐含作者的声音是读者进入和理解作品内其他主体声音的渠道。叙述者及人物的话语受到隐含作者的调节和控制,隐含作者的声音是作品的基调,隐含作者的声音可以通过多种不同的途径表达出来,如次文本信息、公开的评论,通过其他主体的话语表达,从不同主体声音的裂隙中表达等。隐含作者的声音是可辨的、重要的。

三、本书不足之处与后续研究

(1)本书从符号学与主体关系的角度来讨论隐含作者的性质与功能,意在扩大隐含作者的研究视野,寻求对隐含作者进行解释的更坚实的理论支撑。但是由于学养所限,对于符号与主体性这样重大的哲学命题的把握,在广度和深度上都有所欠缺。这一点影响了本书论述目标的更好实现,是今后需要继续加强的方面。

(2)隐含作者不仅在理论上具有重要地位,它引起了许多理论问题和争论,更是一个重要的实践性概念。隐含作者在文学批评实践中被广泛地运用。本书偏重于对隐含作者的理论解释,对隐含作者的应用研究有所不足。如隐含作者在具体阅读行为中的形成与变化情况,不同文类作品中隐含作者的差异,对一些新兴的文学形式(如网络文学、影视文学等)中隐含作者的讨论涉及不足。这些方面需要今后作进一步研究。

参考文献

一、关于叙事学及"隐含作者"的研究著作

(一)中国部分

[1] 申丹:《叙事、文体与潜文本——重读英美经典短篇小说》,北京大学出版社 2009 年版。

[2] 申丹:《叙述学与小说文体学研究》,北京大学出版社 1998 年版。

[3] 申丹、韩加明、王丽亚:《英美小说叙事理论研究》,北京大学出版社 2005 年版。

[4] 申丹:《双重叙事进程研究》,北京大学出版社 2021 年版。

[5] 申丹、王丽亚:《西方叙事学:经典与后经典》,北京大学出版社 2010 年版。

[6] 谭君强:《叙事学导论:从经典叙事学到后经典叙事学》,高等教育出版社 2008 年版。

[7] 赵毅衡:《当说者被说的时候:比较叙述学导论》,中国人民大学出版社 1998 年版。

[8] 赵毅衡:《苦恼的叙述者》,四川文艺出版社 2013 年版。

[9] 赵毅衡:《广义叙述学》,四川大学出版社 2013 年版。

[10] 耿占春:《叙事美学》,南方出版社 2008 年版。

(二)外国部分

[1][美]韦恩·布斯:《小说修辞学》,华明译,北京大学出版社 1987 年版。

[2][美]戴卫·赫尔曼:《新叙事学》,马海良译,北京大学出版社 2002 年版。

[3][美]华莱士·马丁:《当代叙事学》,伍晓明译,北京大学出版社 2005 年版。

[4][以]里蒙·凯南:《叙事虚构作品》,姚锦清等译,三联书店 1989 年版。

[5][英]马克·柯里:《后现代叙事理论》,宁一中译,北京大学出版社 2003 年版。

[6][荷兰]米克·巴尔:《叙述学:叙事理论导论·第 2 版》,谭君强译,中国社

科学出版社 2003 年版。

[7][法]热拉尔·热奈特:《叙事话语 新叙事话语》,王文融译,中国社会科学出版社 1990 年版。

[8][美]苏珊·S.兰瑟:《虚构的权威》,黄必康译,北京大学出版社 2002 年版。

[9][美]詹姆斯·费伦:《作为修辞的叙事:技巧、读者、伦理、意识形态》,陈永国译,北京大学出版社 2002 年版。

[10][美]詹姆斯·费伦、彼得·拉比诺维茨编:《当代叙事理论指南》,申丹译,北京大学出版社 2007 年版。

二、其他著作

(一)中国部分

[1] 刁克利:《西方作家理论研究》,外语教学与研究出版社 2005 年版。

[2] 汪民安:《谁是罗兰·巴特》,江苏人民出版社 2015 年版。

[3] 方珊:《形式主义文论》,山东教育出版社 1999 年版。

[4] 吴学先:《燕卜荪早期诗学与新批评》,高等教育出版社 2002 年版。

[5] 董希文:《文学文本理论研究》,社会科学文献出版社 2006 年版。

[6] 汪正龙:《文学意义研究》,南京大学出版社 2002 年版。

[7] 何玉蔚:《对〈过度诠释〉的诠释》,中国社会科学出版社 2009 年版。

[8] 王建香:《当代西方文论中的文学述行理论》,中国广播电视出版社 2009 年版。

[9] 聂欣如:《纪录片概论》,复旦大学出版社 2010 年版。

[10] 朱景和:《纪录片创作》,中国人民大学出版社 2015 年版。

[11] 赵毅衡:《赵毅衡形式理论文选》,北京大学出版社 2018 年版。

(二)外国部分

[1][希腊]柏拉图:《柏拉图文艺对话集》,朱光潜译,安徽教育出版社 2007 年版。

[2][美]M.H.艾布拉姆斯:《镜与灯:浪漫主义文论及批评传统》,郦稚牛译,北京大学出版社 1989 年版。

[3][美]M.H.艾布拉姆斯:《欧美文学术语词典》,朱金鹏、朱荔译,北京大学出版社1990年版。

[4][德]彼得·毕尔格:《主体的退隐》,陈良梅、夏清译,南京大学出版社2004年版。

[5][瑞士]费尔迪南·德·索绪尔:《普通语言学教程》,高名凯译,商务印书馆1980年版。

[6][法]埃米尔·本维尼斯特:《普通语言学问题》,王东亮译,三联书店2008年版。

[7][德]恩斯特·卡西尔:《人论》,甘阳译,西苑出版社2003年版。

[8][美]约翰·克罗·兰色姆:《新批评》,王腊宝、张哲译,江苏教育出版社2006年版。

[9][苏联]巴赫金:《陀思妥耶夫斯基诗学问题》,白春仁、顾亚玲译,三联书店1988年版。

三、文学作品

(一)中国部分

[1]鲁迅:《鲁迅小说全编》,人民文学出版社2006年版。

[2]蒲松龄:《聊斋志异》,天津古籍出版社2004年版。

[3]莫言:《红高粱家族》,上海文艺出版社2005年版。

[4]曹雪芹:《红楼梦》,岳麓书社1987年版。

[5]鲁迅:《〈绛洞花主〉小引》,《鲁迅全集:第八卷》,人民文学出版社2005年版。

(二)外国部分

[1][美]海明威:《老人与海》,吴劳译,上海译文出版社2006年版。

[2][美]海明威:《乞力马扎罗的雪:海明威中短篇小说选》,汤永宽、陈良延等译,上海译文出版社2006年版。

[3][美]威廉·福克纳:《喧哗与骚动》,李文俊译,上海译文出版社2007年版。

[4] [爱尔兰] 詹姆斯·乔伊斯:《青年艺术家的画像》,黄雨石译,外国文学出版社 1998 年版。

[5] [捷克] 弗兰茨·卡夫卡:《审判》,曹庸译,上海文艺出版社 2006 年版。

四、主要论文

(一)中国部分:

[1] 周宪:《重心迁移:从作者到读者——20 世纪文学理论范式的转型》,《文艺研究》2010 年第 1 期。

[2] 赵毅衡:《身份与文本身份,自我与符号自我》,《外国文学评论》2010 年第 2 期。

[3] 申丹:《何为"不可靠叙述"?》,《外国文学评论》2006 年第 4 期。

[4] 申丹:《关于西方叙事理论新进展的思考——评国际上首部〈叙事理论指南〉》,《外国文学》2006 年第 1 期。

[5] 申丹:《何为"隐含作者"?》,《北京大学学报(哲学社会科学版)》2008 年第 2 期。

[6] 申丹:《再论隐含作者》,《江西社会科学》2009 年第 2 期。

[7] 申丹:《叙事学的新探索:关于双重叙事进程理论的国际对话》,《外国文学》2022 年第 1 期。

[8] 尚必武、胡全生:《西方叙事学界的"隐含作者"之争述评——兼纪念韦恩·布思去世两周年》,《山东外语教学》2007 年第 5 期。

[9] 李建军:《论小说作者与隐含作者》,《中国人民大学学报》2000 年第 3 期。

[10] 乔国强:《"隐含作者"新解》,《江西社会科学》2008 年第 6 期。

[11] 黄淑芳:《"隐含作者"的多重建构性与不确定性》,《飞天》2010 年第 24 期。

[12] 刘亚律:《论韦恩·布斯"隐含作者"概念的无效性》,《江西社会科学》2008 年第 2 期。

[13] 罗朝晖:《也谈"隐含作者"》,《外语与外语教学》2009 年第 4 期。

[14] 马立:《从隐含作者的双重身份看其存在的必要性》,《山花》2010 年第 16 期。

[15] 李海英:《他要告诉我们什么——论辛格〈汽车〉中的隐含作者》,《学术研究》

2009年第8期。

[16] 汪小玲:《论〈洛丽塔〉的叙事策略与隐含作者的建构》,《上海外国语大学学报》2007年第4期。

[17] 王敏琴:《〈名利场〉中隐含作者的不连贯现象》,《外语研究》2003年第3期。

[18] 金衡山:《〈布拉斯岱罗曼司〉中的叙事者和隐含作者》,《国外文学》1999年第4期。

[19] 申洁玲:《低语境交流:文学叙事交流新论》,《外国文学研究》2018年第1期。

[20] 申洁玲:《"隐含作者"概念反思:"隐含作者"还是"融合作者"?》,《广东社会科学》2021年第6期。

（二）外国部分

[1] [美]詹姆斯·费伦、玛丽·帕特里夏·玛汀:《威茅斯经验:同故事叙述、不可靠性、伦理与〈人约黄昏后〉》,见[美]戴卫·赫尔曼编《新叙事学》,马海良译,北京大学出版社2002年版。

[2] [美]塔玛·雅克比:《作者的修辞、叙述者的（不）可靠性,相异的解读:托尔斯泰的〈克莱采奏鸣曲〉》,见[美]詹姆斯·费伦、彼得·拉比诺维茨编《当代叙事理论指南》,申丹译,北京大学出版社2007年版。

[3] [德]安斯加·纽宁:《重构"不可靠叙述"概念:认知方法与修辞方法的综合》,见[美]詹姆斯·费伦、彼得·拉比诺维茨编《当代叙事理论指南》,申丹等译,北京大学出版社2007年版。

[4] [英]托马斯·艾略特:《传统与个人才能》,见赵毅衡编《"新批评"文集》,百花文艺出版社2001年版。

[5] [法]罗兰·巴特:《作者之死》,见赵毅衡编《符号学文学论文集》,百花文艺出版社2004年版。

[6] [法]米歇尔·福柯:《什么是作者?》,见赵毅衡编《符号学文学论文集》,百花文艺出版社2004年版。